JOHN GRAND-C[ARTERET]

WAGNER EN CARICATURES

PORTRAITS & AUTOGRAPHES
DE WAGNER

DESSINS ORIGINAUX
DE
BLASS, MOLOCH, [illegible]

REPRODUCTION
de Cent trente Caricatures
FRANÇAISES ET ÉTRANGÈRES

PARIS. LIBRAIRIE LAROUSSE

Richard Wagner

EN

CARICATURES

IL A ÉTÉ TIRÉ DE CET OUVRAGE :

20 exemplaires sur papier de Chine.
20 exemplaires sur papier du Japon.
20 exemplaires entièrement coloriés à la main.

OUVRAGES DE M. GRAND-CARTERET

SUR LA CARICATURE

LES HOMMES VUS PAR L'IMAGE

BISMARCK EN CARICATURES (Perrin et Cie, éditeurs). . . . . . . 3 fr. 50

CRISPI, BISMARCK ET LA TRIPLE-ALLIANCE EN CARICATURES (Ch. Delagrave, éditeur). . . . . 3 fr. 50

L'HISTOIRE ET LES MŒURS PAR L'IMAGE

LES MŒURS ET LA CARICATURE EN ALLEMAGNE, EN AUTRICHE, EN SUISSE (Westhausser, éditeur). . . . . 25 fr.

LES MŒURS ET LA CARICATURE EN FRANCE (Librairie Illustrée). 30 fr.

Paris. — Imp. LAROUSSE, 17, rue Montparnasse.

RICHARD WAGNER CHEF D'ORCHESTRE

Composition de Gustave Gaul (1886).
D'après une photographie de J. Lowy, à Vienne.

Richard Wagner, par GRAND-CARTERET.

JOHN GRAND-CARTERET

Richard Wagner

EN

CARICATURES

130 REPRODUCTIONS

DE CARICATURES FRANÇAISES, ALLEMANDES, ANGLAISES, ITALIENNES

PORTRAITS, AUTOGRAPHES (LETTRE ET MUSIQUE)

Dessins originaux

DE J. BLASS, MOLOCH ET TIRET-BOGNET

PARIS
LIBRAIRIE LAROUSSE
Rue Montparnasse, 15, 17, 19
SUCCURSALE : rue des Écoles, 58 (Sorbonne)

LE LIVRE DE L'AVENIR

A M. GEORGES MOREAU

Directeur de la « Revue Encyclopédique »

Cher Monsieur,

Après la musique de l'avenir, sur laquelle tout a été dit, voici, si j'ose m'exprimer ainsi, le livre de l'avenir, à l'usage de notre société fin de siècle où, le temps faisant défaut, l'on regarde plus qu'on ne lit, — le livre que vous avez pressenti, et qui, sous vos auspices, va continuer la série de mes biographies documentées par l'image.

A livre nouveau, personnage nouveau. Donc, laissant de côté politique et politiciens, grand-chancelier et Triple-Alliance, j'aborde le domaine artistique, en prenant pour première figure de ma galerie, un homme très discuté, très combattu, qui, malgré protestations et contra-

dictions, tient une place considérable dans l'évolution musicale moderne.

Si tout le monde connaît Wagner, personne n'a conservé le souvenir des attaques graphiques que le « préconisateur » du drame en musique eut à soutenir ; personne n'a gardé la mémoire des monceaux de caricatures qui, en France et à l'étranger, furent lancées contre le célèbre compositeur.

Que dis-je? On ignore, très certainement, que l'Allemand Wagner a été, pendant des années, ridiculisé en Allemagne par des crayons allemands; que c'est de Vienne et de Munich que sortirent les pamphlets les plus violents à son adresse.

Donc ces estampes seront une révélation, comme précédemment le furent celles que je donnais sur Bismarck et sur Crispi.

Et comment pourrait-il en être autrement alors que personne en France ne s'intéresse aux manifestations graphiques, alors que personne ne songe à suivre l'histoire par l'image? Tout le monde n'est-il pas aux conférenciers et aux normaliens, aux gens qui jonglent avec Racine et Molière, aux classiques qui rêvent Grand Roi et Grand Siècle ; aux petits fumistes fin de siècle, jeunes Schopenhauer en herbe, ayant la spécialité des choses très profondes et non moins vides de sens.

Que ferait l'image en un tel milieu, l'image si grouillante, si populaire, si influente, si intimement mêlée à la vie publique et intime de nos voisins, l'image se complaisant chez nous aux obscénités maladives, réduite au public des coiffeurs et des cafés, forçant les talents réellement individuels à briser leurs crayons méconnus.

Et si je publie, aujourd'hui seulement, cette sorte de mémorial wagnérien, c'est parce que, la mise au répertoire de l'Opéra du Lohengrin, *paraît devoir fermer pour le wagnérisme l'ère des luttes agressives et des combats incessants. Désormais, homme et musique ne se rencontreront plus qu'occasionnellement sous le crayon des dessinateurs.*

J'ai dit « livre de l'avenir ». A beaucoup, cette qualification paraîtra quelque peu prétentieuse, d'autant plus que je n'ai nullement l'intention de révolutionner la typographie, la physionomie extérieure des volumes, encore moins le désir de placer les pages cul à tête ou de mettre titres et préface en queue. Et d'autre part, Harmonie et Mélodie, les deux sœurs irréconciliables, n'auraient que faire ici.

Le « livre de l'avenir » que je conçois est, tout simplement, un recueil documentaire à l'usage des gens que les longs récits rebutent. Au lieu d'un historique dont toutes les parties se tiennent et s'enchaînent, au lieu d'un ensemble, d'un thème unique, de courtes notices coupées en tranches pour la plus grande commodité du public.

Un livre illustré rompant entièrement avec la routine, un véritable recueil d'images historiques, classées et expliquées, de façon à former, par la suite, une encyclopédie graphique.

En un mot, le livre dont la raison d'être se trouve

résider dans l'estampe, la part de l'écrivain consistant à rechercher, à expliquer, à analyser, à annoter les illustrations, à faire le boniment pour la lanterne magique dont les verres multiples défilent ainsi sous les yeux du public. Le livre aux documents iconographiques qui sera pour la littérature ce que l'interview est pour le journalisme, qui, seul, pourra sauver la production intellectuelle du krach dont elle est menacée.

C'est bien là, n'est-ce pas? le livre de l'avenir, le livre que vous avez entrevu avec votre perception si nette du rôle de l'image, avec votre esprit si ouvert aux productions dessinées, avec votre désir de développer l'éducation de l'œil encore si peu avancée dans nos pays.

Wagner, inventeur de la grosse caisse à mitraille musicale, se livrant à son exercice favori.
(Croquis inédit de J. Blass.)

Je ne terminerai pas sans remercier tous ceux qui ont bien voulu m'aider dans cette recherche ardue du document, tous ceux qui m'ont ouvert leurs collections, qui, avec le plus grand empressement, ont mis à ma disposition leurs richesses wagnériennes; mon excellent confrère Arthur Pougin, M. Emerich Kas-

tner, le savant musicologue, auteur du Richard Wagner Catalog, *M. Nicolaüs Œsterlein qui a fondé et ouvert à Vienne un « Musée Wagner », M. Joseph Kurschner, le directeur artistique de* Uber Land und Meer *à qui l'on doit également un* Richard Wagner Jahrbuch, *M. Grossi, l'infatigable caricaturiste du* Papagallo *de Bologne.*

De toutes parts, la moisson m'est venue abondante et précieuse.

La fantaisie, elle aussi, n'a pas été oubliée. Blass, Tiret-Bognet, Moloch, mes fidèles collaborateurs, qui ont déjà contribué au succès de mes œuvres précédentes, se retrouvent ici, avec leur esprit habituel, habillant Wagner en philosophes et en humoristes, dessinant des compositions pittoresques qui, demain, à leur tour, seront du document.

Sous leurs crayons se déroulent d'amusants épisodes, on pourrait presque dire la vie et les aventures d'un jeune homme trouvé dans l'œuf de la musique; ici, jonglant avec des portées ou enfourchant le bidet de la double-croche, cavalerie à l'usage des harmonistes, là exécutant des grâces devant Sa Majesté Si bémol, *ailleurs entrant triomphalement à l'Opéra-Garnier avec sa batterie de cuivres, porté sur les épaules des sergents de ville mélomanes — nouvelle brigade lozé-hengrienne — ou encore, assistant, impassible, au second bombardement de Paris par le wagnéro-prussiate de l'avenir.*

Et maintenant, mon cher Monsieur Moreau, les solistes étant à leurs pièces respectives, faites marcher la musique.

Que les timbales et les grosses caisses de la renommée battent la réclame sur le dos de celui qui, quoi qu'on dise, nous a souventes fois, percé le tympan!

Que les mitrailleuses, chargées jusqu'à la gueule de leit motiv, *vomissant croches et double-croches, soient légères aux pauvres mortels!*

En avant et gare dessous!

Le bombardement de Bayreuth va commencer.

JOHN GRAND-CARTERET.

Paris, en novembre 1891.

Gymnastique musicale.
(Croquis inédit de J. Blass.)

I

LE CARACTÈRE DE WAGNER

ET CERTAINES PARTICULARITÉS DE L'ALLEMAND

La caricature et les grands hommes. — Comme quoi les novateurs prêtent facilement à la satire. — Rapports entre Wagner et Rousseau. — Persistance de la gallophobie chez certains esprits germaniques. — L'idée du théâtre national et moral. — La lettre de Wagner à Gabriel Monod (1876). — Éclectisme de l'Allemand et impuissance de l'œuvre de Wagner. — Une des raisons de l'engouement wagnérien.

Tous les personnages en vue, quelle que soit leur spécialité, toutes les actualités, quelle que soit leur nature, tombent également sous le crayon des dessinateurs.

L'image empoigne indifféremment politiciens ou réformateurs, poètes ou musiciens, excentriques ou comédiens. Elle va de Bismarck à Sarah Bernhardt, de Victor Hugo à Wagner, sans rien changer à ses moyens d'attaque, se contentant seulement de secouer plus vigoureusement certaines figures, véritables têtes de Turc de la caricature.

Plus l'homme s'agite et se multiplie, plus il embrasse de domaines, quittant le clavecin ou la palette pour faire acte de polémiste ou de politicien, et plus la satire illustrée se jette sur lui avec acharnement.

En politique on sent souvent passer, au travers des compositions dessinées, du souffle, de l'allure, — nous l'avons vu pour Bismarck et pour Crispi, — en littérature, en art, les luttes plus resserrées, plus individuelles, se trouvent être, en même temps, plus âpres, plus terre à terre. La satire n'a plus pour elle l'excuse, l'apparence du bien public. Il semble que tout se résume alors en une question de concurrence, de gros sous.

Les pontifes sont cruels : malheur à qui vient les troubler dans l'exercice de leur industrie.

Pour eux, tout novateur est un gêneur. Quiconque cherche à marcher hors des sentiers battus, quiconque veut briser avec les formules apprises et sans cesse rabâchées, bien vite devient un excentrique, un déséquilibré, un charlatan. En musique, en art, en médecine, partout où un corps prétend veiller au respect de la tradition, imposer des formes immuables, on voit le même fait se produire.

D'autre part, il est vrai, pleins d'eux-mêmes et de leur sujet, les novateurs poussent au dernier degré l'orgueil, l'entêtement, la vanité. Tout à leurs idées, ils se rendent insupportables aux autres; vivant pour le triomphe de leur système, ils n'ont pour les créations antérieures qu'indifférence ou mépris.

A cette double règle générale Wagner ne devait pas échapper; c'est ce qui explique la quantité de caricatures lancées contre lui, contre l'homme et contre les œuvres.

Les œuvres, elles ne modifiaient pas seulement les idées reçues, les préférences, la nature du plaisir cherché, elles venaient encore blesser profondément l'oreille de gens habitués à certains sons, à certains accords mélodiques.

L'homme, il devait peu à peu, par ses prétentions à l'omni-science, par ses incursions dans tous les domaines, par ses attaques non déguisées, contre les classes sociales ou contre les individus, se créer des antipathies vivaces.

D'où la nature multiple des satires crayonnées à son adresse.

Ceci posé, entrons plus avant dans la caractéristique de l'homme et de son génie, encore si mal connus en France où l'on croit posséder son Wagner quand on a porté sur sa musique une appréciation quelconque. Wagner est un révolutionnaire, un anticlassique qui a voulu émanciper l'Allemagne de toute influence latine, au point de vue musical, comme d'autres essayèrent précédemment de l'émanciper, au point de vue littéraire et esthétique. Il est l'homme de la nature, nouveau Rousseau dont il reprend les thèses, dont il a les particularités, ayant grandi, suivant ses propres expressions, en dehors de toute autorité, sans autre éducation que la vie, l'art et lui-même.

Les accès de misanthropie de Rousseau, vous les retrouverez chez Wagner : relisez les pages de Jean-Jacques sur l'opéra, sur la musique française, vous ne saurez plus si vous devez les attribuer au grand philosophe ou au musicien allemand, tant le point de vue est le même, tant les attaques sont formulées d'une façon identique. L'un a introduit le rythme musical dans la langue, l'autre cherche à créer la grande musique instrumentale en réagissant contre l'ineptie du genre opéra.

Et encore une autre comparaison que je ne crois pas avoir été faite : Zola s'attaque au récit d'imagination, Wagner à la mélodie, au chant sous la forme du récitatif. Interprète inspiré des grandes scènes de la mythologie germanique, Wagner est à la fois philosophe, historien, poète mystique ; il soutient la thèse de l'union du récit parlé et de la musique comme nous préconisons l'union du document graphique et du document littéraire (1).

Wagner, troubadour errant, braquant son télescope sur Paris.

(Croquis inédit de J. Blass.)

Wagner n'est pas un artiste-dilettante s'amusant à composer musicalement, comme tant d'autres, des œuvres destinées à l'agrément de tous, c'est un réformateur des spectacles publics dénonçant les

(1) Il est assez curieux de rapprocher de la thèse de Wagner les idées précédemment émises au sujet du drame lyrique par Marmontel qui, on le sait, a écrit les paroles de plusieurs opéras et qui, lui aussi, avait été hanté des mêmes projets de réforme. Voici, en effet, ce qu'on lit dans le neuvième livre de ses « Mémoires » où il s'élève contre les amours épisodiques, contre les scènes détachées. « Je voulais une action pleine, pressée, étroitement liée, dans laquelle les situations s'enchaînant l'une à l'autre, fussent elles-mêmes l'objet et le motif du chant, de façon que le chant ne fût que l'expression plus vive des sentiments répandus dans la scène, et que les airs, les duos, les chœurs, y fussent enlacés dans le récitatif. »

arts modernes comme des arts de luxe affaiblis par un isolement exclusif, déshonorés par le « métier », comme des arts « corrupteurs » alors qu'ils devraient être « éducateurs » ; c'est un disciple de la nature ayant échappé aux influences du milieu, à ce que les Allemands appellent « l'éducation d'état », qui s'élève contre l'inertie générale, contre les formes décrépites de l'habitude et de la mode.

Enfin Wagner est un Germain, représentant toujours vivace des idées qui, depuis trois siècles, ne cessent de hanter les cerveaux d'outre-Rhin ; qui, avec une persistance vraiment singulière, se réincarnent toujours en un *Franzosenfresser* quelconque. Oui, depuis trois siècles, les mêmes attaques, les mêmes accès de gallophobie se reproduisent ainsi, à date fixe, sous la même forme. Lisez Wagner ou les pamphlétaires du XVIIe siècle ; chez celui-ci comme chez celui-là les reproches sont identiques. A les entendre, la société française est une société en décomposition, frappée d'épuisement, ignorant le naturel, ne vivant que d'une façon factice, n'ayant pas encore pu se débarrasser de la pompe et de l'étiquette du Grand Roi, cachant sous ce fard mensonger ses rides et ses crevasses.

Une Capitulation au sujet de laquelle tant de papier a été noirci, dont il a été donné tant de traductions souventes fois faussées sous prétexte de patriotisme (1), n'est

(1) Une traduction vendue dans les rues, sous forme de placard, lors de la représentation du *Lohengrin*, en septembre 1891, pousse la plaisanterie jusqu'à faire intervenir la Russie dans la pièce.

On peut juger par là du degré de sincérité et d'exactitude qu'il faut accorder à pareils textes.

à vrai dire qu'une simple farce d'atelier, une polissonnerie de mauvais goût, un de ces mélanges informes d'allemand et de français dont les Germains sont friands, cherchant toujours le gros sel à la Offenbach, se pâmant aux calembours, aux jeux d'esprit gaulois improvisés par eux, quelquefois trouvés en alignant bout à bout des mots empruntés aux deux langues. Ces rimes à la général *Boum*, qui brillent déjà dans les pamphlets et les chansons contre Napoléon Ier, ne se rencontrent-elles pas également dans les versiculets à la *di del dum* du caricaturiste génial Wilhelm Busch! Et en disant cela, je ne cherche nullement à atténuer la mauvaise action du pamphlétaire Wagner jouant à l'esprit, voulant faire des grâces à propos de nos malheurs, greffant un vaudeville sur le sombre drame en action de 1870. Ce que je tiens à établir, c'est que *Une Capitulation* reste le petit côté de la question, une pure gaminerie là où toute une correspondance révèle un plan bien arrêté de pangermanisme *per fas et nefas*, et surtout de protestation contre toute influence française.

Le Diable suggérant à Wagner *Une Capitulation*.

(Croquis inédit de J. Blass.)

Si vous voulez connaître Wagner comme homme, comme agent de cette doctrine, comme produit de cet air ambiant, lisez sa lettre à Gabriel Monod, lettre aujourd'hui historique et que je dois à l'amabilité du possesseur de pouvoir reproduire ici en facsimilé.

C'est là le document capital, le document qui met en pleine lumière cette figure si complexe.

Concluons : Wagner comme Rousseau a préconisé le théâtre national et moral, puisant sujets et personnages dans les racines mêmes du sol. Et comme les Suisses, aujourd'hui, il est arrivé à doter son pays d'une scène à l'antique. Le théâtre de Bayreuth, en effet, n'est pas autre chose, à l'état permanent, que les théâtres improvisés de Berne et de Schwytz, ces immenses amphithéâtres construits spécialement pour les grandes exécutions, pour les *Festspiele* (1) des fêtes nationales helvétiques.

Je me trompe ; il y a entre les deux une différence profonde. Aux représentations de Bayreuth ne va pas qui veut, les places n'étant guère à la portée de toutes les bourses. Aux théâtres suisses, machinés en plein air, livrés aux intempéries du climat, petits et grands peuvent facilement s'ébattre.

Mais Wagner, l'antisémite, oncques jamais ne fut partisan des spectacles à bon marché. Et c'est pourquoi avant d'être initié aux arcanes wagnériennes, faut-il d'abord montrer gousset bien garni.

L'homme ainsi expliqué, laissons-le exposer ses idées et présenter lui-même sa défense. Je donne donc la parole à Wagner écrivain (2).

---

(1) Littéralement : « pièce de fête », c'est-à-dire œuvre musicale ou dramatique, composée spécialement pour la circonstance.

(2) La traduction que nous donnons ci-après diffère, sur plus d'un point, de celle qui se trouve dans le volume des « Souvenirs de Wagner », par

Sorrente, le 25 octobre 1876.

Très honoré ami,

J'aurais dû répondre plus vite à votre lettre ; mais je ne voulais pas le faire en courant. et j'attendais pour cela un peu de tranquillité. Certes, cette tranquillité, j'aurais dû la trouver ici à Sorrente ; mais je ne peux en jouir qu'à la condition d'oublier les fatigues du dernier été, et, si je vous avais exprimé la véritable émotion que votre lettre m'a causée, j'aurais dû penser à l'œuvre et aux événements qui en ont été l'occasion.

Peut-être, cependant, est-ce le meilleur moyen d'oublier la représentation du *Niebelung*, que de vous parler d'une question qui, dans les différents articles écrits à ce sujet, a été absolument représentée sous les couleurs les plus fausses. Or, je tiens d'autant plus à rectifier ces erreurs, qu'elles ont souvent altéré mes relations amicales avec divers représentants de la nation française, hommes d'un grand mérite, dont quelques-uns me sont très chers.

Je vois que constamment mes amis français se considèrent comme obligés de donner toutes sortes d'éclaircissements et d'excuses à mon sujet, à cause des prétendues invectives que j'aurais lancées contre la nation française. S'il était vrai qu'à une époque quelconque, sous l'impression d'expériences désagréables, je me fusse laissé entraîner à insulter la nation française, j'en subirais les conséquences sans m'en préoccuper davantage, n'ayant pas l'intention d'entreprendre quoi que ce soit en France. Mais il en est tout autrement. Ceux qui tiennent à connaître ma véritable pensée sur le public parisien qui a pris part à la chute de mon *Tannhäuser*, au Grand-Opéra, n'ont qu'à lire le récit que j'ai donné, peu après, moi-même, de cet épisode, à un journal allemand, récit qui, depuis, a été reproduit dans le septième volume de mes œuvres complètes. Je les engage vivement à le faire. Ceux qui liront les pages 189 et 190 de ce vo-

---

C. Benoît. Revue et corrigée avec soin par M. Grand-Carteret, la lettre du compositeur allemand figure ici avec toute sa saveur, avec tout son esprit particulier. (*Note des Éditeurs.*)

lume (1) se convaincront que si l'on me reproche mes attaques contre les Français, celles-ci ne sauraient nullement avoir leur raison dans un accès de mauvaise humeur de ma part à l'égard du public parisien. Mais que voulez-vous, les choses sont ainsi faites? Tout le monde croit les fausses interprétations par lesquelles des journalistes de mauvaise foi trompent l'opinion publique ; très peu de gens vont à la source pour rectifier leurs jugements.

Remarquez que tout ce que j'ai écrit au sujet de l'esprit français, je l'ai écrit en allemand, exclusivement pour les Allemands : il est donc clair que je n'ai pas eu l'intention d'offenser ou de provoquer les Français, mais simplement de détourner mes compatriotes de l'imitation de la France, de les inviter à rester fidèles à leur propre génie, s'ils veulent faire quelque chose de bon.

Une seule fois je me suis expliqué en français, dans la préface de la traduction de mes quatre principaux opéras, sur les relations des nations romanes avec les Allemands et sur la mission différente qui me paraît incomber à celles-là et à ceux-ci. J'assignais aux Allemands la mission de créer un art à la fois idéal et profondément humain sous une forme nouvelle ; mais je n'avais nullement l'intention de rabaisser pour cela le génie des nations romanes, parmi lesquelles la France a seule conservé, aujourd'hui, la force créatrice. Mais qui voudrait lire avec quelque attention des choses semblables (2)? Bien plus, qui donc, dans la

(1) Il s'agit, ici, de la lettre de Wagner sur la représentation du *Tannhäuser* à Paris, lettre dans laquelle le maître considère la chute de son opéra comme une victoire, étant donné l'hostilité de la presse contre lui. Cette lettre contient, du reste, une déclaration précieuse à enregistrer : « Je persiste à reconnaître au public parisien » dit-il, « des qualités fort agréables, notamment une compréhension très vive et un sentiment de la justice vraiment généreux. »

(2) L'idée que les Français sont incapables de toute lecture sérieuse est chez les Allemands une idée fixe. M. J. Bourdeau dans ses intéressantes notes de voyage adressées en 1886 de Berlin au *Journal des Débats* cite ce fait caractéristique : C..., professe l'admiration la plus vive pour la France et les Français : « Vous êtes nécessaires à l'Europe, me dit-il ; sans vous, nous « tomberions dans la barbarie... »

Je crois lui payer sa politesse en louant son dernier ouvrage. Il me répond : « Ce n'est pourtant pas un livre pour des Français ; j'y ai mis trop d'idées. »

presse actuelle, aura assez d'intelligence et de pénétration pour reconnaître que, dans l'écrit qui m'a été le plus reproché, composé au pire moment de la guerre, dans une disposition amèrement ironique, et qui devait être représenté comme parodie sur une de nos scènes populaires, j'ai eu surtout pour but de ridiculiser l'état du théâtre allemand? (1) Car enfin, quelle est la conclusion de cette farce? Les intendants et les directeurs des théâtres allemands se précipitent dans Paris assiégé dans le but, finalement, de pouvoir prendre à nouveau pour leurs théâtres toutes les nouveautés en fait de pièces ou de ballets.

Pouvais-je m'élever d'une façon plus catégorique et plus expressive contre tout antagonisme allemand et français, en matière d'art, que je ne l'ai fait tout récemment dans ce joyeux banquet auquel mes amis français m'ont invité à Bayreuth? J'ai reconnu aux Français un art admirable pour donner à la vie et à la pensée des formes précises et élégantes; j'ai dit, au contraire, que les Allemands, quand ils cherchent cette perfection de la forme, me paraissent lourds et impuissants. Je voudrais que, quand les Français cherchent à se mettre en contact avec les nations étrangères pour renouveler les formes de leurs conceptions intellectuelles, et échapper ainsi à l'épuisement et à la stérilité, surtout alors que leurs rapports avec l'Allemagne deviennent plus fréquents, je voudrais, dis-je, que les Allemands eussent à leur montrer, non une caricature de la civilisation française, mais le type sans mélange d'une civilisation vraiment originale et vraiment allemande. Si l'on combat à ce point de vue l'influence de l'esprit français sur les Allemands, on ne combat point pour cela la civilisation française elle-même; mais on met naturellement en lumière ce qui, dans cet esprit, se trouve être en contradiction avec les qualités propres de l'esprit allemand, et ce dont l'imitation serait par conséquent funeste au développement de nos qualités nationales.

Quel est le défaut qui est le plus vivement reproché à vos compatriotes par les Français les plus cultivés et les plus libres d'esprit? C'est l'ignorance de l'étranger et, par ce fait, le mépris de

(1) Cette mauvaise parodie ne fut jouée que sur des scènes infimes.

tout ce qui n'est pas français. De là, dans la nation, une vanité et une arrogance apparentes qui devaient, à un moment donné, recevoir leur châtiment (1). Mais, moi, j'ajoute que ce défaut des Français doit être excusé, puisque, chez leurs voisins les plus proches, les Allemands, il n'y a rien qui puisse les inviter à l'étude d'une civilisation différente de la leur. Tout ce qui est extérieurement visible dans la culture allemande, s'il ne porte pas en soi les marques de la rudesse barbare, n'est pas autre chose qu'une pure « gallicisation ». Et combien maladroite est cette imitation! Combien risible doit être pour les Français cette façon d'interpréter, d'écorcher la civilisation française! Nous nous servons de mots français que pas un Français ne comprend, et par contre, il y a dans la langue allemande, des mots que pas un écrivain à la mode ne connaît ; parce que, tout comme dans ces gallicismes par lesquels ils donnent à la langue française de fausses interprétations, cette habitude d'employer des termes qu'ils ne comprennent pas les amène à dénaturer leur propre langue. Et ce qui arrive pour la langue se reproduit également dans toutes les autres manifestations de la vie intellectuelle et sociale. Celui qui connaît ce déplorable état de choses, celui qui en a longtemps souffert et en a pris une conscience de plus en plus nette, — comme moi, par exemple, — celui-là commence à désespérer de voir jamais naître une forme d'esprit vraiment allemande et originale; aujourd'hui il ne l'aperçoit nulle part, et il en arrive à ne plus considérer ce qu'il a si longtemps désiré que comme une pure fantaisie d'artiste.

Mais ce qui est important pour moi après mes récentes expériences, c'est que l'espoir que cette fantaisie pouvait se réaliser m'ait été justement donné par des étrangers. Mes représentations de Bayreuth, pour revenir, enfin, à cette question, ont été mieux jugées et avec plus d'intelligence par les Anglais et les Français que par la plus grande partie de la presse allemande. Je crois que si j'ai eu cette agréable surprise, c'est que les Français et les Anglais cultivés sont justement préparés par leur propre déve-

(1) Ce terme de « châtiment » se retrouve depuis 1600 dans la bouche de tous les gallophobes. La race germaine se croit toujours appelée à « châtier ».

loppement à comprendre ce qu'il y a de typique et d'individuel dans une œuvre qui leur était jusque-là étrangère. Vous-même, très honoré ami, vous m'en fournissez la preuve la plus frappante. Vous cherchiez et vous attendiez quelque chose de différent de l'esprit français, quelque chose d'original, de personnel; vous l'avez comparé avec ce que vous possédiez en vous, et vous vous êtes enrichi en vous l'appropriant. Combien je serai récompensé par mon succès si je puis en conclure (1) que vous m'avez compris à fond, moi, mon œuvre et mes efforts! Qu'aurais-je pu vous apporter, au contraire, si jadis, à Paris, je m'étais plié aux exigences de l'opéra français, si je m'y étais, moi aussi, assuré une place et peut-être des succès analogues à ceux de maint autre musicien allemand? Je crois fort que je n'aurais même pas été en état d'achever un seul opéra tout à fait conforme au modèle parisien. Aussi suis-je heureux d'avoir pu vous saluer dans mon petit Bayreuth. Ici, en effet, grâce à moi, vous avez pu connaître quelque chose de nouveau, ce qu'il m'eût été absolument impossible de faire à Paris.

De si douces expériences, si rares qu'elles soient, car elles ne peuvent être tentées qu'avec quelques personnes isolées, sont et resteront ma seule récompense; quant à un succès plus grand, quant à un mouvement plus général en Allemagne même, j'ose à peine y croire! Je suis resté plus éloigné de la sphère dans laquelle se meut le mouvement intellectuel de l'Allemagne contemporaine, que des régions où sont les esprits sérieux de l'étranger, éloignés de cette soi-disant culture allemande. C'est peut-être là une preuve du caractère profondément humain de mon art, dans lequel des étrangers et des Allemands peu clairvoyants ont voulu ne voir qu'une tendance étroitement nationale.

Pardonnez, très honoré ami, la fatigue que vous donnera certainement l'étendue quelque peu prolixe de cette missive et croyez-moi

Votre tout dévoué,

RICHARD WAGNER.

---

(1) Littéralement « en acquérir l'heureuse conviction ».

FAC-SIMILÉ DE LA LETTRE DE WAGNER (1)

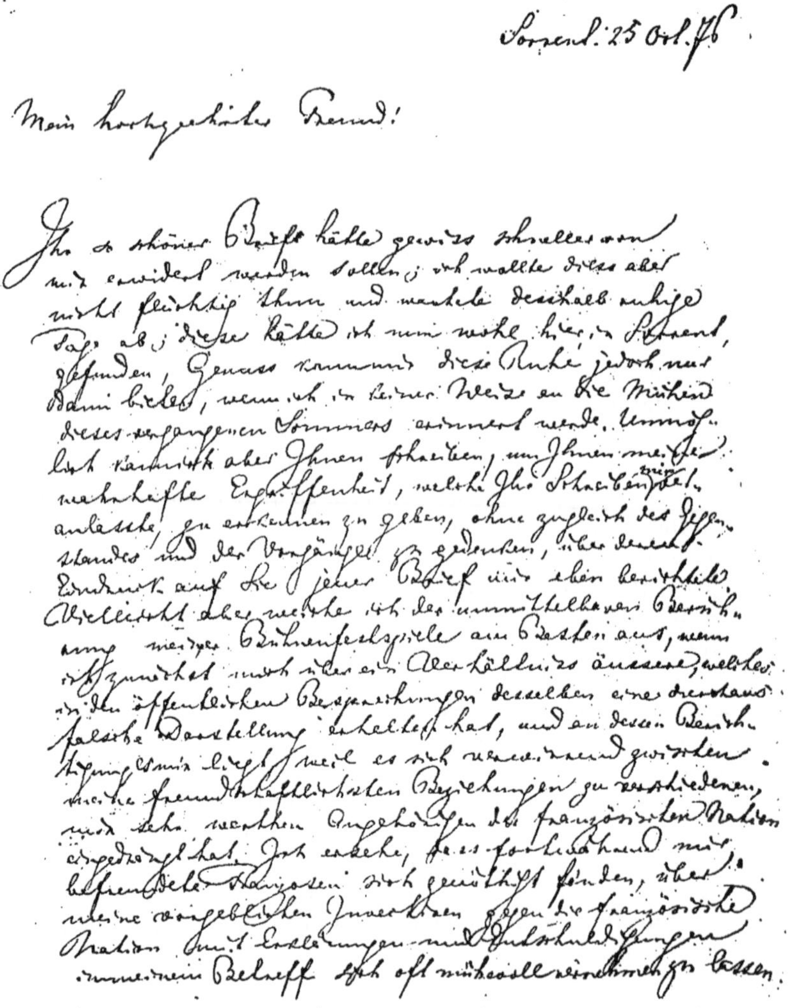

Sorrent: 25 Oct. 76

Mein hochgeschätzter Freund!

Ihr so schöner Brief hätte gewiss schneller von
mir erwidert werden sollen; ich wollte dieses aber
nicht flüchtig thun und wartete deshalb ruhige
Tage ab; diese hätte ich nun wohl hier in Sorrent
gefunden, [illegible] diese Ruhe jedoch nur
dann bleiben, wenn ich in keiner Weise an die Mühen
dieses vergangenen Sommers erinnert werde. Unmöglich [illegible] aber Ihnen schreiben, um Ihnen meine [illegible]
wahrhafte Ergriffenheit, welche Ihr Schreiben in mir ver-
anlasste, zu erkennen zu geben, ohne zugleich des Gegen-
standes und der Vorgänge zu gedenken, über deren
Eindruck auf Sie jener Brief mir eben berichtete.
Vielleicht aber weiche ich der unmittelbaren Berüh-
rung meiner Bühnenfestspiele am Besten aus, wenn
ich zunächst mich über ein Verhältniss äussere, welches
in den öffentlichen Besprechungen derselben eine durchaus
falsche Darstellung erhalten hat, und an dessen Berich-
tigung es mir liegt, weil es sich [illegible]
meine freundschaftlichsten Beziehungen zu verschiedenen
und sehr werthen Angehörigen der französischen Nation
eingedrungen hat. Ich ersehe, dass es fortwährend mir
befreundete Franzosen sich genöthigt finden, über
meine vorgeblichen Invectiven gegen die französische
Nation mit Erklärungen und Entschuldigungen
in meinem Betreff sich oft mühevoll vernehmen zu lassen.

(1) Cette lettre est datée de Sorrente (Italie) où Wagner fit un assez long séjour. En 1880, puis en 1883 il retourna à nouveau dans la péninsule italique, et résida à Naples à la Villa Angri, puis à Venise au Palazzo Vendremin. C'est dans cette dernière demeure qu'il devait mourir en février 1883.

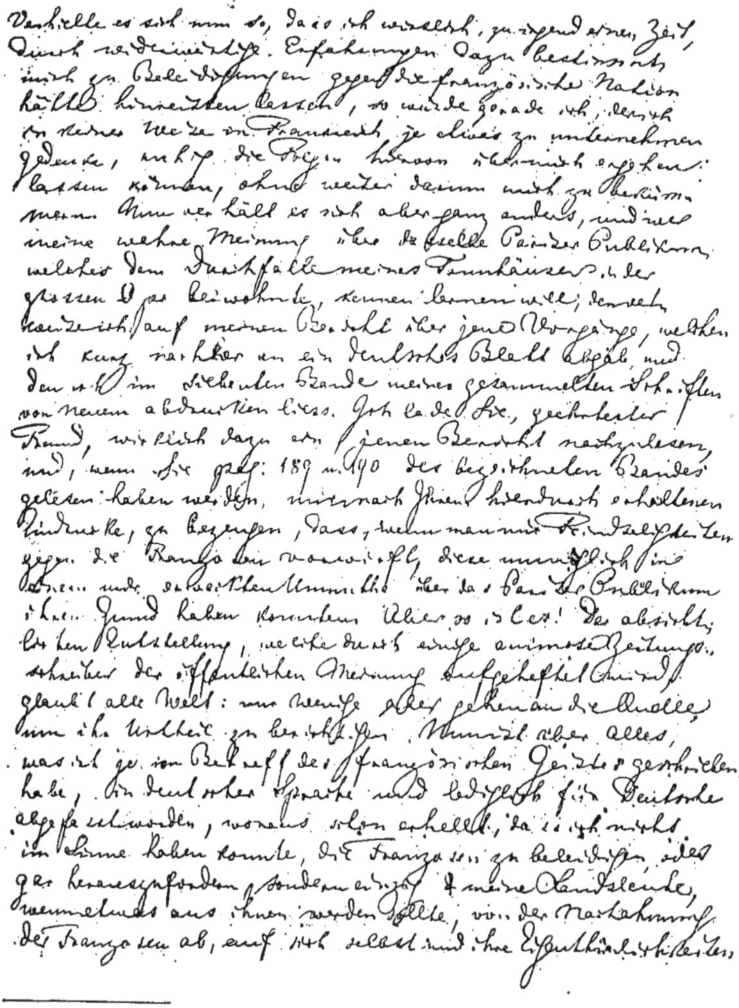

Verhielte es sich nun so, dass ich wirklich, zu irgend einer Zeit, durch widerwärtige Erfahrungen dazu bestimmt, mich zu Beleidigungen gegen die französische Nation hätte hinreissen lassen, so würde gerade ich, der ich in meinem Wege in Frankreich je etwas zu unternehmen gedenke, nicht die Folgen hiervon über mich ergehen lassen können, ohne weiter darum mich zu bekümmern. Nun verhält es sich aber ganz anders, und wer meine wahre Meinung über das Pariser Publikum welches dem Durchfalle meines Tannhäusers in der grossen Oper beiwohnte, kennen lernen will, den verweise ich auf meinen Bericht über jene Vorgänge, welchen ich kurz nachher an ein deutsches Blatt abgab, und den ich im siebenten Bande meiner gesammelten Schriften von neuem abdrucken liess. Ich lade Sie, geehrtester Freund, wirklich dazu ein, jenen Bericht nachzulesen, und, wenn Sie pag: 189 u. 190 des bezeichneten Bandes gelesen haben werden, mir nach Ihrem hierdurch erhaltenen Eindrucke, zu bezeugen, dass, wenn man mir Rücksichtslosigkeit gegen die Franzosen vorwirft, diese unmöglich in einem ungerechten Urtheile über das Pariser Publikum ihren Grund haben konnten. Aber so ist es! Der absichtlichen Entstellung, welche durch einige animose Zeitungsschreiber der öffentlichen Meinung aufgeheftet wird, glaubt alle Welt: nur wenige aber gehen an die Quelle, um ihr Urtheil zu berichtigen. Uebrigens aber alles, was ich je im Betreff des französischen Geistes geschrieben habe, ist in deutscher Sprache und lediglich für Deutsche abgefasst worden, woraus schon erhellt, dass ich gar nicht im Sinne haben konnte, die Franzosen zu beleidigen, oder gar herauszufordern, sondern einzig meine Landsleute, namentlich aus ihnen werden sollte, von der Nachahmung der Franzosen ab, auf sich selbst und ihre Eigenthümlichkeiten,

---

La lettre que nous reproduisons ici, en fac-similé, a été quelque peu réduite pour pouvoir entrer dans la justification de ce volume. Les lignes ne mesurent que 10 centimètres de largeur au lieu de 13 comme dans l'original. C'est la première fois qu'un autographe allemand du grand compositeur se trouve reproduit en France, les autographes publiés de 1861 à 1869, époque où pa-

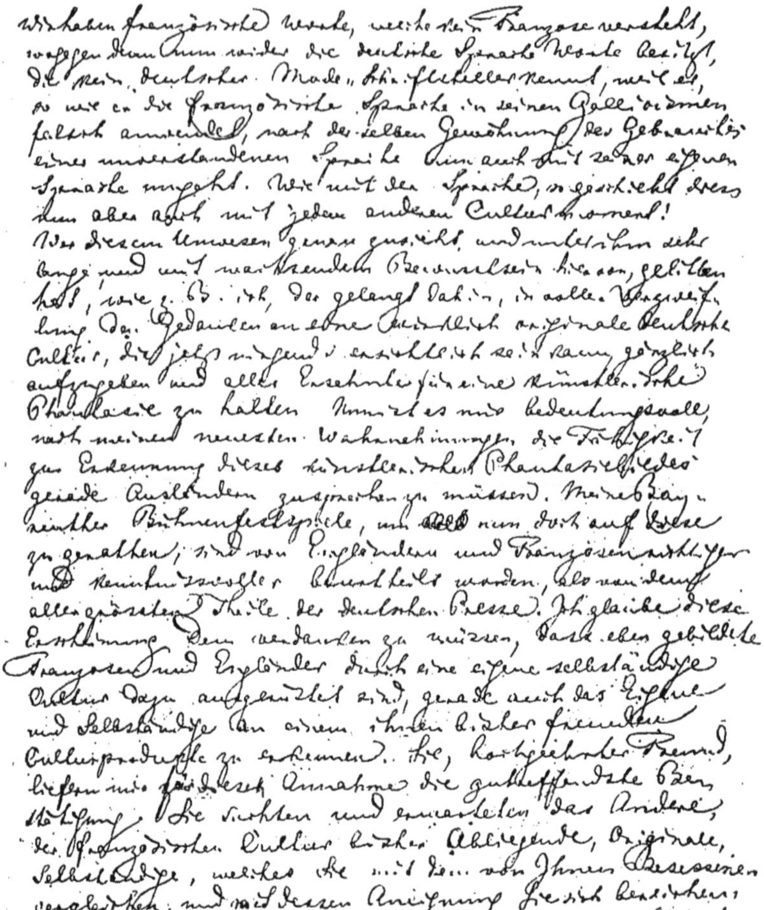
wir haben französische Worte, welche kein Franzose versteht, wogegen man Ihnen wieder die deutsche Sprache Worte bezeigt, die kein Deutscher „Mode", sondern „Etiquette" nennt, weil er, so wie er die französische Sprache in seinen Gallicismen falsch anwendet, nach derselben Gewohnung des Gebrauches einer unverstandenen Sprache nun auch mit seiner eigenen Sprache umgeht. Wie mit der Sprache, so geschieht dies denn aber auch mit jedem anderen Culturmoment!
Wer diesem Unwesen genau zusieht, und unter ihm sehr lange und mit wachsendem Bewusstsein hiervon, gelitten hat, wie z. B. ich, der gelangt dahin, in aller Begreifung des Gedanken an eine wirklich originale deutsche Cultur, die jetzt irgend erschliessbar sei, kaum gänzlich aufzugeben und alles Erstrebte für eine künstlerische Phantasie zu halten. Nun ist es mir bedeutungsvoll, nach meinen neuesten Wahrnehmungen, die Fähigkeit zur Erkennung dieses künstlerischen Phantasiebildes gerade Ausländern zusprechen zu müssen. Meine Bayreuther Bühnenfestspiele, um nun doch auf diese zu gerathen, sind von Engländern und Franzosen richtiger und verständnissvoller beurtheilt worden, als von dem allergrössten Theile der deutschen Presse. Ich glaube diese Erscheinung dem verdanken zu müssen, dass eben gebildete Franzosen und Engländer durch eine eigene selbständige Cultur dazu ausgerüstet sind, gerade auch das Eigene und Selbständige an einem ihnen bisher fremden Culturproducte zu erkennen. Sie, hochgeehrter Freund, liefern mir für diese Annahme die zutreffendste Bestätigung. Sie suchten und erwarteten das Andere, der französischen Cultur bisher Abliegende, Originale, Selbständige, welches Sie mit dem von Ihnen Besessenen vergleichen, und durch dessen Aneignung Sie sich bereichern können.

rurent petites brochures et articles biographiques sur Wagner, étant toujours empruntés à des lettres écrites en français. L'on n'ignore pas, en effet, qu'à une certaine époque Wagner écrivait notre langue assez couramment. L'original, de format in-4°, composé d'une page et demie, est écrit sur papier ordinaire, du « Bath » comme les Allemands en emploient fort souvent encore aujourd'hui.

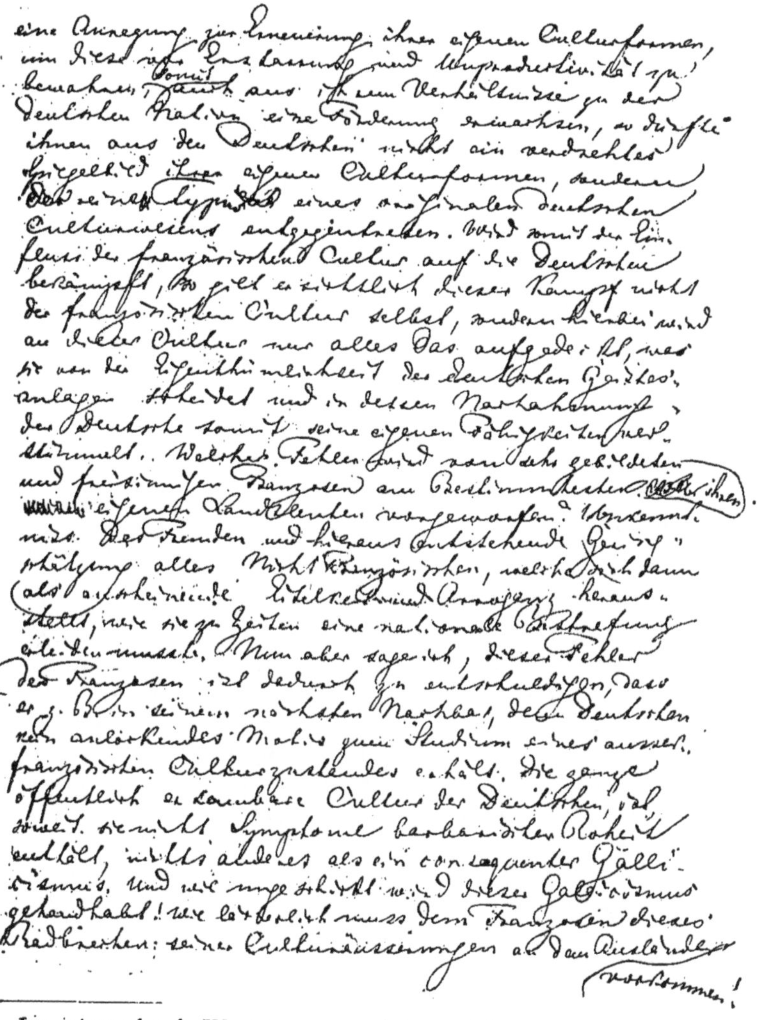
eine Anregung zur Erneuerung ihrer eigenen Culturformen, um diese ihrer Entartung und Unproductivität zu bewahren, sonst aus ihrem Verhältnisse zu der deutschen Nation eine Forderung erwachsen, so dürfte ihnen aus den Deutschen nicht ein verzerrtes Spiegelbild ihrer eigenen Culturformen, sondern der reine Typus eines originalen deutschen Culturwesens entgegentreten. Wird somit der Einfluss der französischen Cultur auf die Deutschen bekämpft, so gilt es sichtlich dieser Kampf nicht der französischen Cultur selbst, sondern hierbei wird an dieser Cultur nur alles Das aufgedeckt, was sie von der Eigenthümlichkeit des deutschen Geistesanlagen scheidet und in dessen Nachahmung der Deutsche somit seine eigenen Fähigkeiten verstümmelt. Welcher Fehler wird von sehr gebildeten und freisinnigen Franzosen am bestimmtesten ihren eigenen Landsleuten vorgeworfen? Unkenntniss des Fremden und hieraus entstehende Geringschätzung alles Nichtfranzösischen, welche sich dann als erschreckende [illegible] Anregung herausstellt, wie sie zu Zeiten eine nationale [illegible] [illegible]. Nun aber sage ich, dieser Fehler des Franzosen ist dadurch zu entschuldigen, dass er z. B. in seinem nächsten Nachbar, dem Deutschen kein anlockendes Motiv zum Studium eines ausserfranzösischen Culturzustandes erhält. Die ganze öffentlich erkennbare Cultur der Deutschen, ist, soweit sie nicht Symptome barbarischer Rohheit enthält, nichts anderes als ein consequenter Gallicismus. Und wie ungeschickt wird dieser Gallicismus gehandhabt! Wie lächerlich muss dem Franzosen dieses Radbrechen seiner Culturäusserungen an dem Ausländer vorkommen!

Les autographes de Wagner, assez répandus en Allemagne, ont même servi de réclame à des facteurs de pianos. J'ai eu sous les yeux le prospectus distribué par une maison allemande et anglaise, reproduisant en fac-similé la recommandation du maître pour les instruments de la maison.

Voir pour la correspondance de Wagner, le très consciencieux et très pré-

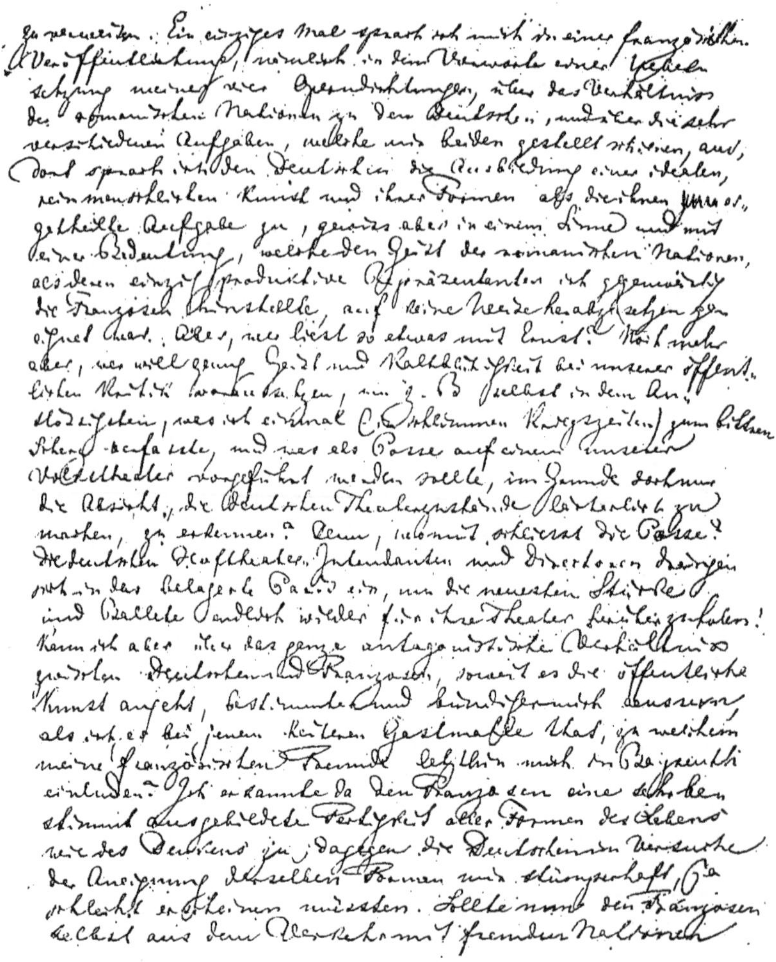
zu vermeiden. Ein einziges Mal sprach ich mich in einer französischen Veröffentlichung, nämlich in dem Vorworte einer Uebersetzung meiner vier Operndichtungen, über das Verhältniss der romanischen Nationen zu den Deutschen, und über die sehr verschiedenen Aufgaben, welche uns beiden gestellt schienen, aus; dort sprach ich den Deutschen die Ausbildung einer idealen, rein menschlichen Kunst und ihrer Formen als die ihnen zugetheilte Aufgabe zu, gewiss aber in einem Sinne und mit einer Bedeutung, welche den Geist der romanischen Nationen, als deren einzig produktive Repräsentanten ich gemeinhin die Franzosen hinstellte, auf keine niedere herabzusetzen gemeint war. Aber, wer liest so etwas mit Ernst? Noch mehr aber, wer will genug Geist und Nüchternheit bei unserer öffentlichen Kritik voraussetzen, um z. B. selbst in dem Anstössigsten, was ich einmal (in schlimmen Kriegszeiten) zum bitteren Scherz verfasste, und was als Posse auf einem unserer Volkstheater vorgeführt werden sollte, im Grunde doch nur die Absicht, die deutschen Theaterzustände lächerlich zu machen, zu erkennen? Denn, wo nimmt sich her die Posse? Die deutschen Hoftheater-Intendanten und Directoren drängen sich in das belagerte Paris ein, um die neuesten Stücke und Ballete endlich wieder für ihre Theater herbeizuholen! Kann ich aber über das ganze antagonistische Verhältniss zwischen Deutschen und Franzosen, soweit es die öffentliche Kunst angeht, bestimmter und bündiger mich äussern, als ich es bei jenem heiteren Gastmahle that, zu welchem meine französischen Freunde letzthin mich in Bayreuth einluden? Ich erkannte da den Franzosen eine schöne, stimmig ausgebildete Fertigkeit aller Formen des Lebens wie des Denkens zu, dagegen die Deutschen in Versuche der Aneignung derselben Formen mir stümperhaft, ja schlecht erscheinen müssten. Sollte nun den Franzosen Vortheil aus dem Verkehr mit fremden Nationen

cieux travail de M. Emerich Kastner, *Briefe Richard Wagners* (1830-1883), qui donne, chronologiquement, avec adresse, date, source, la mention de 413 lettres du compositeur.

L'auteur possède, du reste, une très riche collection d'autographes wagnériens. Voir également le catalogue du Musée Richard Wagner dressé

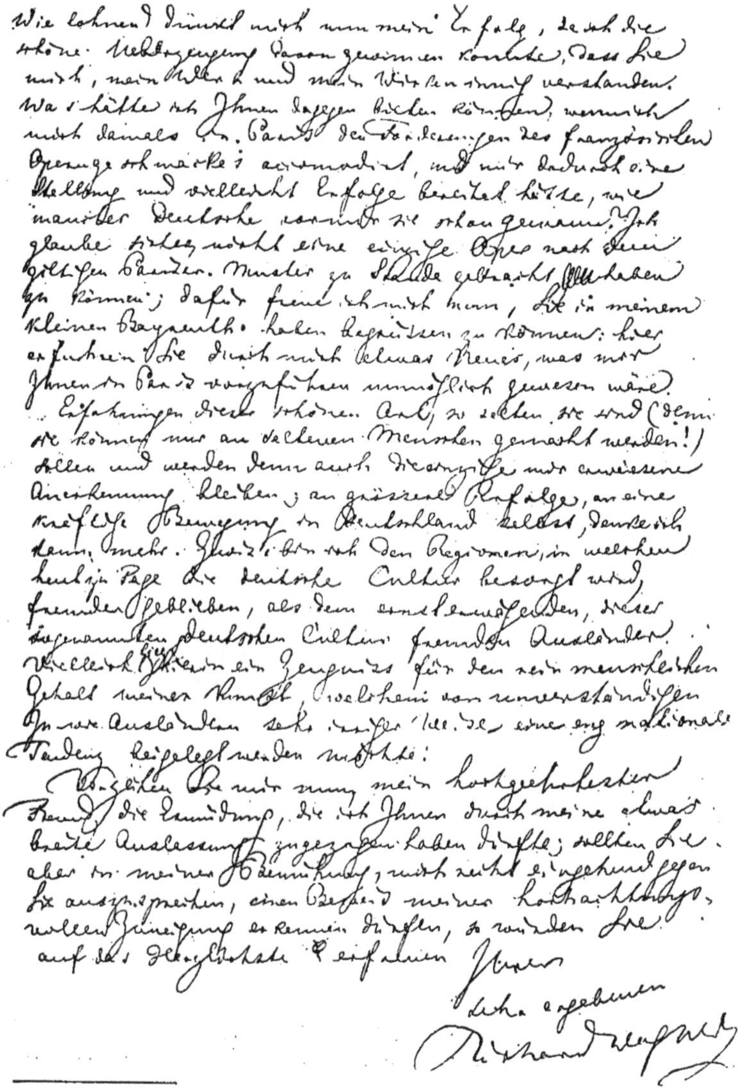

Wie lohnend dünkt mich nun mein Erfolg, da ich die schöne Ueberzeugung davon gewinnen konnte, dass Sie mich, mein Streben und mein Wirken richtig verstanden. Was hätte ich Ihnen dagegen bieten können, wenn ich mich damals in Paris den Forderungen des französischen Operngeschmackes accomodirt, und mir dadurch eine Stellung und vielleicht Erfolge bereitet hätte, wie mancher Deutsche vor mir sie schon gewann? Ich glaube schwerlich eine einzige Oper nach dem giltigen Pariser Muster zu Stande gebracht haben zu können; dafür freue ich mich nun, Sie in meinem kleinen Bayreuth haben begrüssen zu können: hier erfuhren Sie doch noch etwas Neues, was mir Ihnen in Paris vorzuführen unmöglich gewesen wäre. Erfahrungen dieser schönen Art, so selten sie sind (denn sie können nur an seltenen Menschen gemacht werden!) sollen und werden denn auch die einzige mir erwiesene Anerkennung bleiben; an grössere Erfolge, an eine kräftige Bewegung in Deutschland selbst, denke ich kaum mehr. Gewiss bin ich den Regionen, in welchen heutzutage die deutsche Cultur besorgt wird, fremder geblieben, als dem einsichtsvollen, dieser sogenannten deutschen Cultur fremden Ausländer. Vielleicht giebt dies ein Zeugniss für den rein menschlichen Gehalt meiner Kunst, welchem von unverständigen Inn- und Ausländern sehr irriger Weise eine eng nationale Tendenz beigelegt werden möchte:

Verzeihen Sie mir nun, mein hochgeehrtester Freund, die Ermüdung, die ich Ihnen durch meine etwas breite Auslassung zugezogen haben dürfte; sollten Sie aber in meiner Neigung, mich recht eingehend gegen Sie auszusprechen, einen Beweis meiner hochachtungsvollen Zuneigung erkennen dürfen, so würden Sie auf das Herzlichste erfreuen Ihren

sehr ergebenen

Richard Wagner

---

avec un soin tout particulier par M. Œsterlein et comprenant quantité de lettres inédites du Maître.

Détourner les Allemands de l'imitation de la France, émanciper leur théâtre des pièces et des ballets parisiens, tel fut donc le désir et le but de Wagner. Y parvint-il? On a lieu d'en douter quand on lit au travers de ses lignes. On acquiert la certitude de son insuccès quand on étudie la question sur les lieux mêmes, quand on pénètre plus avant dans le domaine musical et dramatique d'outre-Rhin.

Certes, on trouvera du Wagner dans tout Allemand parce que l'auteur du *Lohengrin* s'est, au plus haut degré, approprié les conceptions nationales, parce que les personnages qu'il a mis à la scène sont taillés en pleine forêt germanique. Vous pourrez donc rencontrer partout, de Munich à Berlin, des Isolde appelant le bien-aimé avec le geste de l'amante de Tristan, des jeunes gens à la figure inspirée et recueillie prenant des expressions à la Parsifal, des groupes de jeunes mariés, la main dans la main, le regard dans le regard, jouant paisiblement en public le rôle des personnages du drame wagnérien.

Simple ressemblance extérieure, pure enveloppe physique, parce que ce sont les types allemands qui se sont incarnés dans l'œuvre de Wagner et non Wagner qui a déteint sur ses compatriotes. Chose étrange, en effet, après des années de luttes, dans son pays aussi bien qu'à l'étranger, le compositeur inspiré, porté au pinacle, fêté comme rénovateur, considéré à l'égal d'un souverain, disparaît sans laisser d'imitateurs, sans avoir fait école; ce qu'il lègue aux siens, c'est un théâtre exploité par sa femme et qui, les premières dépenses couvertes, passe déjà à l'état d'affaire financière de premier ordre, très capable de tomber, quelque jour, ô ironie du sort, entre les mains d'un de ces Israélites maudits par le Maître.

Ce n'est ni un mouvement classique ni un mouvement romantique comme ceux qui ont pu se voir précédemment, en Allemagne ou en France; c'est le néant, l'enterrement de la « musique de l'avenir », en tant que force productrice. Tout ce bruit aboutit à ceci : l'exploitation commerciale, la mise en régie des œuvres d'un compositeur de génie.

C'est que l'Allemand dont j'ai, précédemment déjà, dans plusieurs de mes ouvrages, tenté d'esquisser la physionomie, est un être double et foncièrement éclectique. Tout en admirant son Wagner, il ne cesse pas de s'intéresser aux œuvres musicales d'un esprit entièrement différent. En musique comme en littérature, il n'entend pas se confiner; il veut le pour et le contre des choses. Wagner lui plaisait comme répondant à son penchant pour la méditation sombre et solitaire, comme représentant ce besoin de vie intérieure qui lui est si particulier, et Wagner l'a surtout empoigné comme traduisant à un certain moment, l'on peut même dire au moment psychologique, ses aspirations vers un idéal national complet, social, politique, religieux, esthétique.

Wagner et le théâtre de Bayreuth, c'était l'homme et la chose du nouvel Empire germanique : le Nord avait apporté les vertus guerrières, le Midi donnait l'impulsion artistique. La musique de l'avenir couronnait l'Empire de l'avenir.

Mais ceci une fois admis, l'Allemand qui a fait de

Bayreuth l'Italie des amoureux, qui va au pays de l'Or du Rhin en pèlerinage artistique comme d'autres vont à Rome en pèlerinage religieux; l'Allemand, toujours à la recherche de sensations différentes, est « retourné

Wagner débarquant à Paris, et colportant son *Tannhäuser*.

(Croquis inédit de J. Blass.)

à son vice », suivant le reproche que lui adressait Wagner, en ses moments de découragement.

Or, son vice, c'est d'entendre, avec un égal plaisir, d'applaudir avec une égale bonne foi, Meyerbeer ou Verdi, Massenet ou Gounod; c'est de s'amuser aux opérettes de Millœcker, de Strauss, de Suppé, les opérettes aux motifs populaires, aux valses entraînantes, au bruyant accompagnement de trompettes, tout comme il vient s'abîmer, se « régénérer » au milieu des accords interminables de la Tétralogie.

Ces engouements, ces essais d'émancipation, tous les peuples les subissent, mais la plupart sont trop mélangés, trop fortement imprégnés de mœurs internationales pour, par cela même, rejeter d'emblée ce qui est contraire à l'idéal entrevu, et je me demande si la puissance, si la force de Wagner n'est pas née, surtout, de la guerre qui lui fut faite au dehors, de l'échec qu'il subit à Paris.

On s'était acharné contre lui dans la capitale des Welsches; c'est donc qu'il était bien du terroir, qu'il avait une conception, un idéal purement germaniques. Un écrivain bavarois, connu par son antipathie pour la musique wagnérienne, est venu me confirmer dans ce sentiment.

« Paris ne repousse pas sans raison une œuvre qui a son caractère », m'écrivait-il dernièrement. « Les succès du *Tannhäuser* en Allemagne, sont la suite de l'insuccès de 1861 à l'Opéra. C'est vous qui, par vos sifflets, avez fait Wagner, tout comme c'est l'Empire allemand de 1870 qui a fait Bayreuth. » On voit que je ne suis point seul à penser de la sorte.

Mais à tout prendre, je préfère encore le « déroulédisme musical » au « wagnérisme politique ». Il est permis de concevoir un art sorti des entrailles du pays, ce doit même être l'idéal partout cherché. Tandis que vouloir s'opposer à la représentation d'un chef-d'œuvre sous prétexte de patriotisme, de dignité nationale, c'est folie, pure folie, c'est faire acte d'hystérie politique, suivant l'expression d'un magistrat wagnérophile.

Repoussée par Paris, la musique wagnérienne devint un instrument de propagande germanique : acceptée, applaudie par Paris, elle quitte son caractère d'âpreté, d'hostilité ouverte, pour rentrer dans le pur domaine de l'art. Et désormais, nous pourrons entendre des opéras allemands comme nous entendîmes, jadis, des opéras italiens, jusqu'au jour, malheureusement encore éloigné, où il nous sera permis d'écouter à l'état habituel, dans leur langue mère, les chefs-d'œuvre de l'étranger.

Le Dieu de la Double-Croche.
(Croquis inédit de J. Blass.)

II

PORTRAIT GRAPHOLOGIQUE

DE WAGNER

Wagner considéré comme un excentrique par des magistrats et des médecins allemands. — L'écriture et les signatures de Wagner. — Indications fournies par la graphologie.—Opiniâtreté, orgueil, amour du moi, tendance à l'avarice.

« Wagner est un excentrique, Wagner est un malade; il porte en lui le germe morbide de l'excitation cérébralo-musicale », ainsi s'exprimait il y a quelques années un aliéniste allemand. Et les tribunaux de la capitale prussienne ne semblent pas avoir été plus tendres pour le grand musicien, lorsque son nom se trouva incidemment mêlé au procès du comte d'Arnim. L'ex-ambassadeur d'Allemagne à Paris ayant dit dans une de ses brochures : « M. de Bismarck est, après Wagner, le plus illustre des contemporains », le tribunal introduisit dans le jugement du retentissant procès un considérant ainsi libellé : « Attendu que Richard Wagner est généralement regardé comme un excentrique, atteint de la manie des grandeurs, on ne saurait, sans faire injure au chancelier, le comparer à ce compositeur monomane et condamne, etc. ».

En rappelant ces jugements, ces appréciations, je

ne songe nullement à prendre fait et cause pour l'aliéniste et pour les magistrats; car j'appelle de tous mes vœux l'époque sage, réformatrice, humainement éclairée, où l'esprit juridique, imbu de principes nouveaux, regardera les Bismarck comme des monstres, comme des criminels envers la société et repoussera toute comparaison entre eux et les innocents initiateurs des réformes artistiques, littéraires ou musicales. Ce que je tenais à montrer, c'est l'idée qu'on se faisait de Wagner, en Allemagne, dans certaines atmosphères spéciales.

Et maintenant, demandons à la graphologie son passeport physique.

Depuis quelques années, on a beaucoup étudié les grands hommes par l'écriture, il s'est même établi des « tireurs de portraits graphologiques », nouveaux astrologues lisant au travers des jambages et des formes données aux lettres, comme d'autres lisaient jadis par les astres ou par la chiromancie. Donc, puisque graphologie il y a, « graphologicons » sur Wagner, laissons de côté l'homme, ses actes, ses œuvres, et guidons-nous à l'aide des documents originaux ici reproduits, c'est-à-dire la lettre à Gabriel Monod, ses diverses signatures, son autographe musical. *Sine ira et cum studio.*

Premier document (1). — Fin de lettre écrite après *Tannhäuser* et *Lohengrin*, en décembre 1854. Ce qui surprend, tout d'abord, c'est le soin, la propreté calligraphique de l'écrivain : très certainement ces lignes ont

(1) J'emprunte ces documents à une très intéressante étude publiée par le *Schorer's Familienblatt*. Du reste, depuis la mort de Wagner, quantités d'autographes du maître ont paru dans les journaux allemands.

été écrites à l'aide d'un transparent. La caractéristique principale de cette paisible écriture est un besoin d'élégance, un certain sens de la forme visible surtout dans les majuscules, et une certaine sensualité indiquée par

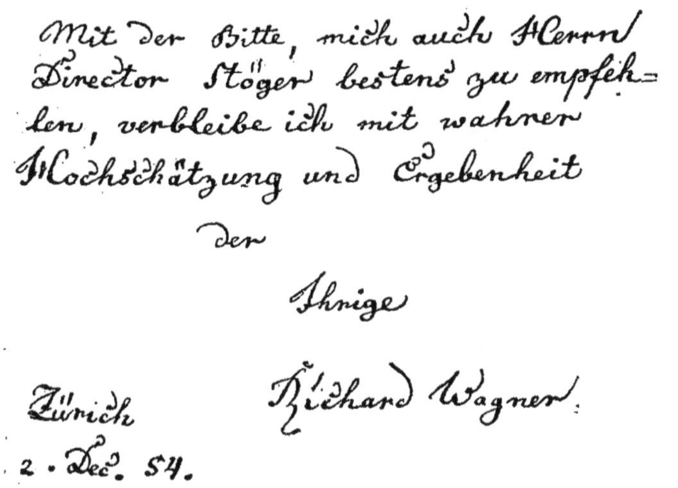
Mit der Bitte, mich auch Herrn
Director Stöger bestens zu empfehlen, verbleibe ich mit wahrer
Hochschätzung und Ergebenheit
der
Ihrige
Zürich Richard Wagner.
2. Dec. 54.

Fin de lettre du 2 décembre 1854.

« Avec la prière de présenter mes plus respectueux hommages à M. le Directeur Stöger, je reste avec véritable estime et dévouement

« Votre RICHARD WAGNER. »

* On n'ignore pas que les Allemands sont, quant aux formules de politesse, restés bien plus formalistes que nous.

le gras des lettres. Celles-ci sont très légèrement inclinées — l'âme est quelque peu livrée à des mouvements passionnels — çà et là, seulement, [le E de *Ergebenheit*, le R de *Richard*], une lettre se couche d'une manière plus décidée. Le point après la signature, indique une nature s'observant et ne marchant qu'avec réserve. Non seulement ce point diminuera, mais il disparaîtra lorsque Wagner sera parvenu à la célébrité. Peu de traits, peu de jambages inutiles, ce qui est l'indice d'un esprit sérieux. Seule l'M du commencement pourrait venir contredire cette assertion ; c'est la lettre des personnes facilement joviales ou aimant à railler, mais il ne faut point s'en étonner étant donné le caractère double de l'Allemand. Quant à l'S du mot *Stöger* elle est tout à fait particulière, car elle indique un esprit calculateur, une prédisposition à compter, même une tendance à l'avarice.

Deuxième document. — Quatorze ans après : signa-

Signature de Wagner en 1868.

* C'est la signature qui se trouve au bas de plusieurs des portraits publiés avant 1870.

ture datant de 1868, à Munich, première période de succès. L'originalité du personnage qui se manifestait, jadis, dans une certaine contorsion des majuscules est parvenue ici, avec l'R, à un degré tel qu'on se demande, de prime abord, si c'est *Œichard* ou *Okichard* qu'il faut lire. En présence d'une majuscule aussi informe, aussi volontairement contorsionnée, le graphologue, comme les bons Munichois de l'époque, est forcé de constater que Wagner commence à être atteint d'une effroyable et singulière originalité. C'est, sans doute, de cette façon qu'il signait la fameuse lettre, également datée de Munich, dans laquelle se trouve cette affirmation digne d'un illuminé : « L'année de la première représentation du *Tannhäuser*, une reine me révéla le génie de ma vie. Il m'a été envoyé du ciel : c'est par lui que j'existe et que je me connais. » C'était un peu dépasser les bornes de la plaisanterie humaine ; aussi quelques années plus tard, en 1872 et en 1873, deux médecins spécialistes de Munich, le Dr Th. Puschmann et le Dr Fr. Hermann, se demandèrent si l'auteur de la fameuse lettre R était ou non un esprit malade. En tout cas, ceci est certain, le croisement, l'entrelacement du paraphe, la liaison des cinq dernières lettres, tout en cette signature indique l'orgueil et l'admiration du moi portés au plus haut degré.

Troisième document. — Signature datant de 1876. Bayreuth est, par lui, devenu à nouveau célèbre : princes, rois, empereur, ont été ses hôtes. L'orgueilleuse ampleur de son R est restée ; sa propre admiration n'a fait que croître et embellir, l'R montant au moins trois fois sur la tête de l'*h*. L'écriture, elle aussi, prend de plus en plus la direction ascendante ; les treize lettres de son nom et la griffe ne sont réunies ensemble que par deux traits séparés. La hauteur très variable de ses lettres saute aux yeux. Et d'autre part, il ne les forme plus comme précédemment, il leur donne une allure particulière : il entreprend tant de choses qu'on peut se demander s'il ne va pas encore chercher à « réformer l'écriture courante ».

Les derniers autographes seront d'une écriture plus fine, plus déliée : il a désormais des visées plus hautes que les jouissances purement sensuelles, son immense érudition a développé en lui une nouvelle sorte de nervosité.

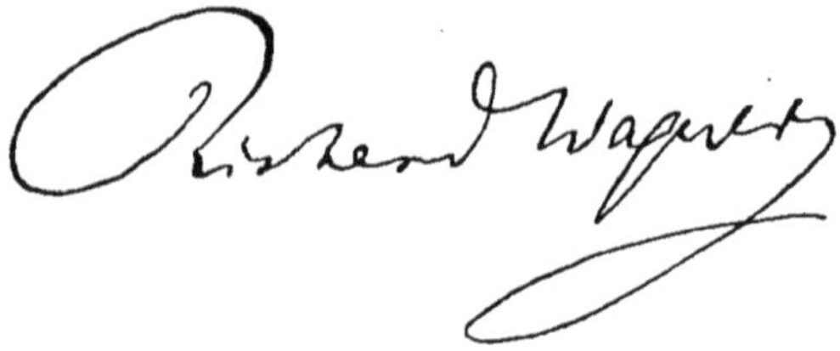

Signature de Wagner datant de 1876.

Ce que l'on peut dire, en matière de conclusion, c'est que si Wagner a eu des idées nouvelles, il a dû la possession de ces idées non à son esprit, essentiellement pratique, mais bien à son sens de la forme, à sa fantaisie, à sa grande originalité, à sa grande puissance d'assimilation; toutes qualités que révèlent certaines de ses lettres. Celles-ci indiquent, d'autre part, une certaine grandeur d'âme (point d'enjolivements recourbés à la fin des capitales et des mots) et une réelle bonté (rondeur dans la forme générale des lettres), tandis que les crochets sont un signe non équivoque d'opiniâtreté : tout, du reste, en son écriture montre le lutteur. Certaines lettres comme l'M du premier autographe dénotent une propension naturelle à la gaieté, à l'enjouement; et, en effet, comme tous les sérieux, il fut un joyeux, un caustique.

Enfin, dernier point déjà effleuré, Wagner, tout le confirme, a dû engloutir des capitaux considérables, point par esprit de dissipation, mais pour la satisfaction de ses besoins intellectuels ou physiques. Il emploie peu de papier pour ses lettres, et le point qui se trouve généralement au bas de ses F indique l'amour de l'argent. C'est bien l'homme criant à son éditeur, à une répétition de *Parsifal*, que la grosse somme donnée pour l'achat de la partition n'était véritablement pas trop forte. Or, bien certainement, quelqu'un qui ne tiendrait point à l'argent d'une façon toute particulière ne se serait jamais permis, en plein théâtre, apostrophe pareille.

Wagner se recueillant.
(Croquis inédit de J. Blass.

III

LES AUTOGRAPHES MUSICAUX

DE WAGNER

L'impôt de la signature et de l'autographe. — Fiancés allemands et collectionneurs américains. — Comment Wagner savait remercier ses hôtes en musique.

Nombreux sont les autographes de Wagner, lettres ou musique ; plus nombreux encore les faux autographes, car il y a eu tout un commerce de manuscrits wagnériens, créé pour répondre aux incessantes demandes d'un public enthousiaste.

Comme tous les personnages en vue, comme tous ceux qui, à un moment donné, paraissent incarner en eux le génie d'un pays, Wagner qui, plus heureux qu'un roi, est mort sur son Bayreuth sans avoir eu de Sedan, a passé par l'impôt de la signature et de la pensée manuscrite. Il n'a pas eu seulement à subir le coup de l'album, la traite forcée tirée sans avis, à bout portant ; il lui a fallu encore faire face aux épîtres terriblement suggestives des jeunes fiancés wagnéromanes voulant, en guise de cadeau de noces, offrir à leur Elsa ou à leur Brunhild, quelques lignes de la main du Maître. Un cœur, un piano, le portrait et la signature du créateur de l'art national, n'est-ce pas la félicité céleste pour les couples germaniques épris des clairs de lune et des soirées bayreuthiennes ! « Sois heureuse, ô ma Thilda (Mathilda) » dit une comédie-bouffe jouée à Vienne : « tu pourras de tes propres yeux, contempler l'effigie et la griffe magistrale de ton roi, de ton Richard. »

Et après les fiancés des bords du Rhin, les collectionneurs américains, tous les rastaquouères vivant aux crochets de la célébrité, tous ceux dont la spécialité consiste à braquer sur les hommes célèbres le revolver de la demande d'autographe, tous ceux qui possèdent la collection unique à laquelle ne manque jamais qu'une seule pièce, celle du Maître à qui l'on écrit.

Et timbres-poste d'affluer à Bayreuth pour la réponse désirée, mendiée, quêtée ; timbres-poste dont on eût pu, suivant le dire d'un intime du Jupiter musical, tapisser tous les murs de la villa Wahnfried. Ce que sont les demandes d'audiences ou de secours dans un ministère, dans une administration officielle, telles furent les demandes de copie adressées au prince de la musique.

A tout cela l'auteur du *Lohengrin* répondit peu ou point : on ne saurait l'en blâmer d'autant plus qu'il se réservait pour les intimes.

Comment ! c'est ce que nous allons voir.

Comme la peinture, comme la poésie, comme tous les arts d'improvisation et d'inspiration, la musique prête facilement à la pochade, au croquis prestement enlevé, et Wagner, à la façon de ses compatriotes, est un solennel qui ne craint point le rire. Artiste multiple, il passe avec une égale aisance du poème épique à la gaudriole, du drame musical à l'épigramme orchestrée.

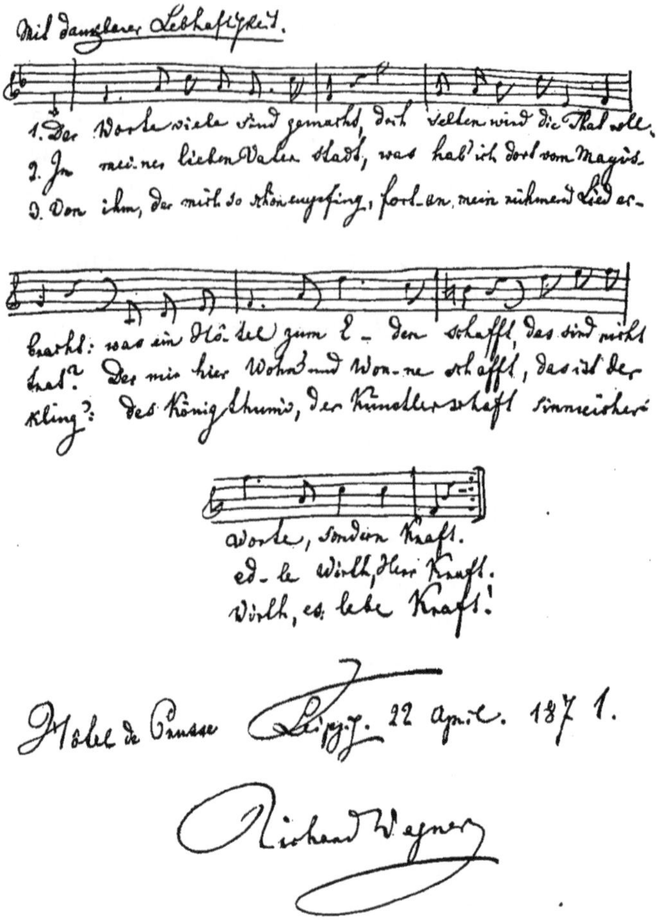

CHANSON HUMORISTIQUE IMPROVISÉE PAR WAGNER

et dédiée à M. Louis Kraft, propriétaire de l'hôtel de Prusse, à Leipzig.

* A remarquer que les quatre premières notes sont absolument identiques à celles du *Gai Laboureur*, de Schumann. Wagner s'arrêta à Leipzig en 1871, lors de son premier voyage à Bayreuth. Comme on lui fit en sa ville natale et à l'hôtel où il était descendu un accueil chaleureux, il crut devoir remercier son hôte en improvisant pour lui, paroles et musique, la chanson réellement curieuse ici reproduite, et qui figure dans le *Commersbuch* des étudiants allemands.

Voici la traduction des paroles, dont tout l'esprit repose sur le double sens du mot *Kraft* pris comme nom propre et comme nom commun :

« En paroles l'on agit beaucoup, mais rarement le fait devient une réalité : ce qui transforme un hôtel en Éden, ce ne sont point des mots, mais bien la réalité (c'est-à-dire Kraft).

« Dans ma chère ville natale, que m'importe le magistrat? Celui qui me procure ici logement et plaisir, c'est le noble hôtelier M. Kraft.

« Pour celui qui m'a si bien accueilli, que ma chanson résonne ainsi : Vive Kraft, le spirituel hôtelier des princes et des artistes. »

Donc, tout en composant la *Tétralogie,* il remerciera ses hôtes par des fugues dans le domaine de la fantaisie, il improvisera des mesures aux accords joyeux ; lui qui a rêvé le sublime et le puissant en musique, il sacrifiera à l'humour comme un simple mortel, comme un vulgaire faiseur de couplets d'opérette.

Wagner est un Allemand de pure race : il aime à rire, à se déboutonner, il est de la famille de ces directeurs d'académie qui, le crayon à la main, dessinent des charges pour les journaux illustrés. Alors même qu'il pontifie, il a toujours en lui un vieux fond de professeur d'outre-Rhin, il est toujours quelque peu l'homme aux lunettes d'or et à la boîte d'herboriste entonnant avec les jeunes le célèbre *Gaudeamus ! Gaudeamus ! juvenes dum sumus.*

Donc, « rions et chantons », c'est lui qui nous y invite, comme dans *Une Capitulation*, et notons soigneusement ces petits riens par lui improvisés au piano, car des remerciements mis en musique par Richard Wagner cela équivaut à une caricature de Puvis de Chavannes, à une réclame de parfumerie versifiée par Chateaubriand, ou encore à un dessin polisson de David (1).

Dans un livre où l'on se propose d'étudier le grand compositeur par le document caricatural, il était à coup sûr curieux de le montrer lui-même sous un jour moins solennel, en pantoufles et en robe de chambre... ceci dit

(1) L'autographe musical que nous donnons ici a paru du vivant de Wagner déjà, c'est-à-dire en 1877, dans la *Neue Illustrirte Zeitung* de Vienne, avec un texte de mon excellent confrère V.-K. Schembera, aujourd'hui directeur du *Figaro* viennois, le modèle des journaux à caricatures politiques.

sans allusion au célèbre vêtement dont il devait faire son habituel costume de travail et de bataille.

Lui qui n'aimait à rien perdre; qui, dans les moindres lambeaux échappés à sa plume, facilement voyait un chef-d'œuvre, sans doute ramasserait tout cela aujourd'hui. Mais ce qu'il n'a pas fait, les Allemands le feront plus tard. Et alors, des pages ainsi récoltées sortira quelque album de cette espèce : « La musique en robe de chambre, ou les Gaietés des grandeurs de ma vie » pour ne point faire suite aux « Consolations des misères de ma vie » de J.-J. Rousseau.

Wagner gymnaste-musicien
soulevant les portées à bras tendus.

(Croquis inédit de J. Blass.

IV

PORTRAITS

DESSINÉS ET PHOTOGRAPHIÉS DE WAGNER

Wagner esquissé par lui-même en 1840. — Wagner doux rêveur romantique en 1850. — Wagner d'après un portrait de 1855. — Wagner d'après la photographie de Pierre Petit. — Wagner durant sa période excentrique à Munich. — Wagner vu par les écrivains : Champfleury, de Lorbac, Louis Lacombe, Victor Tissot, Catulle Mendès. — Wagner transfiguré. — La dernière photographie. — Profil de Wagner obtenu par Trewey avec l'ombre des mains.

Après l'homme vu par lui-même, par ses pensées publiquement exprimées et par son écriture, l'homme vu par les autres, l'homme photographié littérairement et graphiquement ; embelli par les uns, enlaidi par les autres. Du Wagner de 1850 au Wagner de 1880 il y a loin : il est de ceux qui se sont lentement formés, qui ont mis longtemps à se trouver « une tête ». Au début, c'est un vulgaire chef d'orchestre, un maître de chapelle comme l'Allemagne en fournit à la douzaine tous les 365 jours : cinquante ans cela jongle avec le bâton dans une résidence quelconque ou fait danser les jeunesses échevelées aux quatre coins de l'Europe; cela vous a des airs à la Liszt ou ressemble vaguement à un magister de village.

Mais d'abord, pourquoi ne pas demander à Wagner lui-même, à Wagner qui, paraît-il, s'amusait quelquefois à prendre le pinceau pour peindre sa propre effigie, un portrait du musicien partant sans argent en poche, avec sa femme, pour Paris où il ne connaissait personne. Voici, en effet, comment il dépeignait dans *La Fin d'un musicien à Paris*, nouvelle écrite en 1840, le héros chargé de le représenter :

Ce qu'il avait de plus remarquable c'était un magnifique chien de Terre-Neuve. Quant à lui-même, il était beaucoup moins beau à voir que le chien ; il était proprement habillé, mais Dieu sait avec quelle mode de province !... Son cœur était tendre ; la vue des chevaux geignant sous le fouet, en glissant sur les pavés de Paris, lui faisait venir les larmes aux yeux. Il était patient et ne s'emportait jamais quand d'un trottoir étroit un gamin le faisait tomber dans le ruisseau. Malheureusement il avait une conscience artistique délicate ; il était ambitieux, mais sans talent pour l'intrigue ; enfin dans sa jeunesse, il avait vu une fois Beethoven, ce qui lui avait fait tourner la tête à tel point qu'il était impossible qu'il pût se trouver à sa place dans Paris.

Un grotesque au point de vue du costume, un sentimental qui eût été certainement l'agent le plus actif de la Société protectrice des animaux (1), le monsieur timide qui a approché du grand homme, tel était donc Wagner sous le tromblon de 1840 ; tel est le jeune musicien qu'on peut se représenter sous le passe-partout au filet d'or du daguerréotype. Il a une belle cravate, tient d'une main des gants, raides comme sa personne, tandis que l'autre porte un parapluie ventru, signe proverbial de candeur et d'honnêteté.

(1) Il devait en faire partie par la suite.

Ce Wagner, nous ne le possédons malheureusement pas, mais il est, on le voit, facile à restituer.

Dix ans après, en 1849, le jeune musicien déjà doué de l'esprit voyageur a pris forme : il s'est développé suivant la note sentimentale si bien esquissée par lui : l'œil est doux, la figure pleine; tout indique le penseur, le rêveur, mais rien ne laisse apercevoir l'homme de lutte, le réformateur, de même qu'on chercherait vainement sur cette physionomie, douce et bonne la marque apparente d'un génie transcendant (1).

Richard Wagner en 1850.
D'après un portrait exécuté par Ernest Benedict Kietz, pour Mme Laussot, à Bordeaux *.

* Mme Laussot, femme artiste, s'était passionnée pour la musique de Wagner. M. Ad. Jullien donne par erreur à ce portrait, dans son *Wagner*, la date de 1840.

Le voici parvenu à son plein épanouissement, à cette époque de transformation, particulière à chacun de nous, où sur le canevas tracé, les traits reçoivent leur direction dernière. De cette figure de romantique, que va-t-il advenir?

Dès maintenant, pour nous renseigner, graphiques et littéraires, les documents sont nombreux.

(1) Richard Wagner racontait alors à des amis que lorsqu'il passa à Vienne on le prit pour le duc de Reichstadt, tant il y avait dans sa physionomie quelque chose du fils de Napoléon.

RICHARD WAGNER

Portrait publié par *Le Petit Figaro* le 5 juillet 1869,
d'après une photographie de Pierre Petit (1), et figurant également en tête de la brochure de M. Ed. Drumont : *Richard Wagner, l'homme et le musicien.*

C'est aussi d'après cette photographie qu a été exécuté le petit portrait à l'eau-forte par Bracquemond, placé en tête du volume de Champfleury : *Grandes Figures d'hier et d'aujourd'hui* (1861). Sur ce frontispice gravé, Wagner figure aux côtés de Balzac, de Gérard de Nerval et de Courbet. Plus tard, c'est-à-dire lors de sa mort, les Allemands le placèrent aux côtés de Gambetta, de Victor Hugo et du comte de Chambord, décédés la même année.

(1) Trinquart et Pierson avaient aussi photographié Wagner en 1861.

D'abord les portraits dessinés.

La tête, dans sa conformation générale, paraît s'être tassée, le visage a pris une expression de dureté, les yeux, autrefois vagues, sont devenus plus vifs, plus expressifs, le nez s'est légèrement recourbé, la bouche s'est ouverte et plissée d'une façon significative, le menton commence à se contourner en galoche. Il y a, dans cet ensemble, je ne sais quoi de judaïque et de « meyerberien». Autant la physionomie d'autrefois laissait voir un convaincu, un naïf plein d'enthousiasme, autant celle d'aujourd'hui indique un désillusionné, l'homme qui a lutté et souffert.

Richard Wagner vers 1855.
(D'après une gravure sur bois de l'époque.)

Vue de trois quarts, comme dans la photographie de Pierre Petit, la figure paraîtra encore plus dure, encore plus ingrate; mais, chose singulière, l'aspect judaïque du portrait de 1855 a fait place à cette sécheresse, qui est la caractéristique du type calviniste.

Après le Wagner de l'Allemagne idéale et poétique, après le Wagner si singulièrement transformé par les luttes de la vie, voici, si j'ose m'exprimer ainsi, le Wagner de la période excentrique, à Munich. Nez en bec d'oiseau, aminci, allongé, lèvres émaciées; quoique le front soit vaste et le visage assez plein, l'ensemble a quelque chose de l'acier, de la lame d'un couteau. Du reste, l'homme s'est fait une tête, un composé de poète et de cabotin; il a pris je ne sais quoi de hautain et de sarcastique à la fois. C'est un dramaturge, un directeur, un intendant de théâtres royaux, ce n'est pas l'artiste uniquement passionné pour l'art.

Et maintenant, recherchons comment l'ont vu tous ceux qui l'approchèrent, tous ceux qui, amis ou ennemis, eurent, de 1850 à 1872, occasion de se trouver en contact avec lui.

Tout d'abord les sympathiques, les enthousiastes, ceux qui se firent les champions du compositeur méconnu : Champfleury, Ch. de Lorbac, Louis Lacombe.

Wagner est pâle avec un beau front dont la partie près de la racine du nez offre des bosses très accusées. Il porte des lunettes et des cheveux abondants sans exagération. C'est une nature bilieuse, ardente au travail, pleine de conviction, aux lèvres minces, à la bouche légèrement rentrée, et le trait le plus caractéristique dans les détails vient de son menton, se rapprochant de la famille des mentons de galoche.

Il y a en lui de la timidité, de la naïveté, du contentement des murmures d'une salle qui paraît disposée à écouter religieusement. De cette personnalité allemande et modeste jaillit une sorte de charme particulier auquel nous ne sommes guère habitués.

Cet homme, je le sens, n'a rien de commun avec les compositeurs excentriques qui s'habillent bizarrement, essayent d'influencer la salle par un regard satanique, et secouent une longue crinière.

Champfleury, peintre réaliste, *pinxit,* anno 1861.

Adressons-nous, en second, à M. Charles de Lorbac,

RICHARD WAGNER

D'après un portrait signé C. Schweitzer.

(Gravure publiée dans le journal *Daheim*, le 22 juin 1872.)

* J'ignore absolument quel est ce C. Schweitzer qui ne figure dans aucun dictionnaire biographique, dans aucun annuaire des artistes contemporains. En tout cas, ce portrait, exécuté peut-être d'après une photographie, est un de ceux qui se rencontrent le plus dans les publications allemandes, de 1871 à 1875.

auteur d'une courte biographie du musicien, plaquette rarissime, également publiée en 1861.

Wagner, écrivait-il, est de taille moyenne, tout indique en lui, au premier coup d'œil, une organisation nerveuse ; les mouvements sont brusques, impatients, comme ceux d'un homme dont la pensée dévore le temps. Le front est d'un développement extraordinaire ; les yeux petits, mais pleins de flamme ; le nez très vigoureusement busqué ; la bouche rentrée, les lèvres minces, le menton se rapprochant de ce qu'on appelle un menton de galoche. Wagner porte habituellement des lunettes ; sa tenue est simple mais très soignée. — Caractère général de l'homme : volonté souveraine, énergie indomptable.

Champfleury et de Lorbac n'ont pas seulement vu de la même façon ; ils ont encore retenu les mêmes choses.

Autre portrait donné en 1860 dans la *Revue germanique* par M. Louis Lacombe, mais qui doit être considéré comme antérieur, le compositeur français rendant compte d'une visite au maître allemand faite à Zurich vers 1850.

Son superbe front, lit-on dans cet article, était éclairé par un regard plein de vivacité, d'éclat, de chaleur communicative. Il y avait dans toute sa personne quelque chose d'animé, d'ouvert, de puissant, de spirituel, qui nous charma et nous nous rappelons encore, après dix longues années, l'impression que produisit sur nous son œil intelligent où semblait s'être logé un rayon de soleil.

Par contre, Fiorentino, dans son feuilleton du *Constitutionnel* (1) se laissant aller à des appréciations plus musicales que physiques, cherchait à mettre en contradiction le haut et le bas du visage.

(1). 31 janvier 1860.

Il a le front beau, noble, élevé ; le bas du visage, écrasé et vulgaire. On dirait que deux fées, l'une irritée, l'autre affectueuse et bonne, ont présidé à sa naissance. La fée de l'harmonie a caressé et embelli le front d'où devaient sortir tant de conceptions hardies, et de pensées fortes ; la fée de la mélodie prévoyant le mal que lui ferait cet enfant, s'est assise sur sa figure et lui a aplati le nez.

Au tour de M. Drumont qui, en 1869, écrivait, lui aussi, sa brochure sur l'homme et le musicien à propos de *Rienzi*, représenté, on s'en souvient, avec un certain luxe, au Théâtre Lyrique.

Il suffit de regarder Wagner pour deviner une individualité exceptionnelle. Le front est large et magnifiquement développé, le regard est fin et pénétrant, la bouche est sarcastique ; — l'ensemble exprime un mélange de finesse et de bonté.

Sautons quelques années et demandons à M. Victor Tissot, qui a vu Wagner en 1865 puis en 1875, ses impressions personnelles.

En 1865, à Munich, il nous le représente comme une espèce de diablotin tout noir, à la longue chevelure flottant sur les épaules, et dont les jambes, minces comme des flûtes, se perdaient dans d'énormes chaussons de feutre, puis il ajoute :

On était à la veille de représenter *Tristan et Iseult*, et le maëstro, en proie à la fièvre, tout plein de feu, ne pouvait tenir en place ; il sautait et se trémoussait ; il agitait à tort et à travers ses bras d'araignée turbulente. Les paroles sortaient de sa bouche en flots désordonnés. On eût dit d'un torrent subitement grossi par les pluies.

Tel était Wagner en 1865, à Munich ; tel on le retrouve aujourd'hui, à Bayreuth, à dix ans de distance.

Il n'y a que les cheveux qui ont changé de couleur. Ils sont

WAGNER A UNE RÉPÉTITION GÉNÉRALE (Bayreuth, 7 août 1875).

(Croquis au fusain d'Adolphe Menzel, d'après une photographie.)

légèrement argentés. La tête est la même, énergiquement taillée à angles aigus. Une tête de reître. Les gestes sont restés brusques comme des coups de rapière et sa langue a conservé la volubilité d'un moulin. C'est un nerveux, un passionné ; quelque chose comme un Orlando musical. Il est toujours furieux, il a toujours l'air de se battre, ou de prêcher une croisade. Il est en éruption continuelle. Dans tout ce qu'il fait, dans tout ce qu'il dit, il y a un mélange de lave, de flamme et de fumée. La première fois qu'on approche de cet homme-volcan, il semble que l'on sent le brûlé, et l'on est tenté d'appeler les pompiers. Sa personnalité se dégage, haute et violente, comme celle d'un sublime extravagant.

A part la tête de reître, comparaison quelque peu risquée, voici un portrait qui nous fait pénétrer dans l'intimité physique de l'homme, qui nous imprègne réellement de son atmosphère. C'est, si l'on veut, l'exagération des traits et de la personne, une sorte de portraiture grotesque, mais qui, pour moi, a ceci de fort précieux, de se trouver complètement d'accord avec les portraits-charges que nous allons voir défiler tout à l'heure.

Du reste, cette impression de nervosisme, d'agitation extra-humaine, de mouvement perpétuel, en quelque sorte, sera également partagée par M. Catulle Mendès lorsqu'il ira visiter Wagner en séjour à Triebschen, près de Lucerne. Voici, en effet, de quelle façon le journaliste parisien s'exprimait sur le compte du musicien allemand :

A peine descendus de wagon, nous vîmes un grand chapeau de paille, et, dessous, une face pâle dont les yeux regardaient à droite, à gauche, très vite, avec un air de chercher.

C'était lui. Intimidés, nous le considérions sans oser faire un pas.

Il était petit, maigre, étroitement enveloppé d'une redingote de drap marron, et tout ce corps grêle, quoique très robuste peut-être, — l'air d'un paquet de ressorts, — avait dans l'agacement de l'attente, le tremblement presque convulsif d'une femme qui a ses nerfs. Mais le visage gardait une magnifique

Profil en silhouette de Wagner. Reproduction exacte de la photographie de 1877.

(C'est ce profil qui a servi à la silhouette exécutée par M. Trewey).

expression de hauteur et de sérénité. Tandis que la bouche aux lèvres très minces, pâles, à peine visibles, se tordait dans le pli d'un sourire amer, le beau front, sous le chapeau rejeté en arrière, le beau front vaste et pur, uni, entre des cheveux très doux, déjà grisonnants, qui fuyaient, montrait la paix inaltérable de je ne sais quelle immense pensée, et il y avait dans la transparence ingénue des yeux, des yeux pareils à ceux d'un enfant ou d'une vierge, toute la belle candeur d'un rêve inviolé.

Dès qu'il nous vit, Richard Wagner frémit des pieds à la tête avec la soudaineté d'une chanterelle secouée par un pizzicato, jeta son chapeau en l'air avec des cris de folle bienvenue,

RICHARD WAGNER

Gravure sur bois de Baude,
d'après la photographie de Elliot et Frey (1877).

* Cette photographie, exécutée à Londres, est certainement la plus belle du grand compositeur. Elle existe en plusieurs états : de face, de trois quarts, de profil à droite, de trois quarts à gauche, de trois quarts à droite.

faillit danser de joie, se jeta sur nous, nous sauta au cou, nous prit par le bras, et, remués, bousculés, emportés dans un tourbillon de gestes et de paroles, nous étions déjà dans la voiture qui devait nous conduire à l'habitation du maître (1).

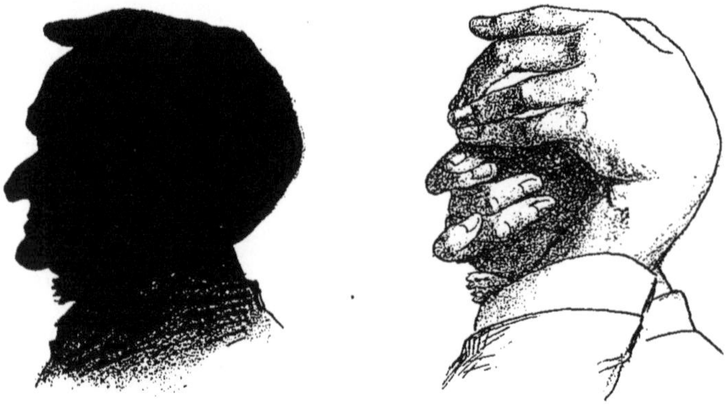

Silhouette de Wagner obtenue par l'ombre des mains, et reproduisant fidèlement le profil photographique de 1877.

(Dessin de Kreutzberger d'après la composition originale de F. Trewey.)

* On remarquera combien la physionomie apparaît déjà vivante à travers le groupement des doigts. A observer également dans cet arrangement des mains certains points de ressemblance avec la tête de Thiers. Le collier de barbe s'obtient facilement par l'adjonction d'un bout de papier plissé.

Portrait excellemment tracé, qui, peut-être, ne distingue pas suffisamment entre la caractéristique de l'homme et la caractéristique générale de la race,—cette soudaineté, cette exubérance étant le propre du type bavarois,—mais qui contient en germe tout ce que l'humour,

(1) Ce même portrait sera textuellement reproduit par M. Catulle Mendès dans son livre *Le Roi Vierge* (Dentu, éditeur, voir page 299), satire assez amusante de la Cour du roi Louis II et de son entourage. En ce portrait, toutefois, le chapeau de paille de Triebschen se trouve remplacé par le béret de velours pendant sur l'œil gauche avec l'air d'une crête noire et que Hans Hammer, autrement dit Wagner triturait entre ses poings crispés, le fourrant dans sa poche, le retirant, le jetant sous son aisselle, le replaçant sur ses cheveux.

tout ce que la caricature s'évertuera à représenter graphiquement. L'homme-caoutchouc, l'homme-torpille, l'homme fait de sensations électriques, de violences et de rudesses, nerveux et impressionnable à l'excès et que nous posséderons dans son ensemble en ajoutant au portrait physique de M. Catulle Mendès le portrait moral esquissé par Mme Judith Gautier dans ses *Souvenirs*.

Cette merveilleuse organisation, d'une si exquise sensibilité a des violences terribles, on se demande même comment il peut y résister ; un jour de chagrin le vieillit de dix ans, mais la joie revenue, il est plus jeune que jamais le jour d'après. Il se dépense avec une prodigalité extraordinaire. Toujours sincère, se donnant tout entier à toutes choses, d'un esprit très mobile pourtant, ses opinions, ses idées, très absolues au premier moment, n'ont rien d'irrévocable ; personne mieux que lui ne sait reconnaître une erreur, mais il faut laisser passer le premier feu.

Et maintenant, il ne nous reste plus qu'à tracer le dernier portrait du maître, celui de Wagner parvenu au triomphe, au *summum* de la gloire et de la fortune.

Quel changement ! Quelle transformation !

Certes quand, à son propos, Ignotus parlait dans le *Figaro* (1), du profil d'oiseau chanteur qui se retrouve souvent chez les musiciens, quand il donnait au seigneur de Bayreuth le profil pointu de l'oiseau pic, à grosse tête, il évoquait une image assez juste, à la fois humoristique et philosophique, qui, antérieurement déjà, avait frappé Lavater, mais quand il le trouvait moyen, très moyen, vulgaire même, quand il écrivait ceci : « profil ornithologique comme les grands musiciens, oui —

(1) Numéro du 26 juillet 1882 ; long article intitulé : *Wagner le Grand.*

mais oiseau très petit...; à tenir sur les doigts! » assurément alors, il n'avait point sous les yeux le vrai Wagner de 1882, la belle photographie reproduite en tête de ce volume.

Car dans cette tête au profil si creusé, si déchiqueté, au bec d'oiseau, à ossature ornithologique — tout cela est vrai — il y a un monde de pensées et de créations géniales. La physionomie s'est éclairée, illuminée; il semble que le succès ait enlevé à la bouche, aux yeux, ce qu'ils pouvaient avoir de pénible, de sarcastique; l'expression de rapacité a disparu, et c'est comme un Wagner transfiguré par le triomphe final que nous voyons apparaître devant nous.

La période dernière se rapproche de la période initiale : il avait commencé en beau jeune homme romantique, en croyant, en fervent de l'art, il disparaît avec une expression de calme sérénité, ayant en lui quelque chose du lord anglais et du pasteur protestant, tout imprégné de religiosité et de mysticisme artistique.

Profil de musicien
dessiné d'un seul trait.
Fliegende Blätter, de Munich.)

V

LES PORTRAITS-CHARGE

DE WAGNER

Nature des portraits-charge sur Wagner. — Portraits humoristiques. — Le Wagner de Lorbac et de Drumont confirmé par les estampes. — Wagner en béret et en robe de chambre. — Wagner caricaturé dans son intimité à Munich et à Vienne. — Caractère des portraits-charge français et anglais. — L'esprit à Paris; la physionomie en Allemagne. — Toujours l'esprit viennois. — Un portrait-charge russe. — Absence de documents italiens.

Quand un homme soulève des tempêtes, la satire crayonnée l'empoigne de mille façons. Comme tous les personnages en vue, il subit la caricature directe, personnelle, c'est-à-dire le portrait-charge, le grossissement grotesque de la figure et du corps, de la ligne et des traits, puis viennent les travestissements, les habillages de toutes sortes, réponses aux attaques dirigées par le caricaturé lui-même, tantôt contre les gens, tantôt contre les choses.

Si Wagner était resté simple artiste, simple musicien, s'il n'avait pas été en même temps polémiste, réformateur, dramaturge, s'il n'avait pas affiché des prétentions multiples, touchant à la fois à la mise en scène, à l'acoustique, aux conditions générales et particulières du théâtre, s'il n'avait pas écrit contre les juifs, s'il n'avait pas repoussé l'influence française, si, favori d'un prince déjà trop enclin aux dépenses fastueuses, il ne s'était pas trouvé mêlé à des discussions politico-budgétaires, il est bien certain que son iconographie ne présenterait ni des proportions aussi volumineuses ni des formes aussi multiples. Comme Meyerbeer, comme Rossini, comme Berlioz, sa figure n'aurait pas dépassé les limites du simple portrait-charge ; son domaine et sa popularité ne se seraient pas étendus au delà.

Mais ayant touché à tout, il s'est, naturellement, exposé à toutes les attaques ; le réformateur, le polémiste, n'ont pas été plus épargnés que l'homme.

Le physique, les caricaturistes l'ont vu suivant les portraits littéraires : front immense finissant en pointe, nez crochu de Polichinelle ou d'oiseau de proie, menton en galoche, — tous trois avançant de façon à former des caps, des promontoires, — œil sortant de la tête, lèvres rentrées en cul-de-poule.

Certains croquis sont de véritables portraits humoristiques de l'homme, saisi sur le vif, en plein exercice de ses fonctions — tel le Wagner dessiné par la *Vanity Fair* — d'autres sont des charges volontairement poussées à l'exagération. Tantôt il apparaît ayant une vague ressemblance avec le profil d'Ibsen, tantôt il incarne en lui le type du musicien allemand : d'autres fois, le nez et la physionomie elle-même revêtent une allure particulièrement judaïque; malice innocente et non sans un certain caractère de vérité qui fera le bonheur et sera la douce vengeance des dessinateurs israélites.

La tête, seule, n'est jamais grotesque ; il faut le corps

pour lui donner cette attitude ; le corps toujours en mouvement, aux contorsions bizarres, aux mouvements saccadés. Aussi, combien facilement, sous le crayon des artistes, il prend les élasticités d'un homme caoutchouc.

Wagner entouré d'enfants juifs : l'un d'entre eux lui présente le cours de la Bourse.

(Caricature publiée par le *Floh* de Vienne.)

* Sur le piano est le buste d'Offenbach avec la partition ouverte de la *Belle Hélène*.

Je ne sais avec quels yeux — et les siens pourtant étaient bons — Champfleury avait vu Wagner, mais les dessins, cela est certain, ne nous montrent guère « l'homme simple n'ayant rien de commun avec les compositeurs excentriques qui s'habillent bizarrement », dont l'auteur des *Grandes Figures d'hier et d'aujourd'hui* nous a tracé le portrait.

S'habiller bizarrement, mais ce fut, au contraire, à la

fois, le faible et le fort de Wagner : littéraires ou graphiques, tous les portraits s'accordent à nous le montrer avec des bérets gigantesques, avec des robes de chambre historiées.

Écoutons les écrivains. Voici le dessin au trait d'un sympathique, Charles de Lorbac :

Il est très original à voir, enveloppé dans sa robe de chambre en velours vert, coiffé d'une grande toque de même couleur, et caressant des lèvres le bouquin d'ambré d'une longue pipe de tabac turc.

Plus tard, Drumont qui, tout au moins, chercha à rester impartial et me semble y être parvenu, nous fera toucher du doigt, d'une façon plus intime, les besoins luxueux du musicien; besoins qui, bien antérieurement, avaient frappé le compositeur russe Damcke lorsqu'il alla visiter Wagner proscrit à Zurich.

Profondément spiritualiste dans son œuvre, l'auteur du *Tannhäuser* est matérialiste dans sa vie. Généreux jusqu'à la prodigalité, il aime les beaux meubles et les appartements somptueux, la bonne chère, le champagne et les vins du Rhin pétillant dans le cristal, la nappe éclatante de blancheur sur laquelle ruisselle la lumière des bougies.

En quittant l'avenue Matignon où il habita à son arrivée à Paris, il se fit meubler, rue Newton, un hôtel charmant qu'il fut forcé bientôt d'abandonner pour un appartement relativement plus modeste, rue d'Aumale.

Balzac travaillait dans une robe de moine. Wagner a une passion pour les robes de chambre en velours violet ou bleu de roi, que relèvent de grosses torsades d'or.

Et de deux. Une seule chose varie, la teinte de la robe de chambre; ici, verte, là, violette.

Et l'on sait qu'il en portait des rouges, des jaunes, des chocolats; l'arc-en-ciel des couleurs.

Quand les Allemands se mettent à être polychromes, les excentricités de leur rayon visuel ne connaissent plus aucune borne.

En tout cas, cela n'est guère l'homme simple vu par Champfleury.

Après les robes de chambre, les pelisses fourrées. Dans son article du *Figaro*, Ignotus nous représente Wagner avec son ample paletot de fourrures. « Sa tête était couverte du fameux béret mou. Tout l'homme et tout le musicien sont là : occupés à raccrocher la foule par de violents appels. La foule est partout un grand bébé que les pantins amusent. » Et Ignotus émet encore cette impression : « Avec son béret Richard Wagner finit par ressembler à un faucon encapuchonné. »

Toutes ces images me paraissent justes de ton; de même que tous ces petits ridicules devaient évidemment prêter à la satire, sous ses formes multiples, et nous donner des Wagner amusants.

Raccrocher la foule, vice bien moderne, bien fin de siècle; hélas! vice un peu spécial à tous les artistes, exécutants, interprètes ou exposants! Et Wagner, lui au moins, s'il raccrochait les passants, pouvait leur montrer quelque chose de nouveau, alors que tant de gens se font mousser qui brillent seulement par l'éclat de leur nullité.

Mais la robe de chambre, qui se retrouve sur toutes les anciennes caricatures de Munich et de Vienne, n'est point ce qu'un vain peuple pense : fort appréciée de

Wagner, elle ne lui fut cependant pas personnelle comme la redingote grise à Napoléon.

En effet, robes de chambre, toques, calottes, bérets, sont des attirails essentiellement germaniques; glands d'or, grosses cordelières, étoffes à grand ramage sont les accessoires préférés du Prudhomme d'outre-Rhin. Il aime à se parer, à se coiffer de ces objets quelque peu grotesques, et Wagner, malgré sa supériorité artistique, a montré que sur ce point il partageait les goûts épiciers de la bourgeoisie allemande. Or ce vêtement prétentieux jouant un rôle dans la caricature, l'auteur de *Lohengrin* était fatalement destiné à se voir ainsi habillé.

Portrait-charge publié dans le *Wiener Humoristisches Jahrbuch.* (Almanach pour 1864.)

Ne s'était-il pas signalé à l'attention de ses concitoyens autant par sa garde-robe que par sa musique? Ne parlait-on pas de l'excentricité de ses coupes et de la richesse de ses étoffes : soies et velours, ne servaient-ils pas à tour de rôle, à la confection de ce vêtement sans rival? Wagner devint donc la robe de chambre faite homme : bientôt, on l'accusa de ne pas payer ses couturières — car c'étaient des mains féminines qui habillaient le maëstro — et dans Vienne, les langues marchèrent lorsque Daniel Spitzer donna à la *Neue Freie Presse* les fameuses satires wagnériennes pleines de sous-entendus, de virulentes attaques, et publia les lettres du Maître à sa couturière.

Tel il était déjà dans les amusants croquis de 1864, tel on le retrouvera sur les grandes compositions coloriées du jour. Mais alors, c'était l'homme aux lunettes, bâton de chef d'orchestre à la main, toujours en ébullition, battant la mesure de toute sa personne, image en quelque sorte vivante du fameux « Dansons et chantons » de 1870, l'homme aux formes bizarres, aux mots cabalistiques, dont la grande ombre crochue tapotait matin et soir un infernal piano, l'homme qui paraissait être une illustration vivante pour les *Contes fantastiques* d'Hoffmann, qui « creva » à la peine le pauvre Edmond Roche (1), l'homme enfin, que, tout récemment encore, M. Charles de Lorbac esquissait sous ces couleurs vives et pittoresques :

Le jour même de la présentation, Wagner nous retint à dîner. En guise d'apéritif, il se mit au piano pour nous faire entendre des fragments de ses œuvres inédites. On devait se mettre à table à six heures. Aux approches de sept heures, la bonne entr'ouvrit doucement la porte du salon et risqua un timide : « Peut-on servir ? »

Wagner ne répondit pas, ne tourna même pas la tête.

Même manège, une demi-heure après. Roche et moi, en dépit de notre admiration, nous commencions à nous regarder avec inquiétude.

---

(1) Edmond Roche, né à Calais en 1828, mort à Paris en 1861, était un simple employé des douanes que ses instincts de poète et de musicien portèrent vers l'étude du drame wagnérien. C'est lui, on le sait, qui traduisit le *Tannhäuser* et cette traduction lui prit une année entière du travail le plus assidu, sans parler des exigences du *terrible homme*, comme il appelait Wagner.

A huit heures, sans doute par ordre de Mme Wagner (première), la servante vint crier :

— Monsieur est servi!

— Ah! canaille! je suis servi? Tiens!...

Et il lui jeta à la tête la première partition qui lui tomba sous la main.

— Quelle boîte! exclama irrévéremment la bonne.

Sur ce, Wagner se remit à taquiner fiévreusement l'ivoire et à chanter d'une voix extravagante, interprétant à sa façon tous les rôles de son opéra, ne s'arrêtant que pour nous donner des explications... qu'il nous était devenu impossible d'entendre, tellement nous étions affamés.

Et la pendule marchait toujours! Il allait être neuf heures, quand le compositeur se décida enfin à sonner pour faire servir. Le dîner fut mouvementé. Wagner lançait à sa femme des yeux furibonds, fascinait du regard la bonne qui cognait tout avec intention ; peu s'en fallut que quelque assiette ne suivît le chemin de la partition. Nous étions sur des charbons ardents.

Le dernier morceau à la bouche (on n'avait fait que tordre et avaler), Wagner alluma une pipe de tabac turc, engloutit trois tasses de thé... et se remit au piano. Il y resta jusqu'à trois heures du matin!

De 1872 à 1882 c'est le Maître arrivé, montrant plus d'orgueil, plus de suffisance et moins d'enjouement. Particulièrement trouvée la caricature qui le représente vêtu d'une robe de chambre à queue de paon. La roue de Wagner! une roue pleine, au dire des vaudevillistes viennois; une roue qui a quelque peu contribué à faire dérailler le char du Souverain en certain pays célèbre par ses châteaux enchantés.

Avant 1870 c'était Munich, après 1871 ce sera Vienne; ici, l'influence d'un Roi artiste et penseur, là, les influences féminines au premier rang desquelles se retrouvera, grande wagnérienne devant le Seigneur, cette princesse de Metternich jadis si parisienne, aujourd'hui si autrichienne, véritable reine du cosmopolitisme aristocratique.

A tour de rôle ces deux villes donneront contre Wagner le signal de la caricature intime, personnelle; à Munich aux mains des Bavarois ultramontains, à Vienne dirigée par les dessinateurs israélites.

Wagner,
généralissime en chef des armées allemandes.
(Croquis de Draner, *Éclipse*, août 1870.)

Toutes différentes sont les charges étrangères. Ni en France, ni en Angleterre, les crayons ne descendront à ces détails d'intimité. En France, les portraits-charge ont revêtu par suite de la guerre de 1870 un double caractère, mais ils sont toujours dirigés ou contre le musicien ou contre l'auteur de : « Une Capitulation ». Ici, Gill le représentera perçant le tympan d'une oreille monstre — l'oreille du public sans doute, — là, Draner le coiffera du casque à pointe comme généralissime des armées prussiennes. On ridiculise ses opéras, ses prétentions à la réforme musicale, on attaque sa gallophobie, mais on le laisse s'habiller à sa guise. Que dis-je! on ignore sa robe de chambre, si bien que, ô vanité des choses humaines, l'accoutrement du seigneur de Bayreuth, moins heureux que la redingote grise, ne dépassa pas les frontières austro-allemandes.

Les Anglais, eux, ont vu, surtout, le concertiste, le compositeur venant donner chez eux, à Londres, des représentations de ses œuvres. Toujours personnels, toujours particularistes, suivant leur tradition, ils ne se sont pas occupés de l'homme, de ses principes, de ses tendances. Ne considérant que le fait local, ils ont exécuté des portraits-charge de sir Wagner *kapellmeister*, et ces compositions, il faut le reconnaître, sont très certainement les plus intéressantes qui aient été faites dans cet ordre d'idées.

Portrait-charge
publié par le *Moonshine* dans sa galerie
des « Beautés professionnelles ».
(1er avril 1882.

* Wagner se trouve placé aux côtés d'une « professionnal Beauty » miss Power.

Entouré d'instruments ; ici homme-orchestre, là homme-trombone, ici joueur d'orgue à jet continu, là souffleur de poumons pour cors de chasse, il donne souvent au public l'impression d'un faiseur de tours en expectoration musicale, à moins que, idée encore plus bizarre, un journal, *Le Punch*, ne le transforme en premier bicycliste de Sa Majesté. Mais, même sous cette forme, l'idée sera toujours semblable, car c'est le vélocipède à musique déroulant un répertoire complet. En plusieurs tours de scène, le bicycliste breveté, qui n'a plus ni béret ni robe de chambre, habillé et chaussé en homme du métier, fera entendre au public tout ce qu'un bon wagnérien doit connaître. Et

Monsieur Wagner,
bicycliste de Sa Majesté au théâtre de Drury-Lane.

(Composition de Linley-Sambourne, *Punch*, de Londres, 6 mai 1882.)

comme particularité physique — ce qui montre combien certains types influent sur l'optique d'une race — je me contente de signaler le Herr Wagner ressemblant à Sir Gladstone. Du reste, on pourrait faire des rapprochements non moins curieux entre le profil du compositeur et le profil israélite anglais.

Amusants à ce point de vue spécial, les portraits-charge anglais ne nous donnent ni l'esprit que devait susciter l'étude de l'homme, ni la physionomie réellement individuelle du personnage.

L'esprit, c'est à Paris qu'il faut le demander.

La physionomie, c'est dans les croquis des artistes allemands qu'il faut la chercher.

Le public français couvrant Wagner de fleurs et lui donnant la clef de ses opéras.

(Croquis inédit de J. Blass.)

Malgré quelques traits violents, malgré quelques estampes d'un goût douteux, mais n'ayant rien de particulier à Wagner, puisqu'on a vu les mêmes procédés employés vis-à-vis de toutes les personnalités, françaises ou autres, je déclare très sincèrement ne voir aucune attaque injurieuse dans les diverses caricatures françaises sur l'homme. Une seule réserve doit être faite à l'égard d'un ou deux pamphlets dont la violence réside dans le texte bien plus que dans les images.

Par contre, on y rencontrera beaucoup d'idées heureuses et, souvent, de l'esprit frappé au bon coin. Tel Wagner première danseuse du théâtre de Munich, se silhouettant pittoresquement sur les armes de l'Empire allemand : aigle à double allusion, caractérisant les contours anguleux du personnage, héraldisant ses sympathies. Tel le nouveau couronnement de l'Opéra, trouvaille entre toutes, due aux derniers événements, et qui, en plaçant la scie Wagner au pinacle, ne lui enlève ni son caractère, ni sa hauteur. Nulle part l'actualité, en ce qui concerne le personnage lui-même, n'a été traduite avec plus d'à-propos.

Wagner sans œil.
Croquis du peintre Paul Hœcker.

(Feuillet d'album de la Société des artistes munichois *La Allotria*, obligeamment communiqué à l'auteur.)

Mais voilà sous le crayon des artistes allemands l'homme saisi par le vif; l'homme et le compositeur, dans sa physionomie, dans son allure générale, dans tous les mouvements du corps ; l'homme réellement étudié avec une grande finesse d'observation et non sans malice. Pour ces croquis au travers desquels on sent passer quelque chose de l'âme du personnage, les Allemands sont des maîtres indiscutables.

Sous le crayon des artistes de Vienne et de Munich, Franz Gaul, Kaulbach, Paul Hœcker, Grætz et autres, se dresse en relief le Wagner vu, expliqué par M. Victor Tissot ou par M. Catulle Mendès. Eux seuls — je parle des artistes — se sont amusés à chercher, à décomposer, à analyser le physique du souverain ès art germanique ; eux seuls l'ont vu sous toutes ses faces : pédant, comique, hiératique ; Wagner-musicien, Wagner-homme, Wagner-bonze, figure nationale de l'autre côté du Rhin, comme Luther ou Frédéric. Les cartons des artistes, les albums des sociétés locales donneront un jour, à ce point de vue, plus d'un document curieux. Pourquoi faut-il, hélas! que beaucoup soient déjà perdus, enfouis entre les mains d'amateurs ennemis de toute publicité?

« Ferme ton bec (litt. « ta gueule »), sans ça gare les gifles. »

Épigraphe tirée des *Maîtres chanteurs*. (Caricature de F. Gaul, à Vienne.)

Croquis ou simple pochade, ici tout est intéressant. Souvent, à peine un trait, une indication sommaire, et, cependant, tout Wagner. Un nez, un menton, un béret, des contours et une tache; un bec, une galoche, une amande et l'endiablé musicien apparaît. Vous pouvez chercher l'œil; il n'y est pas, ce qui ne l'empêche point d'être tout particulièrement visible.

Le voilà le diablotin tout noir, aux jambes minces comme des flûtes, paraissant sortir de quelque boîte à surprise, aux gestes saccadés, aux mouvements heurtés, l'homme que nos écrivains-reporters comparaient à un paquet de ressorts; le voilà saluant son public, après avoir exécuté ses tours de force, rejetant son chapeau en arrière — un chapeau prêt à lui servir de boîte, — se contorsionnant, tenant à la fois du clown

6

et du guignol. C'est sans doute en cette attitude qu'il devait attendre M. et Mme Mendès à la gare de Triebschen.

Et le musicien est-il assez typique, quoique ne donnant pas l'impression suffisante du personnage esquissé à ce propos par Charles de Lorbac, malmenant avec une violence sans pareille les gens de son orchestre, faisant exécuter à son tabouret des tours vertigineux!

— Faut-il donc mettre des gants, disait-il, pour parler à des « polissons » qui me font des fausses notes et dénaturent tous mes mouvements! (1).

Wagner apparaissant sur la scène pour saluer la foule enthousiaste : « Vous le voyez, nous pouvons ce que nous voulons. Donc, si vous le voulez, vous aurez maintenant UN ART. »

Caricature illustrant une parodie en vers libres d'après Schiller : *Hundstage in Bayreuth*, « Jours caniculaires à Bayreuth ».
(*Puck*, de Leipzig, 3 septembre 1876.)

Mais, avec lui, la caricature reprend vite ses droits, et tout en le portraiturant fidèlement elle nous représente l'inventeur de la

(1) Voici encore, au sujet du caractère intime de Wagner, quelques documents empruntés à M. de Lorbac et qui compléteront littérairement la caricature du personnage esquissé iconographiquement:

« Un jour, je crus qu'il allait faire un malheur. La bonne, qui avait reçu une partition à la tête, ne négligeait aucune occasion de lui lâcher dans les jambes quelque importun. C'est ainsi que je vis entrer, l'air radieux, la bouche en cœur, certain barnum Yankee venant proposer à l'auteur de *Lohengrin*... de l'exhiber en Amérique.

« sueur musicale » — c'est le terme du *Junge Kikeriki* — en longue redingote, en cravate flottante, le béret en main, s'épongeant à grand mouchoir.

La journée fut chaude, la bataille terrible et, dans un moment d'épanchement, il adressera à la Materna

Richard Wagner à Mme Materna : « Nous avons aujourd'hui une chaleur vraiment étouffante. »

(*Der Junge Kikeriki*, de Vienne.)

* « La Materna », comme disent les Viennois, est la célèbre chanteuse qui s'est fait entendre à Paris en 1890, aux concerts Lamoureux, dans l'exécution des œuvres de Wagner.

ces paroles déjà historiques : « Nous avons, aujourd'hui, une chaleur étouffante ! » Épongeons-nous, Madame.

« — Dans une cage de fer ! n'est-ce pas ? hurla Wagner en fureur ; et il jeta l'intrus violemment à la porte.

« Je n'ai jamais vu rire Wagner de bon cœur que deux fois, — dans des circonstances d'ailleurs passablement cocasses.

« La première fois, il s'agissait d'un original qui venait demander à Wagner « combien il lui prendrait » pour lui écrire « tout exprès » un certain nombre

Ça c'est l'homme de la représentation aux quatre soirées, — cette trouvaille de génie destinée à protéger l'industrie hôtelière à Bayreuth — l'homme qui a mis le théâtre dans un anneau.

Hoiho ! Hoiho !
Hoiha ! Hoiha !

Ainsi le secouent caricaturistes et journalistes viennois qui, plus d'une fois, en ce français de *possen* (farce, gros vaudeville) par eux tout particulièrement affectionné, se sont plu à écrire, *more parisiensis* : « Les vagues nerfs de M. Wagner ne sont, malheureusement que des vagues airs, sans airs. »

Ouf !

Mais quel est cet homme en bois ou en sucre d'orge, qui, sur une coquille de noix traînée par un canard, tient en main un bâton de réglisse? L'écusson en lettres

---

de mesures dont le manuscrit serait reproduit, par un procédé spécial, sur les manchettes et le plastron d'une « chemise musicale » de son invention !

« Nous avons bien ri ce jour-là.

« Une autre fois, pendant qu'il prenait sa quatrième tasse de thé, on lui annonça une dame allemande qui se recommandait de la princesse de Metternich. On fait entrer.

« — Madame, qu'est-ce qui me vaut l'honneur de votre visite?

« — Oh ! vous allez me trouver bien indiscrète, cher maître.

« — Voyons.

« — J'aurais besoin de savoir... quel est votre genre de nourriture.

« — Est-ce une mystification ?

« — Aucunement, je vous prie de le croire. Êtes-vous carnivore ?

« Wagner partit d'un éclat de rire retentissant.

« On s'expliqua. La dame, toute confuse, dit qu'un journal de Munich avait assuré que Wagner était devenu végétarien; dès lors, il y avait le plus haut intérêt, pour ceux de la secte, à savoir quelles partitions il avait écrites pendant qu'il mangeait encore de la viande, et quelles autres depuis qu'il ne se nourrissait que de légumes.

« C'était d'une *bouffonnerie* inénarrable. »

russes porte « Lohengrin ». Serait-ce « Lui », en habit, comme un vulgaire chef d'orchestre ?

Lui-même, crayonné au passage, en 1868, par un dessinateur du journal *Iskra*, alors que, errant de par le monde, à la recherche d'un théâtre hospitalier, et

Portrait-charge de Wagner.
(Publié dans le journal russe *Iskra*, 1868.)

trouvant auprès des dames moscovites l'accueil qu'il avait eu précédemment des femmes allemandes, il recevait à Saint-Pétersbourg, de la princesse Hélène, le contrat de propriété d'une maison.

Ce Wagner raide et glacial qui, dans un autre croquis, apparaîtra « rubinsteinisé » est plutôt une curiosité qu'un document. On sent le travail pénible de l'artiste qui a cherché à faire ressemblant et qui n'est parvenu qu'à un à peu près sans vie, sans personnalité. Simple portrait pour le Musée Wagner ; pas autre chose.

Quant à l'Italie, ne la cherchez point en cette galerie où elle brille par son absence : elle s'est, à plusieurs reprises, occupée graphiquement et littérairement des opéras qui, chez elle comme partout, devaient mener grand bruit, mais elle paraît s'être peu intéressée à l'homme, tout au moins à son côté humoristique, à sa physionomie pittoresque.

Ni le béret, ni la robe de chambre n'ont tenté les caricaturistes de Turin ou de Milan.

Et maintenant, l'homme ainsi étudié sous toutes les faces, pénétrons sur le champ de bataille.

A la grosse caisse du *Tannhäuser*, au bombardement de Bayreuth va répondre une pluie de caricatures qui n'épargnera ni l'auteur, ni les œuvres, ni les interprètes.

L'ombre de Wagner.

(Caricature du *Ally Sloper's*, publiée à propos des représentations de *Lohengrin* à Paris, septembre 1891.)

ALEXANDRIEN REDIVIVUS

Richard Wagner : « Bum bum! Das Bombardement von Bayreuth geht los! »

Boum boum! Le bombardement de Bayreuth va commencer.

(*Humoristische Blätter* de Vienne, 23 juillet 1882.)

* Allusion au bombardement d'Alexandrie.

G. TIRET-BOGNET 1891
Les Français sont des fripons...,
Consultez l'histoire!
Car ils ont pour les Jupons
Un faible notoire!
Au pays de la vertu,
De la schlague et de la bière.
C'est l'horreur de ma carrière
D'avoir montré mon tutu
Au roi de Bavière..?

WAGNER PREMIÈRE DANSEUSE

du théâtre de la Cour à Munich. — Composition originale de Tiret-Bognet.

RICHARD WAGNER, par GILL.

(*L'Éclipse*, 18 avril 1869.)

[illegible]

LE TÉTRALOGUE WAGNER, par GILL.

N'en déplaise au plus bouffon des tétralogues, le peuple de singes a *maintenant* l'art du cri-cri qui peut aisément lutter avec son *art allemand.* Il y a, d'autre part, une boisson qu'on appelle cidre et qui sera tôt allemande si M. Wagner continue à se faire décerner toutes les pommes du continent.

(*L'Éclipse*, 3 septembre 1876.)

* Sur la bouteille que le singe présente au maëstro on lit *Cidrelungen*, boisson fabriquée sans doute avec lesdites pommes, et, en même temps, allusion aux *Niebelungen.*

WAGNER

Portrait-charge, par Faustin.

(*Figaro* de Londres, 20 septembre 1876.)

« THE MUSIC OF THE FUTURE »
La musique de l'avenir.
Portrait-charge en couleur, par Spy.
(*Vanity Fair*, de Londres, 19 mai 1877.)

FROU-FROU WAGNER. — Dessin de F. Græetz.

(*Der Floh* de Vienne, 24 juin 1877.)

* Le personnage ici représenté perçant Wagner de sa plume est l'écrivain viennois, Daniel Spitzer, rédacteur à la *Neue Freie Presse*, qui, dans une série d'articles spéciaux, révéla les intimités de la toilette de Wagner, et publia quelques-unes des lettres du Maître *an die liebe Fräulein Bertha Goldung*, c'est-à-dire « à la chère demoiselle Bertha », lettres abondant en détails pittoresques sur les étoffes destinées à habiller le Maëstro, ses meubles et les murs de ses appartements.

FROU-FROU WAGNER

Ce nom appartient bien à celui qui, en une des lettres citées, a dit aimer sentir sur lui le froufrou des étoffes; car les missives à la *fräulein Bertha* ne sont point l'œuvre d'un feuilletonniste, d'un romancier ; elles existent véritablement. Seize ont été publiées par la *Neue Freie Presse*; quarante-deux, encore inédites, se trouvent en possession de M. Œsterlein, directeur du Musée Wagner à Vienne.

L'excentricité maladive du compositeur est donc un fait acquis.

Au XVIIIe siècle, le costume arménien dont Jean-Jacques donne lui-même la description et dont la raison d'être se trouve dans la maladie même du philosophe; au XIXe siècle, les costumes et les ameublements singuliers de Richard Wagner, qui s'expliquent moins facilement.

A vrai dire, il ne sera point le seul excentrique de notre époque, un écrivain de race, Barbey d'Aurevilly, ayant quelque peu brillé dans ce genre auquel le sieur Péladan doit le plus clair de sa réputation. Qui ne se souvient, également, des cravates, des gilets, des pantalons, de toute la « breloquaillerie » par lesquels le nommé Timothée Trimm arrivait à attirer sur lui l'attention de ses contemporains complaisants.

Besoin d'originalité personnelle et extérieure, particulier à certaines classes d'individus, qui se comprend chez les charlatans, chez les êtres inférieurs exerçant des professions plus ou moins avouables, même encore chez les artistes habitués au clinquant de la scène, mais qu'on a quelque peine à admettre chez des esprits supérieurs.

Chez ces derniers, évidemment, c'est comme une révolte contre l'uniformité, contre la monochromie du costume et des habitations modernes, soit qu'ils rêvent encore — singulier atavisme — dentelles, galons, broderies, soit que leurs capacités intellectuelles ne puissent se développer que dans certaines conditions de luxe et de richesse, comme d'autres ont besoin, pour produire, des douces vapeurs de l'ivresse.

Wagner, pour en revenir au correspondant de la *Fräulein Bertha*, portait en lui les signes distinctifs de l'artiste de Cour, de l'homme entretenu par un souverain, ayant des fantaisies et des désirs de « Mignon ».

Toutefois, fantaisies et désirs disparaîtront ou, du moins, se modifieront lorsque la situation de l'homme se trouvera plus assise, lorsqu'il sera parvenu à son but, à moins que ce changement ne doive être attribué à l'influence féminine, jusqu'alors absente de sa vie intérieure, et qui, dès 1871, se manifesta d'une façon heureuse grâce au bon goût de Mme Cosima Wagner.

Certes, jusqu'à la fin, il aimera les gilets à grands ramages, les vêtements ouatés, matelassés, aux piqûres bien proéminentes, aux revers bien voyants — il est de ces choses, tel le goût, qui ne s'acquièrent point — mais ce ne seront plus les mièvres préoccupations d'autrefois, ni les chambres tendues d'étoffes claires sentant la petite maîtresse, ni les robes de chambre aux couleurs criardes.

Extravagant tant qu'il est nomade et cosmopolite, Wagner s'assagit peu à peu lorsque ses besoins de supériorité peuvent se donner libre cours. Désormais ses pensées sont autres. Au Wagner concertiste et cabotin qui a rêvé de s'emparer de l'Opéra français, comme son confrère en germanisme, Offenbach, s'est emparé de l'opéra-buffa, a succédé un Wagner sacré grand homme, s'étant taillé une royauté artistique chèrement conquise.

Alors, plus de lettres à la *Fräulein Bertha Goldung*, plus de ces lettres, du reste peu intéressantes, ne roulant que sur des questions de coupe ou d'étoffes, qui produisent l'impression d'un éléphant se parant de chiffons et de fanfreluches, et qui ont grandement contribué à ridiculiser l'homme. Car, datée de Starnberg, de Munich, de Genève, de Lucerne, de Triebschen, toute cette correspondance va de 1863 à 1871.

En 1877, lorsque cette littérature de modes wagnériennes vit le jour et se répandit par tous les coins, grâce à la publicité de la *Neue Freie Presse*, ce fut donc comme l'exhumation du fameux cadavre devant lequel tant de gens ont dû capituler.

Wagner, lui, ne capitula pas.

S'il faut en croire la *Deutsche Zeitung*, c'est à lui tout d'abord, que les lettres furent proposées et, toujours d'après le même journal, il repoussa l'offre de vente qu'on lui faisait. Or s'il refusa, c'est parce que son admiration extrême pour tout ce qui sortait de son cerveau ne lui permit pas de juger les choses sainement.

Il ne vit point combien ridicule pourrait apparaître désormais le réformateur du drame musical, pris en flagrant délit de préoccupations indignes, mesurant et coupant des étoffes ainsi qu'une vulgaire couturière.

Qu'il n'ait rien fait pour empêcher la publication des lettres à la *Fräulein Bertha*, cela ne me surprend nullement! Ne s'est-il pas empressé de joindre *Une Capitulation* à ses œuvres complètes, alors que rien ne le forçait à publier cette mauvaise plaisanterie. Du reste, n'ayant qu'une seule crainte, celle de priver le public d'une parcelle quelconque de son œuvre.

Si bien que la postérité verra Wagner jusque dans ses verrues affichées par lui, grâce à un manque complet de sens moral, comme elle voit Rousseau dans ses faiblesses publiquement confessées pour servir d'éternel exemple au genre humain.

VI

LES CARICATURES

SUR LA MUSIQUE DE WAGNER

Types d'opéras. — Caricature de Rubini et de la méthode italienne par Wagner. — Le charivari wagnérien. — Le sculpteur d'orchestre. — La machine à vapeur musicale. — Wagner bombardeur et creveur de tympans. — Wagner et la vivisection. — La chanteuse wagnérienne. — Scaria et Mlle Schläger. — École de chant wagnérienne. — Les lamentations des grosse-caisses.

En une mimique expressive et par des traits à peine indiqués, brusquement coupés en leur milieu, les Allemands se plaisent à esquisser les figures-types des opéras connus. Ici, Don Juan le séducteur; là, Ottokar le gentilhomme correct; plus loin, Tannhäuser chevalier bardé de fer, carré par le chef, carré par la base. Voici Alice invoquant Robert ou Lucie chantant l'amour. Quand les bouches s'entr'ouvrent délicatement, en ovales bien réguliers, c'est la méthode italienne; quand elles s'entre-bâillent comme de véritables portes cochères, c'est la méthode wagnérienne.

Opéras historiques, lyriques, wagnériens, toutes les formes du drame ou du récit musical ont été successivement interprétées par le crayon des caricaturistes d'outre-Rhin; toutes les parties des œuvres chantantes

URTYPEN AUS BEKANNTEN OPERN

Personnages principaux d'Opéras connus.

(*Schalk* de Leipzig, 22 juin 1879.)

Croquis humoristiques de A. Holzgen.

ont été ainsi représentées avec une pointe de douce malice : les grands soli de reproches gazouillés par la forte chanteuse sur la froide pierre des cachots, les duos d'amour susurrés à l'ombre des arbres en zinc, les duos de délivrance aux gestes emphatiques, les trios de conspirateurs que l'arrivée du messager couvert de poussière et d'armes éclatantes transforme en ce classique quatuor où tout le monde entonne le « vite, vite, fuyons! » et où personne ne songe à fuir, et les chœurs et les ballets, et le grand final où chacun cherche à faire tableau vivant, sans songer au rideau qui, lourdement, tombera sur la tête ou sur la colichemarde des plus emballés.

On a ridiculisé la méthode italienne sous toutes les formes, par la plume et par le crayon ; l'on devait également ridiculiser — cela va de soi — la méthode wagnérienne (1). Dans cet esprit, à Paris on a surtout écrit ; à Vienne, on a surtout dessiné.

---

(1) On ne lira pas sans intérêt ici, l'appréciation portée par Wagner sur le grand, le célèbre, l'illustre Rubini qu'il avait entendu dans *Don Giovanni* de Mozart. Rubini raide, maussade, était, il le dit, absolument désagréable parce qu'il n'avait pas encore pu se livrer à ses exercices de haute gymnastique pulmonaire, faire admirer ses *forte* et ses *piano*.

« Ottavio était resté seul sur la scène ; je croyais, dit Wagner, qu'il voulait annoncer quelque chose, car il s'était avancé jusqu'au trou du souffleur ; mais là il resta immobile, écoutant avec impassibilité la ritournelle d'orchestre qui précède sa romance en *si bémol*. Cette ritournelle parut durer plus longtemps que de coutume, mais c'était là une illusion ; enfin, le tour du chanteur vint, mais il murmura ses dix premières mesures si piano qu'on ne l'entendait pas, et je crus vraiment qu'il se moquait du monde. Pourtant le public était sérieux : c'est qu'il savait, lui, ce qui allait venir. Arrivé à la onzième mesure du chant, voilà que, tout d'un coup, Rubini enfle le *fa* avec une si soudaine véhémence qu'il exécute les notes de passage qui suivent avec la violence du tonnerre ; mais sur la douzième mesure, sa voix s'évanouit de nouveau en un murmure imperceptible. J'avais envie de rire à haute voix, mais partout régnait

Plus de chant, nous disent les satiristes ; des cris, inarticulés, sauvages : plus de mélodie, une succession de bruits inharmoniques, une machine musicale à air comprimé, de la force de 40 chevaux.

De cette caricature se dégage l'idée du mélange de

Caricature suisse sur la musique de l'avenir.

Feuille volante sans légende et sans date (vers 1869).

tous les bruits, du plus horrible des charivaris. Voyez l'orchestre infernal rêvé par un dessinateur helvétique :

un silence de mort ; l'orchestre jouait en sourdine et le ténor chantait sans qu'on pût l'entendre. Des gouttes de sueur me tombaient du front, comme en un cauchemar, je sentais que quelque chose de monstrueux se préparait. En effet, après l'*inaudible* est venu l'*inouï*. Ce fut à la dix-septième mesure du chant ; là Mozart a mis un *fa* que le chanteur doit tenir pendant trois mesures ; un *fa !* fi donc ; Rubini est monté divinement jusqu'au *si*. Pour qu'une soirée aux *Italiens* ait un sens, il faut que le ténor s'élève à cette *hauteur*-là. Eh les chats miaulent, les enfants crient sous la main qui les fouette ; ici partent des canons de siège, là chauffent des locomotives ; de la profondeur des cuivres sortent des sons mugissants, et l'on se met à huit pour faire vibrer l'archet des violons. La musique de tous les bruits, de toutes les plaintes, de tous les gémissements ; la musique des sifflets et des cloches ; celle qui perce le tympan et celle qui, joyeusement, résonne ; la musique du marteau frappant l'enclume, la musique des verres et des bois.

Le domaine est agrandi ; ce ne sont plus de simples mélodies ou d'amples harmonies : digne précurseur du XXe siècle, Wagner a voulu le mélange des sons comme d'autres poursuivent le mélange des races.

Quelquefois, on se trouve en présence de simples pochades ; d'autres fois on verra le dessin esquisser de véritables essais de musique imitative.

Telle cette géniale composition des *Fliegende Blätter*, Wagner sculptant dans la pierre, à coups de ciseau, le buste du dieu auquel il a été si souvent comparé. Les éclats jaillissent de toutes parts, et le public, pour ne pas être atteint par ces projectiles d'un nouveau genre, se met à l'abri comme il peut, sous les bancs, derrière les banquettes. C'est le sculpteur de concert ; c'est la pierre

---

bien, donc, de même que le faiseur de tours se balance sur le tremplin avant de sauter, ainsi Rubini se place d'abord sur le *fa* de Mozart, là il gonfle sa voix pendant deux mesures, puis avec un élan irrésistible, de la partie vocale il se lance dans celle des violons, fait rouler leur trille sur le *fa* avec une violence toujours croissante, et enfin dans la mesure suivante, se pose, comme si cela n'était rien, sur le *si*, pour se laisser retomber par une brillante roulade dans... l'*inaudible*. Après ce morceau tout était bien fini et on aurait pu supprimer le reste de l'opéra. Tous les diables étaient déchaînés, et non pas, comme à la fin de la pièce, sur la scène, mais dans le public. »

sculptée musicale, c'est la gymnastique des sons, partageant le public entre l'admiration et l'effroi. Il applaudi-

DER CONCERT-BILDHAUER
Le Sculpteur de Concert.

Composition de Oberländer (*Fliegende Blätter*, de Munich, nº 1961).

rait volontiers, tellement les notes sont vibrantes, mais gare aux oreilles! gare aux éclats!

L'invention féconde des dessinateurs allemands a

trouvé les trains musicaux de l'avenir lancés à toute vitesse par Wagner, les chanteurs et les cantatrices remplacés par les locomotives *Lohengrin*, *Elsa*, *Parsifal*, *Kundry*, *Siegfried;* elle a mis en mouvement la machine à vapeur perfectionnée dont les pistons sont des touches tenues par l'abbé Liszt ; elle a même supprimé la guerre en remplaçant les armes à feu par les portées musicales wagnériennes. Dans les combats de l'avenir la bataille des doubles croches ne fera plus que des sourds. Wagner est, à la fois, bombardeur-spécialiste et creveur de tympans.

Sur ce sujet l'esprit viennois fait concurrence à l'esprit parisien.

— Que comptes-tu faire avec les décharges de tes canonnières? dit Wagner à l'amiral Seymour. Qui peut bien entendre un bombardement à pédale sourde? Si je viens avec *Parsifal*, pour le coup, ce sera, je te le promets, sérieux.

A la clinique du Dr X., spécialiste pour les maladies d'oreilles :

— Pauvre homme, vous avez le tympan de l'oreille droite complètement crevé. Êtes-vous une victime de l'explosion de Stockerau ?
— Non.
— Étiez-vous au bombardement d'Alexandrie.
— Non plus.
— Où donc, alors, fûtes-vous si fortement atteint ?
— A la répétition générale de *Parsifal*, étant resté tout le temps devant la porte du théâtre.
— Ah ! maintenant, je conçois.

Nouveaux obus, les notes que lancent les chanteurs wagnériens viennent atteindre les paisibles bourgeois

DIE BAYREUTHER TONKUNST-DAMPFMASCHINE

LA MACHINE A VAPEUR MUSICALE DE BAYREUTH

Dessin de K. Klic.

(*Humoristische Blätter*, de Vienne, 20 août 1876.)

La machine à musique construite par Wagner marche à Bayreuth, chauffée à toute vapeur. L'abbé Liszt qui tient le piano est au septième ciel de l'enthousiasme. Les rouages claquent avec sonorité, le Krupp musical lance en grondant des tons menaçants, et chacune de ses notes est un hymne pour le Maître. Quant à celui que les mouvements résonnants de la machine mimico-musicale de l'avenir ne satisferaient point, il pourra également en ressentir les contre-coups de loin, s'il le désire.

Le chauffeur de cette infernale machine est M. Bösendorfer, facteur de pianos, l'Érard viennois.

jusque dans leurs plus secrètes demeures. Un docte professeur écrit sur l'influence des sons de l'avenir dans l'esthétique générale et le *Kikeriki* viennois, le coq à la crête ébouriffée, qui estime avoir bien quelque droit à donner, lui aussi, sa note dans le concert, trace la composition d'un orchestre suivant Richard Ier en l'an wag-

Auch diese trauern bei dem Tode Richard Wagner's denn sie hören jetzf auf eine ergiebige Witzquelle für Coupletdichter zu sein.

(*Wiener Luft*, 24 février 1883.)

Et ceux-là aussi se lamentent de la mort de Richard Wagner, car dès maintenant ils cessent d'être pour le dramaturge une source féconde d'esprit.

nérien 4822, car, dit-il, si la France a eu son calendrier républicain national, l'Allemagne, depuis 1876, depuis la fédération bayreuthienne, possède son calendrier musicalo-socialistico-wagnériste.

Qu'ils soient de l'ancien ou du nouveau continent, tous les Germains s'en mêlent ; tous les journaux satiriques cherchent à ridiculiser la musique modèle.

Après les machines à vapeur à sons aigus, dignes contemporaines de la tour Eiffel, les orchestres, les chanteuses, les écoles de chant.

Le *Puck*, de New-York, présente un premier sujet :

Je suis Gumhilda, fille de Blogun, Blogun Bosslugga, Blogun le batailleur, enfant des pays du Nord. Je suis sa fille et, en même temps, croyez-moi, une fière déchireuse de bottes. Je suis un soprano et quand je... gueule, les suivants m'accompagnent en mesure : 17 trombones, autant de cornets à pistons,

Cri du cœur d'un enthousiaste wagnérien.
Glücklicher Meister ! Die Fa-Gœtter sind mit Dir.
Heureux Maître ! Les bassons (les dieux du *fa*) sont avec toi.
Le texte allemand a un calembour qui porte sur la façon de couper le mot *Fagott* (basson), *Gœtter* voulant dire « dieux ».
(*Kikeriki*, 6 août 1882.)

20 triangles, 4 paires de cymbales, 40 violons, 2 doubles-basses, plus un vieil ophicléide. Vous pouvez risquer votre tête si je ne chante pas avec un pareil total, étant une femme selon Wagner. Donc écoutez mon... orchestre, et entendez, tumultueux, ma trilogie.

Partout la caricature a visé la multitude des cuivres, le déploiement sans précédent des forces orchestrales ; partout elle a amoncelé instruments sur instruments, cors à sourdine, clarinettes, trombones-contrebasse, tubas-contrebasse, trompettes-basse, flûtes. L'orchestre n'entend plus les chanteurs, et les chanteurs, tous sourds, après un mois de pratique, affirment que les musiciens font semblant de jouer.

Il était temps qu'il mourût, s'écrie un humoriste; l'Allemagne, comme après la guerre de Trente ans, allait être dépourvue de chanteurs, et tous les instruments à corde étaient brisés.

Oui, mais ceux qui se lamentent ce sont les fabricants de tubas-trompette et les grosses caisses, ces pauvres grosses caisses, qui lui furent si fidèles, si utiles, de son vivant, et qui, lui mort, ne pourront plus servir qu'à battre la réclame pour l'œuvre et pour le théâtre.

Demandez la complainte de la grosse caisse, jérémiade wagnérienne jouée sur les tréteaux populaires viennois!

Ceci est un « Leitmotiv ».
Gare aux têtes! Il tape dur.

RICHARD WAGNER'S « NEUE SCHULE »

La nouvelle école Richard Wagner (calculée d'après un cours de six ans).

Ire Année.

Man lernt zuerst am « ält'ren Meister ».—
Der Dings—ich glaub', Beethoven heisster,
Der macht sich allerfalls nich übel
Als Sängerknaben anfangsfibel.

On apprend d'abord « l'affaire » du vieux maître ; il s'appelle, je crois, Beethoven, et, à tout prendre, ne fait pas trop mal comme premier abécédaire à l'usage des enfants chantants.

IIe Année.

Die etwas höh're Kunst, erkennt sie
Vor allen Dingen an *Rienzi*.
Da kriegt man schon den animus
Von einem höh'ren spiritus.

L'art un peu plus élevé se rencontre avant tout dans *Rienzi*. Là l'on reçoit la première impression d'un esprit supérieur.

IIIe Année.

Jetz kommt *Tannhäuser* an die Reihe;
Da spürt man schon die gröss're Weihe,
Doch spüret man auch ebenfalls
Ein leises Jucken in dem Hals.

Maintenant c'est le tour du *Tannhäuser* ; là l'on ressent les effets de la grande inspiration et pareillement aussi une légère démangeaison dans le gosier.

IVe Année.

Von nun an macht der Sängerbold
Am edlen Tristan nebst Isold'
Den ersten grossen Riesensprung
Zur hochdramat' schen Auffassung.

A partir de ce moment, le chanteur initié fait vers le noble Tristan et sa compagne Iseult le premier saut périlleux à la conquête du grand art dramatique.

Ve Année.

Hat man alljetz mit Kraft gesungen
Die Hauptpartie der *Niebelungen*.
Dann scheint ein kleines Lungenübel
Noch garnicht mal so unplausible.

A-t-on chanté avec quelque force les rôles principaux des *Niebelungen*, alors apparaît un léger mal aux poumons, point encore si invraisemblable.

VIe Année.

Der *Parcival*, der bringt die Reife
Nebst Lorbeerblatt und Rühmesschleife.
Und fertig ist man, kranzumlaubt,
Mit Studium, Stimm' und überhaupt !

Parsifal apporte la maturité concurremment avec les couronnes et les rubans de la gloire et, désormais, entouré de guirlandes, c'est chose finie de l'étude, de la voix et de l'homme lui-même.

(*Ulk*, de Berlin, 27 septembre 1877.)

Ces croquis humoristiques, ainsi que les suivants, furent publiés à propos de la formation de la société dite *Bayreuther Patronat-Verein*, « Société de patronage de Bayreuth », qui visait la création dans la capitale de la musique de l'avenir, d'une « École d'art musical et dramatique », d'après les plans si souvent développés par Wagner lui-même (1).

De nombreux articles avaient paru à ce sujet soit dans les journaux quotidiens, soit dans les recueils spéciaux, et tout naturellement les crayons se firent un malin plaisir d'exposer sous une forme caricaturale les critiques qu'on pouvait apercevoir au travers des appréciations même les plus élogieuses. Certains écrivains demandèrent aussi la création d'un hôpital wagnérien pour soigner les malades atteints de « wagnérisme aigu ».

(1) Il y existe sur ce sujet toute une littérature spéciale : brochures, circulaires, appels, convocations, le tout, de la main de Wagner, et dont on trouvera le détail dans le précieux *Katalog* de M. Nicolaus Œsterlein.

PROGRAMM DER WAGNERSCHULE IN BAYREUTH

Programme de l'École wagnérienne à Bayreuth..

1. Langnasige und schmalbrüstige Schüler werden nicht aufgenommen.

1. Les élèves au long nez et à la poitrine rentrée ne seront point acceptés.

* Les mauvaises langues disent que le Directeur craignait la concurrence nasale, d'où son acharnement.

2. Nach der Assentirung müssen sich die Aspiranten einer Kraftprobe unterziehen. Einer muss Musik machen, ein Anderer sie aushalten.

2. Les aspirants auront à subir l'épreuve d'un exercice de force. L'un devra faire de la musique et l'autre l'endurer.

3. Damen werden dann nur acceptirt, wenn sie sich über eine kraftige Walkürengestalt ausweisen können.

3. Les dames ne seront acceptées que si elles peuvent exhiber une puissante constitution « walkyrique ».

Die Tracht der Zöglinge muss dem Geschmack des Meisters vollkommen entsprechen. Alles Atlas!

4. Le costume des élèves devra satisfaire complètement les goûts du Maître. Tout en Atlas!

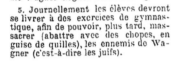

5. Die Schüler müssen sich täglich in der Gymnastik üben, um später einmal die Wagner-Gegner niederzukrügeln.

5. Journellement les élèves devront se livrer à des exercices de gymnastique, afin de pouvoir, plus tard, massacrer (abattre avec des chopes, en guise de quilles), les ennemis de Wagner (c'est-à-dire les juifs).

6. Religiös Exercitien sind nur gestattet, wenn sie dem Allvater Wotan gelten.

6. Les exercices religieux ne sont tolérés que s'ils s'adressent au père éternel Wotan.

(*Der Floh*, 29 septembre 1877.)

Le dessinateur du *Ulk* n'avait visé dans ses caricatures que l'école elle-même au point de vue de la pratique du chant; le dessinateur du *Floh*, plus caustique, s'attaque à Wagner personnellement. Voici revenir les allusions directes au goût manifesté par Wagner pour certaines toilettes, moitié historiques, moitié féminines, ayant en elles quelque chose de carnavalesque, ce que les rapins d'atelier, et les gamins ensuite, baptiseront pompeusement du terme d'*Atlas*; puis d'autres allusions, non moins lucides, soit à ses préférences, souvent manifestées, pour les femmes d'une certaine corpulence, soit à sa campagne contre les juifs.

Quant à Wotan, il avait sa place toute indiquée dans une école où le chant ne pouvait se concevoir qu'avec trombones et tubas. Et, du reste, Wotan ne s'était-il pas peu à peu changé en Wagner, à moins que Wagner, comme le disait un spirituel humoriste viennois, n'ait été la forme prise sur terre par le Dieu germain?

CONSERVATOIRE VÉGÉTARO-WAGNÉRIEN

A plusieurs reprises le bruit courut que Richard Wagner s'était fait végétarien (voir plus haut, page 84). La vérité est qu'il prit part, en Allemagne, à des repas de végétariens et qu'il écrivit sur cette importante question de l'alimentation, comme il avait écrit sur nombre d'autres questions à l'ordre du jour. N'était-il pas l' « Omni-science », l'« Homme-Omnibus »?

Quel qu'ait été son degré de « végétarisme », la chose fit assez de bruit vers 1882 pour que le *Ulk* de Berlin consacrât au « Conservatoire végétaro-wagnérien » l'amusant article qu'on va lire :

« Richard Wagner a déclaré aux siens que la nourriture des plantes était chose indispensable pour la réorganisation de l'humanité, c'est-à-dire pour que les œuvres du Maître puissent être appréciées. Il est bien certain que des gens habituellement nourris de rosbif, d'oie rôtie, de perdreaux et de salade de homard sont dans l'impossibilité de comprendre la plus petite chose aux charmes et aux grandeurs de *Parsifal.* C'est pourquoi l'on s'occupe d'établir aux environs de Bayreuth un établissement modèle à l'effet de former de véritables « wagnériens » suivant la formule. D'après ce que l'on dit, voici quelle serait l'organisation intérieure de cet établissement.

« *Quatre heures du matin.* Les élèves seront arrachés à leur léger sommeil exempt de tout wagnérisme par les trompettes de *Parsifal.* Tous se rendront à la salle dite « de disséquage » où ils trouveront M. Edmond de Hagen qui, sans attendre, leur fera un discours de deux heures sur la portée philosophico-psychologico-métaphysico transcendante de « l'appel-matinal » (1).

« *Six heures.* Premier repas, infusion de feuilles de chardons. Ce thé matutinal sera adouci par l'exécution de la « marche des Fiancés » de *Lohengrin.*

(1) Allusion aux articles publiés par M. de Hagen dans nombre de journaux sur la portée philosophique et métaphysique de certaines productions musicales de Wagner.

« *A huit heures* apparaîtra M. Albert Heintz qui, jusqu'à l'après-midi, prendra les principaux « Leitmotiv ». Pour exercer l'esprit des élèves, il fera exécuter quotidiennement douze Leitmotiv à la fois sur six pianos. De ce chaos d'un monde de tonalités devront se détacher un à un les motifs séparés. Les motifs ainsi trouvés seront disséqués, analysés par le menu ; puis ils seront appris par cœur et joués jusqu'à ce que chacun arrive à les chanter sans faute, en les prenant tantôt par le commencement, tantôt par la fin, même à oreille fermée.

« Après ces quatre heures de travail aura lieu le principal repas. Les élèves entreront dans le réfectoire aux accents éclatants de la marche du *Tannhäuser* et s'inclineront devant la statue, grandeur nature, du Maître.

« Alors M. de Hagen se lèvera et, en une courte allocution, parlera, une heure durant, sur le rôle de Wagner dans la question de l'alimentation. Il expliquera que le véritable wagnérien ne devrait en réalité rien manger, chaque cuiller de soupe que l'on absorbe étant préjudiciable au développement des véritables créations idéalo-artistiques. Après cette délicate invite à ne point trop longtemps s'attabler, il portera la santé du Maître et les élèves entonneront le « Salut du Peuple » à Hans Sachs (troisième acte des *Maîtres Chanteurs*). Après quoi commencera effectivement le festin.

« Le menu, à vrai dire, ne se composera que d'un seul plat, lequel, pourtant, variera suivant les jours de la semaine. On aura ainsi de l'oseille avec des choux poivrés et des bottes d'herbes savoureuses, le tout assaisonné à son propre jus, des chardons à la cuisson moelleuse, des renoncules âcres sauce *Hollandais Volant* (1) (sauce hollandaise). Les repas seront encore renforcés par l'exécution de compositions wagnériennes, afin que chacun puisse sortir de table absolument saturé. Après ce succulent festin aura lieu une promenade d'au moins deux heures nécessaire pour combattre tout engraissement antiwagnérien.

« *De trois à quatre heures* on servira dans la salle de lecture, de l'eau et du lait chaud. Comme seule pâture intellectuelle

(1) Titre d'un des premiers opéras de Wagner composé en 1841.

seront données les *Bayreuther Blätter* dont le contenu sera lu aux assistants en entier, au moins quatre fois. Un orchestre invisible, à la façon wagnérienne, jouera en même temps, vu que les thèses des profonds philosophes de l'école de Francfort ne peuvent être comprises qu'avec accompagnement de musique.

« Par là-dessus on ira prendre, dans le salon de société, un thé musical. Les élèves exécuteront les morceaux capitaux des œuvres les plus récentes du Maître, tout en savourant une infusion de camomille ou de fenouil.

« *De huit heures à onze heures* lecture, à livre ouvert, des partitions; après quoi, tous les élèves se jetteront sur leurs matelas et seront mollement amenés au sommeil par l'exécution des plus brillants morceaux du répertoire wagnérien. »

NEUE BEZEICHNUNGEN FUR RICHARD WAGNER.
NUMMERN.

Nouvelles qualifications pour les opéras de Wagner.

Statt Duett: Zweigekreich.

A la place de duo : « guculerie à deux ».

Statt Einzugsmarsch : Violin-Zerfrausung.

A la place de marche d'ouverture : « bris de violons ».

Statt Romanze : Schreckenslaute.

A la place de romance : « cris d'épouvante ».

Statt Liebeslied : Harfenruin.

A la place de chanson d'amour : « démolissage de harpe ».

Statt Quartett : Schreipotenz.

A la place de quartette : « quatuor de cris ».

Statt Finale : Höchst unangenehmes Geräusch.

A la place de finale : « bruit désagréable au plus haut point ».

(*Kikeriki*, de Vienne, 27 juillet 1882.)

Les artistes allemands et autrichiens se sont souvent amusés, comme on le verra plus loin, à essayer de rendre au moyen de la poésie imitative, le bruit de la musique wagnérienne. Certaines feuilles ont même ouvert leurs colonnes à de longues dissertations sur les C *dur* et les C *moll*; sur les sons *non encore observés*, produits par le brisage (*sic*) des cordes.

Et que de calembours sur les *Leitmotiv!* Entre tous il en est un, aujourd'hui populaire, celui qui transforme lesdits *leitmotiv* en *lautmotiv* (motifs de sonnerie).

Tel ce personnage qui, au restaurant, sonne vainement un garçon. Et celui-ci, lorsque enfin il s'amène paisiblement, lui dit sans s'émouvoir : « Pour vous entendre, il faudrait d'abord que je sache quel est votre « air de sonnerie ».

D'où la nécessité, conclut le journal auquel j'emprunte l'historiette, de créer un cours de sonnerie, sous la haute direction de Wagner, à l'usage des oreilles privées de *lautmotiv*.

DIE ZWEI SCHLÆGER IN OPERNHAUSE

Les deux « Schlæger » à l'Opéra.

Die Schlæger wird uns in Richard Wagner-Opern sehr willkommen sein.

La *Schlæger* sera pour nous la bienvenue dans les opéras de Richard Wagner.

Der Schlæger aber nicht.

Mais le *Schlæger*, c'est-à-dire le batteur de grosse caisse, point.

Mme Schlæger est une cantatrice allemande jouissant d'une très réelle réputation aux côtés de la Materna. Elle a interprété le répertoire wagnérien à Vienne mais n'a jamais assisté aux représentations de Bayreuth.

Tout l'esprit de la légende repose, sur le double sens prêté au mot : *Schlæger*.

(*Kikeriki*, 5 novembre 1882.)

SCARIA IN BAYREUTH

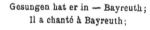

Gesungen hat er in — Bayreuth;
Il a chanté à Bayreuth;

Wenn er's nur nicht — bereut.
Pourvu qu'il n'ait pas à s'en repentir.

(*Kikeriki*, 3 août 1882.)

* Le texte allemand a, comme on le voit, un jeu de mots par à peu près sur *Bayreuth* et *bereut*. — Émile Scaria, décédé en 1886, fut un des chanteurs en renom de l'Opéra de Vienne. C'est lui qui remplissait le rôle du roi Henri dans *Lohengrin*, et le rôle du landgrave dans le *Tannhäuser*. Wagner qui estimait tout particulièrement son talent le fit venir pour les représentations de Bayreuth. Il a également pris part aux représentations de *Lohengrin* données à Berlin, en 1881.

VII

CARICATURES

SE RAPPORTANT A LA VIE DE WAGNER

Caricatures historiques provenant des ennemis de Wagner (les catholiques à Munich, les juifs à Vienne). — Caricatures visant spécialement l'orgueil de Wagner. — Un côté intéressant des fêtes de Bayreuth. — Caricatures sur la grande semaine. — Wagner et l'empereur Guillaume. — Wagner-Dieu. — Prière et chanson. — Sur Parsifal. — Les caricatures posthumes. — Une image sur Wagner et les juifs.

Après les portraits-charge, ces amusantes photographies en robe de chambre — ici le terme ne manque pas d'un certain à-propos, — après les images destinées à personnifier l'œuvre musicale elle-même, voici les caricatures dirigées contre Wagner au cours des événements, caricatures historiques par le fait qu'elles suivent les incidents particuliers à la vie du personnage, et à tendances multiples par le fait qu'elles vont chercher leurs arguments partout où faire se peut.

Beaucoup virent en Wagner un grotesque de génie, un épris d'idéal aux hautes envolées, manquant de dignité dans la vie ordinaire ; et ils se firent un malin plaisir de « descendre » l'homme du piédestal sur lequel l'avait placé un encens peut-être immodéré (1). Le même cas se présente, du reste, à l'égard de toutes les individualités d'un génie transcendant : Victor Hugo, Wagner, Zola, pour citer ces trois noms, n'ont-ils pas été également accusés d'orgueil, d'ambition, d'avarice, d'un amour immodéré du gain. Et il se peut bien qu'il en soit ainsi, puisque ce sont vices essentiellement humains dont chaque parcelle animée de la grande foule anonyme est plus ou moins imbue. Or Wagner, on l'a vu, portait en lui tout particulièrement certains de ces défauts.

Plus nous avançons vers la fin du siècle, plus la caricature deviendra âpre, violente à l'égard des individualités, à l'égard des esprits créateurs animés d'un souffle vraiment personnel. C'est là une des conséquences du nivellement qui s'est produit dans la société : l'ensemble est monté, a atteint à cette honnêteté moyenne si bien nommée « le marais des intelligences », mais les têtes trop hautes déparent la symétrie. Donc, par la plume et par le crayon, il faut abattre, il faut aligner.

En un mot, la caricature se transforme : jadis, arme de combat en faveur du droit et de la liberté, aujourd'hui trop souvent, au pouvoir des foules anonymes, elle paraît vouloir être arme de haine contre les esprits supérieurs.

Donc je ne suivrai pas la satire en ses attaques ba-

(1) Un médecin spécialiste a publié en 1882 dans une revue allemande un intéressant article sur l'état pathologique des musiciens, des poètes et des autres « énervés » de même famille. Tout en reconnaissant ce qu'il y a de vrai dans les accusations portées contre Wagner, au sujet de son état cérébral, il démontre avec non moins de sens qu'il est puéril de s'arrêter sans cesse à des faiblesses n'enlevant rien à la conception géniale de l'artiste.

Aus der modernen Mythologie. — Wagner's Gottwerdung in Bayreuth.

Scène de la mythologie moderne. — Divinisation de Wagner à Bayreuth.

Sur le devant passent les souverains dégommés par la nouvelle Divinité et malades d'harmonie, les souverains ayant en main leur coupon de membres fondateurs du théâtre de Bayreuth. Sur les papiers que tiennent les deux aigles aux côtés du trône de Wagner-Wotan, on lit : « E. von Hagen » (esthéticien wagnériste dont il a été question plus haut), et : « Il n'y a qu'un Dieu! signé Porgès. » (Henri Porgès, wagnériste convaincu, kapellmeister à Munich, auteur d'études sur les représentations de Bayreuth.)

(*Ulk*, de Berlin, vers 1876.)

nales ; attaques, je l'ai dit, toujours semblables vis-à-vis des novateurs.

Mieux vaut entrer dans l'analyse caricaturale des faits biographiques.

Ici l'image est essentiellement germanique, allemande ou autrichienne, et s'il faut en croire Wagner et les wagnéristes, elle a été inspirée, à Munich par les ultramontains, à Vienne par les israélites. Cela semble assez naturel étant donné les raisons indiquées plus haut, mais il ne faudrait pourtant pas ne voir dans les amusantes vignettes ici reproduites que ces deux provenances. Le Wagner de Munich n'a pas eu seulement contre lui les catholiques bavarois ; craignant tout d'un jeune souverain aux allures déjà singulières, il a eu contre lui les patriotes qui, pressentant les événements, eussent voulu voir chez le noble descendant des Wittelsbach plus de virilité, plus de hauteur de vue. La musique n'est-elle pas, souvent, un énervant, un dissolvant, l'art des décadences comme la phraséologie des rhéteurs ? Et si l'on se place au point de vues plus étroit, plus restreint, des égoïsmes humains, l'on trouvera que Wagner s'était également aliéné les littérateurs et les artistes, jusqu'alors — ces derniers surtout — seuls maîtres à la Cour et dans Munich.

Quoi qu'il en soit, amusantes sont les petites vignettes du *Punsch* bavarois qui montrent si bien et l'infatuation de l'homme et la facilité avec laquelle il attirait et engloutissait les trésors du pays. Wagner eut la partie belle ; malheureusement, le moment était mal choisi pour demander aux budgets, chargés de lourdes contributions de guerre, les sommes nécessaires à un Conservatoire

9

national, à un art national, et voilà pourquoi, tout naturellement, la satire crayonnée s'exerça contre lui.

Après 1870, combien changés sont les événements! Wagner n'est plus le protégé du roi de Bavière, le compositeur jusque-là incompris des siens, sans cesse obligé de venir défendre, par les armes littéraires, sa théorie du drame musical; Wagner est devenu l'incarnation d'une des formes de la pensée allemande. Suivant l'expression d'un de ses biographes, H. Meister, il a centralisé la musique comme l'empereur Guillaume a centralisé la patrie. « Wagner, » ajoute cet écrivain, « apparut comme le prophète du génie musical allemand; il annonça et salua l'aurore du nouvel Empire, il prêcha l'alliance du pouvoir divin et de la puissance populaire, du césarisme et du socialisme, de la démocratie et de la royauté. Il déroula aux yeux du jeune roi enthousiasmé (il s'agit de Louis II) l'image d'un peuple éminemment poétique et musical, chez lequel ces deux agents, le capital et le travail, seraient mis au service de la musique et de la justice. Déjà il voyait le génie allemand réunir dans un splendide théâtre tous les peuples du Rhin jusqu'à l'équateur, et les dieux de la mythologie germanico-scandinave s'emparer de l'empire des âmes. »

Esprit de mysticisme et de rêverie littéraire traduisant, on ne peut mieux, le mysticisme de son œuvre musicale.

Donc, le théâtre national est fondé, ce théâtre aux côtés duquel toutes les scènes allemandes ne sont plus que bicoques sans importance; Wagner est parvenu au faîte de la puissance; après les victoires de l'artillerie Krupp, le triomphe de la musique Krupp. Le

Richard Wagner in Himmel. — Richard Wagner au Ciel.

Richard Wagner zu den Engeln. — Meine lieben Engeln ! Der Empfang ist recht hübsch, aber ohne Pauken und Trompeten werden Sie nie eine Wirkung erzielen !

Wagner s'adressant aux anges. — Mes chers petits anges ! la réception est tout à fait charmante, mais sans timbales et sans trompettes jamais vous n'obtiendrez une exécution.

(*Kikeriki*, 18 février 1883.)

théâtre est inauguré solennellement comme l'Empire, et Bayreuth revoit dans le dernier quart du siècle le parterre de rois qui, dans le premier quart de ce même siècle, avait immortalisé Erfurt; autrefois l'art français répondant à l'abaissement de la patrie allemande, aujourd'hui l'art de l'avenir sanctifié par un nouvel empire germanique.

Oui, mais une pareille toute-puissance ne s'obtient pas sans blesser des intérêts acquis et des formules esthétiques antérieures. D'où une partie des caricatures lancées de 1876 à 1883 contre Wagner bonze et pontife de la nouvelle religion.

Que nombre de feuilles caricaturales viennoises soient aux mains des israélites, je ne fais nulle difficulté de le reconnaître; que ces feuilles aient publié sur l'auteur de *Lohengrin* des images pleines de sel, on pourra le constater facilement soi-même, mais on verra aussi que quantité d'autres sentiments se sont fait jour dans ces attaques. Wagner tout-puissant, Wagner souverain de Bayreuth, Wagner devenu le Bismarck de l'art a quelque peu agacé les Allemands. Frédéric Nietzsche, l'auteur d'un livre dithyrambique et incommensurable sur le musicien-réformateur (1), l'a dit lui-même : « Les Allemands s'en donnèrent à cœur joie d'écrire et de jaser sur un ton esthétique; on se mit à mesurer, à tâter les œuvres et la personne de l'artiste avec ce

(1) Friedrich-Wilhelm Nietzsche, professeur de philologie classique à Bâle, mort en cette ville en août 1879, à peine âgé de 34 ans, auteur d'une série d'études (dont quelques-unes fort remarquables) publiées sous le titre générique de : *Unzeitgemässe Betrachtungen*. L'étude sur « Richard Wagner à Bayreuth » a été traduite en 1877, en un français absolument illisible par Mme Marie Baumgartner.

RICHARD WAGNER'S ERDEN. SCHICKSALE.
Les aventures terrestres de Richard Wagner.

Die Kritik begleitete ihn sein ganzes Leben hindurch als Furie.
Toute sa vie, la critique le poursuivit d'un bout à l'autre comme une Furie.

Jetz geht Sie aber « bei der Leich » als Trauerpferd mit.
Maintenant, aux funérailles, elle tient l'office d'un cheval de deuil (cheval de bataille)

(*Kikeriki*, 22 février 1883.)

manque de discrétion, de délicatesse, qui distingue le savant aussi bien que le journaliste allemand. Wagner essaya par des écrits de faciliter la compréhension de son œuvre; ils ne produisirent qu'une nouvelle confusion et de nouveaux murmures; on s'écria : c'est un théoricien qui veut transformer l'art avec des idées subtiles, qu'il soit lapidé! »

La caricature ne le lapida point, elle se contenta de faire ressortir les ridicules, les exagérations, les gonflements orgueilleux de l'homme qui se posait en Dieu, en dogme vivant, en juge suprême des choses de l'art et de la musique, qui transformait son école musicale en une sorte de pontificat, qui officiait dans son temple-modèle de Bayreuth, dans son *Festspielhaus*, comme un prêtre dans son église.

Mais Wagner, il faut le dire bien haut, et ceci est à son honneur, a vengé l'Allemagne de l'accusation de barbarie si souvent lancée contre elle à la suite de la guerre de 1870. En donnant un caractère grandiose et national aux fêtes d'inauguration de son théâtre, en recevant, lui, personnage non *hoffæhig*, les souverains du pays, il a effacé les brutales victoires dues au progrès dans l'art de tuer, il a donné la parole à l'art véritable restant immortel, il a montré la nation sous son autre face, toujours apte, malgré son féodalisme militaire, à s'intéresser aux choses de l'esprit. Ceci nous ne l'avons point vu, et, cependant, c'est nous autres Français qui devions le comprendre.

Et maintenant, déroulez-vous, amusantes images, comiques plus que cruelles, donnant si bien les notes distinctes de l'esprit germanique; ici, symboliques, faisant asseoir Wagner sur le trône de ce Dieu Wotan qui, souvent aussi, incarnera certain personnage politique, jadis tout-puissant (1); là, s'amusant à annoter au jour le jour les actualités wagnériennes.

Il n'y a qu'un Dieu : Wagner; devant lui toutes les royautés s'inclinent, toutes les gloires s'effacent; qu'il reste chez lui ou qu'il voyage, c'est en souverain qu'on le traite et qu'on le reçoit. Devant ses titres les fonds d'état pâlissent : partout on ne rencontre que porteurs de coupons wagnériens, et souscripteurs au théâtre-modèle. Que n'a-t-il pas trouvé, du reste, lui, le divin Atlas, aux culottes de dentelle, digne pendant dans la musique de l'Atlas de la politique, lui le plus grand phénomène *graëlique* (2) des temps présents, lui le restituteur des trompettes géantes, l'inventeur par excellence des mélodies coupées, le chef des applaudissements *parsifalesques* (3) le tambour du régiment de Bayreuth battant la caisse sur les membranes du tympan, lui le médium des bruits les plus intenses, lui qui fut l'effroi des oreilles de notre génération et qui restera l'archet-cyclope !

Épithètes satiriques que les journaux viennois se plairont à lui donner, tout en nous initiant aux détails du rite wagnérien dont les grands prêtres furent Liszt et

---

(1) Plusieurs caricatures dans les journaux berlinois, vers 1876, représentent le prince de Bismarck en Wotan.

(2) Allusion au Saint-Graal, la coupe, qui, suivant la légende, contenait le vin bu par le Christ à la dernière Cène. Or, Amfortas dans *Parsifal* est un chevalier commis à la garde du Saint-Graal. Du reste, au nombre des associations wagnériennes figure un *Ordre du Saint-Graal*, fondé à Munich en 1877.

(3) On trouvera au chapitre « Caricatures allemandes sur les opéras de Wagner » l'explication des applaudissements auxquels il est fait allusion ici.

de Bülow, avec Mme Cosima pour officiant propagandiste *in partibus infidelium*, avec MM^mes^ de Metternich et de Schleinitz comme ambassadrices, femmes d'ambassadeurs doublement qualifiées pour une telle mission ; trois femmes amenant trois fois à Wagner l'appui de têtes couronnées : Mme de Metternich, Napoléon III ; Mme de Bülow, Louis II ; Mme de Schleinitz (1), l'empereur Guillaume.

Le rite wagnérien ne possède pas seulement ses grands prêtres; il a aussi sa liturgie.

En 1876, alors que Bayreuth battait son plein, *La Bombe* publiait pour les non initiés le formulaire de la prière du soir à l'usage de tout bon disciple.

Donc, prions, mes frères en sainte harmonie :

Notre Wagner qui es au Walhalla, que ton nom soit sanctifié dans le *Tagblatt* (2), fais-nous parvenir ta louange par la « Correspondance » de Porgès, que ta volonté s'accomplisse sur les planches et dans la salle, donne-nous notre représentation quotidienne, et pardonne-nous d'avoir crié « Hurrah » à l'Empereur allemand (3), comme nous pardonnons à la ville de Bayreuth de nous avoir reçus et logés d'une façon si misérable (4). Et ne nous fais pas subir de nouvelles épreuves par la préparation

(1) Maria von Buch, née en 1842, avait épousé en 1865 le comte de Schleinitz, membre de la Chambre des Seigneurs de Prusse, plus tard ministre d'État et de la Maison de l'Empereur. M. de Schleinitz est mort en février 1885 et le 16 juin 1886 sa veuve se remariait avec le comte de Wolkenstein-Trostburg, ambassadeur d'Autriche à Saint-Pétersbourg.

(2) *Wiener Tagblatt*, grand journal quotidien de Vienne, dans lequel V.-K. Schembera a publié nombre de curieux articles sur Wagner.

(3) Voir plus loin ce qui a trait aux rapports de Wagner avec l'empereur d'Allemagne.

(4) Allusion aux plaintes que certains journalistes allemands peu favorables au wagnérisme émirent, alors, contre le comité de réception de Bayreuth.

d'une troisième série de *Festspiele*, mais délivre-nous de toutes nos charges habituelles. Amen !

Et puisque grâce aux humoristes viennois nous pouvons ainsi passer du grave au plaisant, finissons par une chanson sans rime adaptée au fameux *Gaudeamus igitur* des étudiants allemands :

Gaudeamus igitur
Wagnéristes dum sumus,
Post jucundam *forge de Siegfried* (1)
Post famosum *Crépuscule des Dieux*
Nos habebit humus.

C'est pourquoi vive Richard Wagner,
Vive aussi Monsieur Porgès !
Vivat membrum quodlibet
Qui avec Wagner aveuglément marche
Semper sine souci.

Vivat Wahnfried à Bayreuth
Et qui se trouve in illo.
Vivat les sociétés dites *Patronatsverein*,
Vivat Joseph Rubinstein
Atque Hans von Bülow !

(1) Il y a dans *Siegfried* toute une scène, et fort belle, dite de *la forge*, qui a donné naissance au chant du Glaive. Le jeune Siegfried reforge l'épée des Dieux, *Nothung*, ainsi nommée comme étant celle qu'on trouvera dans les moments difficiles. Tandis que le soufflet active le feu, que l'acier rougit, que le marteau frappe faisant jaillir des fusées d'étincelles, Siegfried (ce rôle, fort difficile, était rempli à l'origine par un jeune étudiant hongrois âgé de dix-neuf ans, Gassi-Glatz), chante le très caractéristique chant dont voici quelques strophes :

« Nothung ! Nothung ! enviable épée ! Pourquoi t'es-tu brisée jadis? Hoho, hohei ! souffle, soufflet, souffle la flamme !

« Un arbre croissait au fond du bois ; je l'ai abattu pour en faire du charbon. Hoho ! hohei ! souffle, soufflet, souffle la flamme !

« Le charbon brûle vaillamment ; il brûle avec une flamme brillante, il jette des étincelles. Hohei, hoho ! voici que le fer a fondu... Hoho, hohei ! souffle, soufflet, souffle la flamme. »

Par la plume, comme par le crayon, l'esprit satirique allemand n'a donc pas plus ménagé la majesté de son Dieu musical que nous n'avons respecté la majesté de notre immortel poète, Victor Hugo.

Or, dans Wagner, il y a plus d' « hugolien » qu'on ne paraît le croire; je parle au point de vue du caractère personnel, des tendances, des idées émises et de l'attitude prise.

Et puis surtout, c'est le « Moi », le « Moi » personnel et vivant, sans lequel, du reste, rien ne se fait de réellement grand, d'humainement vrai.

Genugthuung! — Contentement de soi.

(*Punsch*, de Munich, 30 avril 1865.)

Caricature publiée à propos du portrait de Wagner par Friedrich Pecht, exposé au Salon de Munich en 1865.

NOTES SUR WAGNER A MUNICH (1864)

Dès son avènement au trône, en 1864, le roi de Bavière Louis II montra pour la poésie mystique et pour les ouvrages de Wagner une sympathie toute particulière. Cette passion, chez un névrosé, chez une sensitive de son espèce, prit bientôt des proportions telles qu'il lui fallut à tout prix son « musicien » : en mai 1864, Wagner, appelé à Munich, était attaché à la Cour avec une pension de 4,000 florins ayant, en outre, à son entière disposition, lui qui, pendant si longtemps, avait eu quelque peine à se faire jouer, une des premières scènes artistiques d'Allemagne.

La façon dont l'artiste fut amené près du roi, raconte Drumont dans sa brochure, rappelle le despotisme fantaisiste des cours d'Orient. « Je veux voir Wagner », dit le roi Louis, un matin en s'éveillant, et un aide de camp reçut l'ordre de trouver et d'amener Wagner au monarque.

On disait le maître à Vienne.

Pendant trois jours et trois nuits l'aide de camp parcourut Vienne dans tous les sens, fouilla la ville dans tous les coins et recoins, alla des bouges aux palais et des palais aux bouges. Pas de Wagner !

Quand il revint sans Wagner, le roi fronça son royal sourcil. « Wagner ou votre démission ! » Et, sans souffler, sans se reposer, sans embrasser sa famille, l'aide de camp, marchant toujours devant lui, comme un personnage des légendes allemandes, dut s'élancer dans sa chaise de poste et courir après l'auteur du *Tannhäuser* qu'il finit par dénicher à Zurich.

Wagner, très vite, fut l'ami du jeune et mystique souverain. Louis II, qui rêvait je ne sais quelle monarchie à la Louis XIV, protectrice des arts, commença à donner une villa au maëstro dont il avait fait son confident intime, puis bientôt, afin de supprimer la distance du palais à la villa, lui fit aménager un appartement dans la demeure royale. Devenu en quelque sorte intendant des menus plaisirs, compositeur pour têtes couron-

Ein neuer Orpheus. — Un nouvel Orphée.

Der alte Orpheus setzte Felsbrocken in Bewegung, der neue lockte metallstücke an. Und noch dazu nach einer unendlichen Melodie !

L'ancien Orphée mettait les rochers en mouvement, le nouveau attire les pièces de cent sous. Et encore, par-dessus le marché, avec une mélodie qui n'en finit pas.

(*Punsch*, de Munich, 10 décembre 1865.)

nées, Wagner fatigua de ses demandes de subvention le trésor royal, au point que, après avoir murmuré tout bas, le peuple finit par murmurer tout haut. On hua le courtisan qui, aux yeux des Bavarois, remplaçait pour le monarque actuel la courtisane de Maximilien, qui, comme Lola Montès en 1848, quoique d'une façon différente, ruinait, énervait la monarchie. Louis II congédia son musicien pour « conserver la confiance et l'amitié de son peuple » (1) et Wagner dut à nouveau reprendre le chemin de l'exil, exil doré cette fois, mais qui, chose assez singulière, le condamnait à mener perpétuellement l'existence d'un Juif-Errant de l'art.

Du reste, éloigné de la Cour, Wagner n'en conserva pas moins son influence auprès de Louis II, toujours plus imprégné des théories et des doctrines nouvelles (2). Et c'est ainsi que de 1865 à 1870 le théâtre de Munich monta *Tristan et Iseult*, *Les Maîtres Chanteurs* composé à l'occasion du mariage d'un prince bavarois, *Rheingold*, *La Walkyrie*.

Zur Kriegsentschædigung.

Lieber Freund, nehmen sie nicht gar Alles heraus. Lassen sie zur Bestreitung meines Zukunftsconservatoriums auch noch ein paar Gulden drinnen.

Pour indemnités de guerre.

Cher ami, n'emportez pas tout. Laissez au moins quelques Gulden dedans pour mon Conservatoire de l'avenir.

(*Punsch*, de Munich, 12 août 1866.)

Rheingold fut d'un accouchement pénible : quinze jours se passèrent entre la répétition générale et la représentation publique. Le chef d'orchestre, alors Hans Richter, s'étant, avec l'assentiment de Wagner, refusé à diriger plus longtemps une œuvre qui lui paraissait mal comprise, et le chanteur

(1) Déclaration du 30 novembre 1865 datée de Hohenschwangau : Wagner quittait Munich le 28 décembre.

Wagner, à vrai dire, ne fut pas exilé, il fut simplement prié par le roi de bien vouloir s'éloigner pendant quelques mois de la Bavière, soit voyager au dehors. M. von der Pfordten, ministre d'État, déclarait en 1867 qu'aucun décret d'expulsion n'avait été pris contre Wagner, et ne pouvait pas être pris, du reste; que, d'après la loi bavaroise, il était donc libre de rentrer si bon lui semblait. En janvier 1868, le compositeur rentrait à Munich après s'être promené de Suisse en France; toutefois, depuis mai 1866, il habita à Triebschen, près Lucerne, d'une façon fixe.

(2) Très certainement, Louis II a dû entreprendre plusieurs fugues auprès de celui qu'il assurait de toute sa faveur au lendemain même de son éloignement. En tout cas, en voici une qui fut mentionnée ouvertement par les journaux :

Betz (1), chargé du rôle de Wotan, ayant quitté Munich, il fallut, au dernier moment, tout réorganiser avec le concours d'autres forces.

Quant à *La Walkyrie* elle fut jouée peu de temps avant la guerre, le 26 juin 1870.

Durant cette première période, Wagner s'était surtout attaché à la création d'une École royale de musique et d'art dramatique (2) à la tête de laquelle il comptait placer le ténor Schnorr de Carolsfeld, celui-là même dont il n'avait cessé de faire le plus grand éloge, qui, en 1862, à Carlsruhe, l'avait si vivement impressionné comme Lohengrin et qui, tout récemment, venait de créer à Munich le rôle de Tristan. Malheureusement pour lui, Schnorr de Carolsfeld, dont l'organe inépuisable était constamment « à la hauteur de l'élément *spirituel* », — ce sont ses propres appréciations — mourut en 1865.

Wagner rêvait déjà son théâtre-modèle (3) et suggérait au roi l'idée de bouleverser dans ce but tout un quartier de Munich ;

Neue Freie Presse, 26 mai 1866. « Nouvelles des Cours : Comme l'annonce la *Allgemeine Zeitung*, le roi Louis II a quitté Munich dans le plus strict incognito pour Rorschach (port suisse sur le lac de Constance), où il doit se rencontrer avec Wagner. » Et le soir même, dans sa seconde édition, le même journal ajoutait : « Le roi Louis II est rentré avant-hier au château de Berg, retour de son excursion en Suisse. »

(1) Frantz Betz, de l'Opéra de Berlin, a chanté le répertoire wagnérien dans nombre de villes allemandes.

(2) *Bericht an Seine Majestæt Kœnig Ludwig II von Bayern über eine in München zu errichtende Musikschule*. Munich, 31 mars 1865.

(3) Les journaux bavarois, prussiens et autrichiens sont, de 1865 à 1867, remplis d'articles sur Wagner, le roi Louis II, la cour de Bavière et les partis politiques. Certains organes accusaient Wagner d'être à la tête d'un parti démagogique voulant révolutionner à tout prix la Bavière, et se demandaient même s'il ne travaillait pas pour les « intérêts prussiens ». M. Nicolaus Œsterlein, dans le tome III du catalogue du *Wagner-Museum*, donne une courte analyse de ces intéressants articles (nos 6740 à 6778).

En ce qui concerne le *Punsch*, deux caricatures publiées par lui en 1866 sont tout à fait concluantes. La première représente un soldat bavarois dansant aux sons de la musique de l'avenir (un violoncelle dont joue un Prussien) ; la seconde, le cygne mécanique de *Lohengrin* en présence de l'aigle prussien, rapace et bien vivant.

mais les Bavarois ne l'entendaient pas de cette oreille, et c'est le souvenir de ces luttes qui se trouve consigné dans les croquis ici reproduits, croquis empruntés au *Punsch*, organe essentiellement autonome dont j'ai, en plusieurs autres de mes volumes, déjà fait connaître les sentiments antiprussiens.

Stimme aus der Schweiz. — Une voix de la Suisse.

Stimme. — Pst! he da! Wie ist's mit mir?
Der neue Umgebungsmaier. — Ich kann noch nichts Bestimmtes sagen.

(Le mot allemand *Umgebungsmaier* est un terme local presque intraduisible, il faudrait mettre « le nouveau maniaque ».)

La Voix. — Psitt! eh donc! Comment vont les choses pour moi ?
Le nouveau Ministre. — Je ne puis encore rien vous dire de précis.

Allusion aux événements politiques et aux discussions qui avaient eu lieu au sein du cabinet bavarois.
Wagner a ici quelque peu la figure d'Offenbach. Dans sa poche est un rouleau sur lequel on lit : *Musique de l'Avenir.*

(*Punsch*, de Munich, 25 novembre 1866.)

Vom Kriegsschauplatze in Bayreuth.

Die Gäste, die im Hauptquartiere Richard Wagner's eintreffen, finden den Meister kampfbereit. Auch sein Unternehmen ist ein Feldzug, indem er die entscheidende Hauptschlacht gegen seine Feinde führt, und dadurch die Aufmerksamkeit Europa's selbst von Türken und Serben abzieht. Batterien von mörderischen Blasinstrumenten erwarten sie heranrücken, um sie mit einem sprühenden Notenregen zu empfangen; Salamander und anderes wunderliches Gethier singt ihnen entgegen. Noch ein Blick auf Cosima, ein Wink des Meisters und es kann losgehen. Wigalawaja!

LE CHAMP DE BATAILLE DE BAYREUTH

(Voir ci-contre l'explication de la légende et des personnages.)

Les invités qui viennent au-devant de Wagner, au quartier général, trouvent le Maître prêt pour le combat. Son entreprise est du reste une véritable campagne militaire, puisqu'il dirige la lutte principale et définitive contre ses ennemis, et, par ce fait, distrait l'attention de l'Europe des Turcs et des Serbes eux-mêmes. Batteries d'instruments à vent meurtriers les attendent par devant et par derrière, prêtes à les recevoir sous une pluie de notes étincelantes, tandis que salamandres et autres instruments à jet leur envoient des chants étranges. Encore un regard sur Cosima, un signe du Maître, et l'on pourra partir.

Le personnage au premier plan, devant Wagner, est Hans Richter le chef d'orchestre de Bayreuth.

Le personnage derrière le Maître, moitié homme moitié femme, cependant coiffé d'un bonnet et le cou orné d'un collier ayant l'apparence d'un ordre quelconque, dont le visage a tant de points de ressemblance avec celui de l'abbé Liszt, est Mme Cosima Wagner. Le moulin à café qu'on aperçoit dans le bas est une allusion au bruit du papotage féminin.

Au-dessous de Wagner, à droite, sont MM. Jahn, directeur de l'Opéra de Vienne et Scaria basse chantante dudit théâtre.

Au milieu des serpents crachant croches et doubles croches apparait la gentille figure de Lili Lehmann, l'actrice berlinoise, une des trois *Rheintochter* (filles du Rhin), avec Marie Lehmann et Minna Lammert.

Du reste les animaux devant prendre part au combat figurent, eux aussi, sur le champ de bataille; on voit côte à côte et le « Lindwurm » soit le dragon de Siegfried et le cheval Grane, tous deux célèbres dans l'histoire des drames wagnériens.

De la droite passons à la gauche. Au premier rang des invités qui saluent le maître, sont, reconnaissables entre tous, l'empereur d'Allemagne et le roi de Bavière Louis II dont la chemise est ornée d'un plastron musical; puis viennent un Rothschild quelconque et M. Jauner, directeur du *Ringtheater* de Vienne, le théâtre qui par ses incendies s'est fait un nom européen. Parmi les personnages qui se pressent au-dessus on remarque, en suivant l'ordre ascendant: Herbeck, ancien directeur de l'Opéra; Josef Lewinski, acteur célèbre du théâtre de la Cour, auteur d'un ouvrage important pour l'histoire de l'art dramatique allemand : *Vor den Coulissen* (1) (Devant les Coulisses);

(1) Publié en 1881 à Berlin.

Antoine Rubinstein, le pianiste, certainement moins laid ici que sur ses habituelles photographies.

Trônant enfin sur le tout, à la fois anxieux et comme bénissant, apparaît dans sa longue robe d'abbé, Liszt, au profil hiératique égyptien, à la coupe de cheveux absolument calquée sur celle de sa fille. Il est porté sur son piano que tient Louis Bösendorfer, le célèbre facteur viennois.

Contre Liszt, en face du cheval Grane, une dernière figure féminine, très probablement la Materna.

Cette amusante composition du dessinateur Klic, doublement intéressante par les personnages qui s'y trouvent, est donc en quelque sorte une façon de tableau de la cour wagnérienne.

KLEINE WAGNER-LEGENDEN

PETITES LÉGENDES WAGNÉRIENNES

Apotheose. — Der Meister schreitet vom Festspielhause über die berühmte Regenbogenbrücke aus « Rheingold » nach jener Walhalla hinüber, wo er, ungestraft, « Gott-Vater » spielen darf.

Apothéose. — A travers le pont célèbre du « Rheingold » dressé en arc-en-ciel, le Maître se rend du « Festspielhause » vers l'autre Walhalla en face, où, impuni, il doit jouer Dieu le père.

(*Die Bombe*, n° 35, 1876.)

* Le Walhalla situé en face c'est la maison des fous.

Les feuilles caricaturales de l'époque sont remplies de satires en prose et en images sur les « insanités » du *Festspiel*. Voici, notamment, quelques « préceptes wagnériens » à l'usage des voyageurs, formulés par le *Junge Kikeriki* de Vienne.

« Tout participant à la représentation du *Festspiel*, joué sur les planches sacrées, prend pour la vie congé des siens et une habitation à l'année à Bayreuth.

« L'opéra est divisé en deux préludes, en deux représentations de nuit et en dix actes : entre chacun d'eux, il y aura un intervalle d'un mois, y compris le temps nécessaire au transfert des malades.

« Chaque visiteur doit être approvisionné pour soixante jours au moins.

« A chaque galerie se trouve une salle spécialement affectée au service des malades. Les morts seront enterrés toutes les semaines.

« Les bâtiments du théâtre communiquent avec l'asile des aliénés. »

Die Wagner-Woche.

LA SEMAINE DE WAGNER. — Caricature de F. Græetz.
(*Der Floh*, 1876.)

[Voir, au verso, l'explication des légendes.]

Voici l'explication des différents petits sujets qui composent l'amusante page *Là Semaine de Wagner* :

CROQUIS DE GAUCHE :

— 1. Wagner et l'empereur Guillaume :

L'Empereur. — Voici, cher maître, le plus beau de mes ordres : je regrette seulement que vous n'ayez point fait campagne avec nous en France. La guerre m'eût coûté moins de sang et les Français n'en eussent pas moins pris la fuite (1).

— 2. Wagner recevant une députation :

Wagner. — Ces messieurs sont assurément des musiciens convertis.

Le chef de la députation. — Non point, nous sommes des « tout à fait sourds, » qui, Dieu soit loué, avons trouvé ici parfaite guérison.

— 3. Groupe de gens retour de Bayreuth (en entendant un orgue moudre quelque vieil air) : Dieu soit loué ! Enfin un peu de vraie musique !

CROQUIS DE DROITE :

— 4. Wagner et le roi de Bavière.

Le Roi. — Maître, échangeons : je me trouve si bien ici. Laisse-moi à Bayreuth composer de la musique, et toi, vas à Munich, régner.

— 5. *Le père Rhin.* — Quel est cet affreux bacchanal ? On n'entend plus le bruit de sa propre chute.

La Fée. — Les représentations wagnériennes ont commencé.

— 6. Autre groupe de gens retour de Bayreuth :

De l'argent, nous n'en avons plus, et affamés nous sommes. A la cuisine populaire alors. Çà a été une véritable chasse à courre. (Allusion aux sommes exorbitantes réclamées par les hôteliers de Bayreuth lors des fêtes de 1876.)

---

(1) Il n'est peut être pas inutile de rappeler à ce propos que Wagner — s'il faut en croire le *Volksblatt*, confirmé depuis par le correspondant berlinois de la *Schlesische Zeitung* (1871) — avait adressé, au lendemain de Sedan, un télégrammes de félicitations à M. de Bismarck. Le chancelier aurait, paraît-il, communiqué la missive patriotique à l'empereur Guillaume et un jour, pendant le siège, ce dernier rappelant la dépêche, aurait dit aux gens qui l'entouraient : « Si Krupp ne suffit pas, nous ferons appel à Wagner ; son artillerie, comme en 1861, mettra sans doute, à nouveau, les Parisiens en fuite. »

WAGNER ET L'EMPEREUR GUILLAUME

I. Kleine Wagner Legenden.

Petites légendes wagnériennes.

Auch eine wahre Begebenheit : Der deutsche Kaiser schickt seinen Flügeladjutanten zu Wagner auf die Bühne, Se. Majestät wünsche den Meister dringend zu sprechen. Der Meister hat sich in sein Zimmer zurückgezogen mit dem strengen Wunsche : « Ich will absolut nicht gestört sein. » Niemand will den Adjutanten melden. Der aber öffnet mit gut preussischer Kühnheit die heilige Pforte. Wer untersteht sich.....? schreit Wagner. Der Kaiser lässt Sie bitten, sich einen Moment zu ihm in die Loge zu verfügen. «« » Ich bedaure ; bin im Moment sehr beschäftigt. « »» Der Kaiser læsst dringend bitten. »« Und der Meister musste mit saufter Gewalt in die Fürstenloge transportirt werden, wo ihm der Kaiser folgende historische Worte zuflüsterte : « Lieber Wagner, ich bin doch froh, dass ich nicht wie mein grosser Ahnherr die Flöte blase, sonst hätten Sie mich am Ende gezwungen in Ihrem Orchester mitzuwirken. Das wollte ich Ihnen nur gesagt haben.

(*Die Bombe*, de Vienne, n° 35, 1876.)

Encore un fait véridique : L'Empereur allemand dépêche son adjudant de service à Wagner, sur la scène, Sa Majesté désirant parler au Maître sur-le-champ. Or le Maître s'est retiré dans son cabinet avec le désir formel de n'être pas dérangé. Personne ne veut donc annoncer l'adjudant. Mais celui-ci, avec une audace tout à fait prussienne, ouvre la porte du retrait sacré. « Qui ose...? » s'écrie Wagner. — « L'Empereur vous fait prier de vous rendre vers Lui dans sa loge. » — « Je regrette, je suis pour l'instant fort occupé. » — « L'Empereur vous fait prier de la façon la plus formelle. » Et le Maître dut être transporté avec une douce violence dans la loge des princes, où l'Empereur lui susurra ces paroles historiques : « Cher Wagner, je suis content de ne point jouer de la flûte comme mon grand ancêtre, car sans cela, vous m'eussiez, à la fin, forcé à faire ma partie dans votre orchestre. Voilà ce que je tenais à vous dire. »

C'est là, en effet, un fait véridique, un événement historique, si l'on ose s'exprimer ainsi, que M. Victor Tissot rapporte comme suit dans son volume *Vienne et la Vie viennoise* (1878) :

« Si l'empereur Guillaume, qui est l'homme le moins musical de son empire, est venu bâiller, il y a deux ans, aux représentations de Bayreuth, c'est qu'il s'agissait tout simplement de prendre part à une grande démonstration de l'art allemand. M. Wagner sait qu'il n'a pas un admirateur en la personne de Guillaume Ier ; aussi, à la fin de la représentation du *Crépuscule des Dieux*, lorsque l'Empereur chargea un de ses aides de camp, le général Lehendorf, d'aller chercher le maëstro, celui-ci fut longtemps introuvable. Enfin le général découvrit Richard Wagner dans une obscure chambrette, au fond des coulisses : le compositeur était étendu dans une chaise longue, et sa femme, Mme Cosima, agenouillée devant lui, agitait un grand éventail, pour rafraîchir l'air autour de sa tête auguste; l'abbé Liszt se promenait de long en large, comme un révérend Père qui médite sur la musique de l'avenir. Le comte de Lehendorf fit part au maître du désir qu'avait l'Empereur de le voir. Wagner dirigea ses regards sur Cosima et lui demanda s'il devait y aller.

« — Je crois que si tu t'excuses, cela suffira, lui répondit sa « femme.

« — Quand l'Empereur exprime un vœu, répliqua sèchement « l'aide de camp, ce vœu est un ordre. »

« L'abbé Liszt s'interposa, et parvint à faire comprendre à son beau-fils qu'il était de toute convenance d'aller remercier l'Empereur. »

Je tiens d'un wagnériste français, en situation d'être bien renseigné, car il fut un intime du maître et de sa famille — je m'empresse de dire que ce n'est point M. Catulle Mendès — la version exacte de cet incident.

C'est à deux reprises que le comte de Lehendorf fut expédié auprès de Wagner, car, la première fois, il avait essuyé de la part du musicien un refus absolument formel.

L'aide de camp de Sa Majesté ayant donc renouvelé l'impérial désir :

« *Ist es ein Befehl?* Est-ce un ordre? » cria Wagner, et sur réponse affirmative, il ajouta du ton d'un homme qui a protesté tant qu'il a pu : « *So, ich gehe* », c'est-à-dire « puisqu'il en est ainsi, j'y vais, je me rends. »

Wagner était, au fond, un caractère indépendant, incapable de la plus petite courtisanerie vis-à-vis d'un souverain peu porté à apprécier son œuvre et son génie.

C'est ainsi qu'en plein dîner officiel, chez lui, devant le ministre de la Maison de l'empereur Guillaume et devant le roi de Bavière, les assistants ont pu l'entendre prononcer ces paroles caractéristiques et peu parlementaires, mais bien dans l'esprit de la langue allemande : « Les c...ochons couronnés qui ne s'intéressent point aux choses intellectuelles ne méritent point de vivre. »

Roide, mais textuel.

On ne doit pas oublier, du reste, que Wagner en voulait tout particulièrement, non seulement à l'empereur Guillaume, souverain fort peu mélomane, du mépris dont il avait fait preuve à l'égard de ses productions musicales, mais encore à son père Frédéric-Guillaume IV qui lui, au contraire, montrait un goût éclairé pour les beaux-arts et avait appelé à Berlin, Meyerbeer et Mendelssohn (1). « Qu'il arrange ses opéras pour musique militaire? » avaient répondu monarque dilettante et monarque guerrier à toutes les demandes de protection.

L'Empereur d'Allemagne logé à « l'Ermitage » avait assisté à la première représentation de Bayreuth, ainsi que sa fille, admiratrice de Wagner, la grande-duchesse Louise de Bade. Le soir, une grande retraite aux flambeaux avait été organisée en l'honneur de Guillaume Ier aux accords de la *Kaisermarsch*, et de toutes parts il avait été, lui et les princes allemands, l'objet des acclamations les plus enthousiastes.

Il est permis de croire, comme on l'a dit et écrit sur tous les tons, que ces ovations finirent par agacer Wagner le véritable triomphateur du jour. D'où certaines pointes lancées contre le souverain qui lui prenait ainsi sa part de gloire, qui venait éclipser les rayons de son soleil. Quelques mots du musicien furent même colportés à ce propos dans les cercles intimes.

Tout naturellement, les journaux viennois abondèrent en articles; voici un dialogue humoristique emprunté au *Floh*, et censé traduire une conversation tenue entre les deux personnages à la gare de Bayreuth.

L'empereur Guillaume. Je suis véritablement surpris de la bruyante réception qu'on m'avait préparée ici.

Wagner. Moi aussi.

L'Empereur. D'autant plus que je ne suis, aujourd'hui, à Bay-

---

(1) Si les marches de Wagner figurèrent sans cesse dans les grandes fêtes officielles allemandes, du vivant de Guillaume, c'est à Mme de Schleinitz qu'il faut attribuer leur introduction.

reuth, qu'un simple particulier et que l'intérêt capital, c'est vous.

Wagner. Je le crois bien.

L'Empereur. Quoique admirateur de votre Muse, si j'avais su cela je serais resté chez moi.

Wagner. Je n'ai point appelé Votre Majesté.

L'Empereur. Je pense, cependant, que vous m'avez envoyé une invitation.

Wagner. Non, sire ! Pure affaire de forme. Vous avez acheté des parts de fondateur (1) et avec cela... Maintenant la fête est gâtée pour moi.

L'Empereur. Je suis au regret vraiment si je vous cause quelque ennui.

Wagner. Cela me sert à grand'chose maintenant.

Le public (criant). Vive l'Empereur !

Wagner. Tenez, écoutez cette misérable populace.

Le public. Hoch ! qu'il vive !

Wagner. Crevez donc, vieux chiffons !

L'Empereur. Asseyons-nous dans la voiture ; je vais me mettre complètement dans le fond, de façon que personne ne puisse me voir.

Wagner. C'est ce que je voulais vous conseiller. Et vous, empereur du Brésil, dites à votre femme qu'elle ne soit pas tout le temps à remercier ainsi. Ce n'est point à elle que les saluts s'adressent. Vous, grand-duc d'Oldenburg, enlevez donc l'immense panache qui flotte sur votre sacré chapeau. Pourquoi montrer avec autant d'ostentation que, vous aussi, vous êtes quelque chose. Et vous enfin, comtesse Donhoff, par le diable ! quand on a aussi joli visage, on se met un voile. Il ne faut pas attirer à soi tous les regards.

Le public. Vive l'Empereur ! Vive l'Empereur !

Wagner. Que Wotan te frappe de son tonnerre ! ramassis de coquins, maudite populace.

L'Empereur qui, avec le Kronprinz, avait déjà assisté à Berlin à la répétition générale de *Tristan et Iseult* (17 mars 1876), l'Empereur qui, suivant l'expression de M. Tissot, avait consenti à « venir bâiller à Bayreuth », fut, paraît-il, assez froissé de la façon dont Wagner avait répondu aux avances qu'il considé-

(1) Un journal spécial, la *Didaskalia*, supplément littéraire du *Frankfurter-Journal* de Francfort, a donné le 12 août 1876 le nombre des places qu'avait fait retenir l'Empereur d'Allemagne.

rait comme un honneur. Aussi, en mai 1881, alors que le compositeur vint à Berlin pour assister aux représentations de *Rheingold*, Wagner qui recevait partout les ovations les plus enthousiastes, qui, à Berlin, du reste, fut acclamé par le public et l'orchestre, ne reçut de la Cour aucune invitation officielle. Le bruit courut même que le prince héritier n'avait pas voulu avoir avec lui un entretien dans la loge impériale, le soir de la première : ce qui est certain c'est que, seul, le directeur Angelo Neumann fut appelé et félicité par le Kronprinz (1).

(1) Le Kronprinz assista cependant de nouveau aux représentations de Bayreuth, en 1882.

II. Aus Unserer Wigalawaja Mappe.

De nos cartons wigalawajesques.

— Ich bin mit Ihrer Haltung im Ganzen zufrieden, lieber alter Wilhelm. Sie können Augusta schreiben, dass Wœrth, Gravelotte, Metz und Sedan gegen die vier Siege in Baireuth das reine Potsdamer Manöver waren. Gehen Sie nur ruhig nach Hause, mein rother Rheingoldorden wird Ihnen nachgeschickt.

Wagner à Guillaume. — Je suis à tout prendre satisfait de votre attitude, cher et vieux Guillaume. Vous pouvez écrire à Augusta que Wœrth, Gravelotte, Metz et Sedan, en présence des quatre victoires de Bayreuth ne furent que pures manœuvres de Potsdam (c'est-à-dire des manœuvres de parade). Retournez en paix chez vous; mon ordre de l'*Or du Rhin rouge* vous sera remis.

(*Die Bombe*, août 1876.)

Il n'est pas besoin de faire ressortir le sens satirique de ces légendes. Personne n'a oublié les « classiques » dépêches de Guillaume à Augusta durant la campagne de France, et tout le monde sait que, pendant la « semaine sainte de Bayreuth », c'est-à-dire lors des quatre soirées d'inauguration (1), Wagner fut littéralement bombardé de dépêches et de lettres de félicitations lui arrivant de tous les points du globe. D'autre part, Wagner avait reçu la décoration prussienne de l'« Aigle Rouge » après son *Rienzi;* c'est pourquoi, à son tour, sous la plume du satirique viennois, il se montre si généreux à l'égard du souverain allemand.

Mais ce que personne ne comprendra; ce qui est fort difficile,

(1) *L'Anneau du Niebelung*, festival dramatique en trois soirées et un prologue.

pour ne pas dire impossible à traduire et à expliquer, c'est le titre même de cette estampe « Wigalawaja ».

Or ce nom à consonnance sauvage n'est pas autre chose qu'une simple onomatopée, le cri figurant dans les quatre premiers vers du *Rheingold* et que Victor Wilder, le traducteur français, n'a pas pu traduire, pas plus qu'on n'a pu rendre le cri non moins sauvage de la *Walkyrie*, « Hojotoho ».

Mais de ce « Wigalawaja » les Viennois ont fait une sorte de cri d'orgueil et de triomphe dont ils se sont servis à l'égard de Wagner et des choses wagnériennes : il y eut des annonces, des soirées, des festivals wigalawajiens; la caricature, comme on vient de le voir, s'en empara.

Le qualificatif « wigalawajesque » devint le comble de l'orgueil, de la contemplation du moi : il y eut des gens « wigala », d'autres « wigalawaja » et, au sommet, le saint Maître bayreuthien « Richard l'unique », planant sur l'univers entier.

Devant le vainqueur de Bayreuth inclinez-vous, grands de la terre ! Ce n'est plus : *cedant arma togæ*, mais bien *cedant arma musiquæ*: telle est, du moins, la pensée ici exprimée par le crayon.

Et, pour finir, un bon mot :

— *Rheingold*, paraît-il, a plu beaucoup à l'empereur allemand.

— *Seingold* (littéralement : son or, mais le jeu de mots porte sur l'or de la Seine) lui fut encore plus cher.

Hélas !

CARICATURES SUR BAYREUTH

Æschylus und Shakspeare, nach Porgès, die beiden einzigen Bühnendichter, welche Wagner an die Seite gestellt werden können, machen in vorschriftsmessigen Frack dem Meister ihre Aufwartung.

Eschyle et Shakspeare, les deux seuls auteurs dramatiques qui, d'après Porgès, se puissent comparer à Wagner, viennent rendre leurs devoirs au Maître en simple habit de cérémonie (1).

(*Ulk*, vers 1876.)

Porgès, comme Frédéric Nietzsche, l'auteur du « Richard Wagner à Bayreuth » dont on a vu plus haut l'esprit, a écrit sur le maître allemand des choses absolument dithyrambiques.

On s'est beaucoup moqué en France, pendant une certaine époque, de ce qu'on appelait « l'hugolâtrie » ; que faudrait-il dire de la « wagnérolâtrie » ?

Du reste les journaux satiriques se sont suffisamment chargés de tourner en ridicule les prétentions du maëstro à l'infaillibilité. C'est ainsi que le *Ulk* publiait en 1881 une sorte de calendrier wagnérien dans lequel se trouvent ces amusantes prédictions :

« Janvier. Les membres du Parlement amis de Wagner par-

(1) Voir au sujet de Shakspeare et Wagner l'article publié dans *La Renaissance musicale* du 6 novembre 1881 par M. Georges Noufflard, auteur d'une intéressante biographie du maëstro : *Richard Wagner d'après lui-même.*

viennent enfin à introduire dans le Code pénal de l'Empire le paragraphe réclamé depuis si longtemps pour la répression des injures wagnériennes [on sait qu'un critique musical, Wilhelm Tappert, s'est amusé à constituer un recueil des injures adressées à Wagner].

« Avril. Le Maître fonde pour récompenser ses fidèles l'ordre du « Wotan Rouge » avec feuilles de frêne.

« Août. Le « Journal officiel de l'Empire » publie le décret depuis si longtemps attendu élevant Wagner à la demi-divinité.

« Novembre. La première tête de pipe avec l'image de Wagner est livrée au *Märkischen Museum.* »

A BAYREUTH.

Richard Wagner (zum Kikeriki). Sehen Sie, lieber Freund, dort applaudiren schon wieder Einige!

Kikeriki. Sie irren, grosser Meister, die schlagen blos die Händ' über'n Kopf zusamm'.

* *Richard Wagner* (au « Kikeriki »). Voyez-vous, cher ami, en voici encore quelques-uns, là-bas, qui applaudissent!

Kikeriki. Vous vous trompez, Grand Maître, ils joignent les mains au-dessus de leur tête en signe d'ennui (mouvement des gens qui demandent grâce).

(*Kikeriki*, 3 août 1882.)

* Le personnage à crête et au nez en bec est la personnification du journal le *Kikeriki*, ce titre visant, par sa prononciation, à imiter le cri du coq.

A PROPOS DES REPRÉSENTATIONS DE PARSIFAL (1882)

A Bayreuth.

Die erste Vorstellung des « Parsifal » wäre bald durch einen unangenehm Zwischenfall gestört worden. Ein von einem Indianerstamm entsendeter Berichterstatter rief nämlich bei einer grossen musikalischen Ensemblescene : « Himmel ! Was höre ich ? Das sind ja meine heimatlichen National-gesänge. »

La première représentation de « Parsifal » a manqué être troublée par un incident désagréable. Un reporter envoyé par une tribu indienne s'est écrié au milieu d'un ensemble musical : « Ciel ! Qu'entends-je? Mes chants nationaux. »

Nach der Vorstellung versammelten sich die Künstler zu einem von « Meister » veranstalteten Bankett. Die Aermsten waren seit Beginn der Proben bis zum Ende der ersten Vorstellung zum ersten Male in vollster harmonie beisammen.

Après la représentation, les artistes se sont retrouvés à un banquet organisé par le « Maître ». Depuis la répétition générale, c'était la première fois qu'ils se trouvaient en complète harmonie.

(*Humoristische Blätter*, 30 juillet 1882.)

Les banquets sont chose fréquente dans l'histoire du wagnérisme militant. A ce point de vue Wagner avait précédé Crispi, ce qui prouve que, en art comme en politique, les mêmes moyens se présentent. Du reste, n'est-ce point un peu partout dans nos habitudes, aujourd'hui?

Offerts à Wagner ou par Wagner, dans les villes de passage, ou à Bayreuth même, les banquets et allocutions demanderaient pour être analysés une plaquette spéciale. Encore une fois donc je renvoie aux documents qu'on trouvera de côté et d'autre dans Œsterlein. Qu'il me suffise de signaler les banquets de 1876 et de 1882 et de donner les noms des artistes figurés ici aux côtés de Wagner. Les femmes : Mme Friederich-Materna, Marianne Brandt, Thérèse Malten, les trois « Kundry » de *Parsifal*. Les hommes : Théodor Reichmann (Amfortas), Hermann Winkelmann (Gralskönig) et Brandt.

Autres détails à retenir sur les représentations de Bayreuth. Chaque fois la presse, suivant l'habitude aujourd'hui partout établie, a donné le chiffre total produit par les représentations (c'est ainsi qu'en 1882 il a été pris 8,200 cartes d'entrée et encaissé 240,000 marcks) et les noms des illustres personnages, princes européens ou exotiques.

Dès 1872, à grands renforts de réclame, on annonçait que le Sultan avait, par l'entremise de son ambassade à Berlin, commandé et payé dix des fameux *Patronatscheine* (1). Enfin — ce qui est un comble — on a communiqué le nombre des mots télégraphiés par les correspondants de journaux (le soir de la première représentation : en 1876 11,000 mots, en 1882 14,000 ; mais pour les enthousiastes, c'est 44,000 qu'il faut lire).

C'est égal, télégraphiste à Bayreuth, ce n'est toujours point une sinécure ; que d'antiwagnériens cela doit faire !

(1) Les journaux satiriques s'amusèrent beaucoup de cette participation du Sultan à l'œuvre wagnérienne. Aussi répétèrent-ils à foison que le Sultan avait dû très certainement se tromper, et prendre Bayreuth pour Beyrouth.

WAGNER TRIOMPHANT DE LA CRITIQUE

Siegfried-Wagner hebt den Schatz der « Niebelungen ».

Da lieg auch du — dunkler Wurm ! —
Den gleissenden Hort heb' ich hurtig.

Siegfried-Wagner enlève le trésor des *Niebelungen*.

Te voilà donc à ton tour gisant, ver obscur ! —
Et léger, je puis enlever le trésor éblouissant.

(*Schalk* de Leipzig, 5 janvier 1879.)

Cette caricature dessinée par M. Constantin de Grimm, artiste d'un très réel talent qui habita Paris un certain temps (on peut voir des dessins de lui dans le *Triboulet*) et qui, aujourd'hui, dirige un des grands journaux illustrés de New-York, demande quelques explications. Wagner est debout, triomphant, sur l'hydre de la critique qu'il vient de transpercer: à ses pieds gît, enchaîné, M. Paul Lindau le maître du théâtre et de la critique allemande, directeur de la revue *Nord und Sud*, à la fois homme de lettres et homme d'affaires, jadis intime de M. de Bismarck. M. Lindau s'était fait remarquer, en effet, par la violence de sa polémique contre Wagner, violence attribuée par ce dernier aux sentiments judaïques de l'écrivain berlinois. En 1876 le critique, qui joue un peu là-bas à l'Alexandre Dumas, avait publié une série d'articles mordants, réunis en volume sous le titre de *Nuchterne Briefe aus Bayreuth*, « Lettres sensées de Bayreuth », puis, en 1882, les *Bayreuther Briefe von reinen Thoren*, « Lettres bayreuthiennes d'un pur toqué ».

La femme qui figure sur la branche de l'arbre en gentil oiseau, doit être soit la Materna, soit plutôt encore Mme de Schleinitz qui, par son influence, contribua à faire jouer partout les *Niebelungen*, et à augmenter, par conséquent, les « tantièmes » du compositeur. Et Wagner tenait à ses « tantièmes », ne cédant jamais rien sur ce point. Qu'il me suffise de rappeler le long procès qu'il soutint à ce propos avec l'intendance du théâtre royal de Stuttgard, procès qui ne se termina qu'en 1881.

Dans le fond est la villa Wahnfried, sur la porte de laquelle on lit: « Entrée non permise aux juifs. » Les deux personnages qui se montrent sur les côtés sont : — à gauche, Hans von Wolzogen, wagnériste convaincu, directeur des *Bayreuther Blätter*, organe en quelque sorte officiel de la nouvelle école germanique recherchant la possibilité de l'application d'une culture nationale aux choses de la religion, de l'art, de la philosophie et de la vie ; — à droite, Porgès, celui-là même dont il a été question dans les précédentes estampes.

WAGNER ET MOZART.

Unterschied zwischen berühmten Kompositeuren.
Simple différence entre compositeurs célèbres.

Mozart spielte allein und ohne sich honoriren zu lassen, auf dem Flügel, und wurde von hunderten applaudirt.

Mozart jouait seul, sans se faire payer, sur un clavecin, et était applaudi de centaines de gens.

Richard Wagner braucht hunderte von Sängern, Musikern und Tausende, die Sitze kaufen, — und applaudirt allein.

Richard Wagner emploie par centaines chanteurs et musiciens sans compter les milliers de gens qui paient leur place, et seul il applaudit.

(*Kikeriki*, 6 août 1882.)

La caricature, comme la littérature, en Allemagne, tout au moins, a, sans cesse, mis en parallèle Mozart et Richard Wagner, mais, si l'une et l'autre ont ainsi établi des comparaisons entre les deux personnages, entre ces deux maîtres de la musique, ce fut dans un esprit absolument différent.

En effet, tandis que les écrivains spécialistes se sont évertués à rechercher, à montrer les points de contact entre Mozart et Wagner, tous deux ayant eu contre eux les classiques, tous deux ayant été considérés comme des révolutionnaires — et l'on a rapproché à ce propos la représentation de *Tannhäuser* en 1861, de la représentation de *Don Juan* en 1805, — les dessinateurs humoristes, eux, ont fait intervenir Mozart pour montrer la simplicité, le désintéressement artistique du compositeur de *Don Juan* à côté de l'orgueil de Wagner et de son amour de l'argent. Volontiers, comme le *Kikeriki*, ils donneraient tous, pour devise, à l'un : « Peu de bruit et beaucoup », à l'autre : « Beaucoup de bruit et rien ».

De fait, ils furent l'un et l'autre des novateurs; l'un et l'autre provoquèrent, par leurs œuvres, les saillies et les lazzi du public; l'un et l'autre se laissèrent aller contre la France qui ne les comprenait pas, qui les repoussait, à de ridicules et regrettables accusations.

Ajoutons que Wagner, chef d'orchestre au théâtre de Dresde, dirigea personnellement, en 1844, une exécution de *Don Juan*, qu'il a consacré un chapitre à Mozart dans son livre *Opera und Drama*, et que, jusqu'en 1863, il eut au-dessus de sa table de travail, sur deux petites consoles en palissandre, les bustes de Mozart et de Beethoven. Consoles et bustes furent alors offerts par lui à un M. Fr. Schweickhart, auquel, d'après Œsterlein, il aurait dit : « Je vous donne deux objets qui ont cessé de me plaire. »

Dur pour Mozart, dur pour Beethoven.

Dernier détail : dans le *Mozart-Album* se trouve une courte poésie de Geibel, indirectement dirigée contre les fanatiques de la soi-disant musique de l'avenir. Voir également le *Mozart-Buch*, publié en 1869, à Vienne, par le Dr Constantin von Wurzbach, et plein d'allusions se rapportant à Wagner.

WAGNER ET LES JUIFS

Au « judaïsme dans la musique »
a plu tout particulièrement l'appréciation suivante sur la nouvell e œuvre
de Wagner : « Ce fut un vrai cri de *douleur*. »

(*Kikeriki*, 13 août 1882.)

* Cette légende contient un jeu de mots sur l'expression consacrée *Festweihspiel*. On a changé la syllabe « Weih » en « Waih », terme employé par les Israélites pour exprimer une vive douleur, et provenant du latin *Væ* (victis).

« Das Judenthum in der Musik », c'est le titre même du factum publié par Wagner en 1852, dans lequel Meyerbeer, Mendelssohn, Halévy, sont particulièrement maltraités et dans lequel le créateur du drame chanté déclare « qu'un juif ne saurait être un peintre, un sculpteur, un poète, un musicien. un comédien, un artiste de talent », affirmation quelque peu hasardée et notoirement fausse pour certaines des branches ici citées, puisque les Israélites ont, au contraire, des dispositions naturelles et tout à fait spéciales pour le théâtre et la musique.

J'ai dit, plus haut, qu'on s'était quelquefois amusé à faire de Wagner le plus pur profil judaïque qui se puisse rencontrer ; par contre, les juifs apparaissent sans cesse dans les caricatures de théâtre destinées à représenter les actualités wagnériennes.

Et, sans cesse aussi, ce sont des dialogues dans l'esprit du suivant publié par le *Figaro* de Vienne :

Deux juifs à Bayreuth, se présentant auprès de l'intendant du théâtre :

« — Ne pourrions-nous pas avoir des entrées, Monsieur le directeur, nous sommes des connaissances intimes de M. Richard Wagner.

« — Vos noms, Messieurs.

« — Les noms importent peu. M. Wagner a écrit toute une brochure sur nous, il nous connaît. »

A son apparition, la plaquette de Wagner (réimpression d'articles publiés dans un journal de musique en 1850) fit peu de bruit. L'époque n'était pas à ces sortes de discussions, et la question juive n'avait pas pris l'importance qu'elle a, depuis, revêtue.

En 1869, une seconde édition, avec lettre préface à la comtesse de Nesselrode (1), ne souleva pas encore de bien vives polémiques; cependant plusieurs brochures parurent déjà en réponse à la thèse soutenue par le maëstro et la presse israélite commença à mener campagne contre lui.

Depuis lors, le « Judenthum », soit la puissance juive, a soulevé partout de violentes polémiques, ici au point de vue social et économique, là au point de vue littéraire, artistique, musical. Wagner dans sa lutte, s'il a ameuté contre lui beaucoup d'ennemis, s'est également créé nombre de partisans. La littérature antisémitique d'outre-Rhin voit en lui son Drumont et tous les ouvrages qui se publient dans cet esprit ne manquent jamais de donner son portrait et sa biographie (voir. notamment *Skizzenbuch der Wahrheit*, 1880 — *Der Talmud oder die Sittenlehre des Judenthums*, 1880).

(1) Ceux que ces articles pourraient intéresser en trouveront une traduction dans la *France musicale* (avril et mai 1869).

Richard Wagner und die Vivisektion.

RICHARD WAGNER ET LA VIVISECTION.

Nicht durch thierfreundliche Broschüren, sondern auf andere Art könnte der grosse Meister segenbringend gegen jene Thierschinderei wirken ; er braucht nämlich blos vor den Vivisektionslokalen einige seiner Opernnummern aufzuführen und die vivisektions-Studien werden sogleich beendet sein.

Non point avec des brochures en faveur des animaux, mais bien tout autrement, le grand Maître pourrait prêter son précieux concours contre les vexations que l'on fait subir aux bêtes ; il lui suffirait notamment d'exécuter devant les salles affectées à la vivisection quelques-uns de ses morceaux d'opéras, et les études vivisectionnelles seraient tout aussitôt abandonnées.

(*Kikeriki* de Vienne, 9 novembre 1879.)

Caricature publiée à propos de la brochure que Wagner venait de faire paraître contre la vivisection (1), ainsi que le rappelle le dialogue suivant, entre deux antiwagnériens, également emprunté au *Kikeriki* :

« — Un homme inouï, ce Wagner. Je suis absolument sous le charme de sa personne.

« — Tiens ! Que signifie pareil changement.

« — Pour me demander cela vous ne connaissez certainement pas sa nouvelle œuvre.

« — Quoi ! Elle serait sans dissonnances !

(1) Wagner était membre de la Société antivivisectionniste allemande. Ajoutons qu'il aimait passionnément les animaux et avait voué un culte tout particulier à son chien Russ, pour lequel il composa une épitaphe très caractéristique. Lorsqu'on le lui tua méchamment, il l'ensevelit à côté de la place où devait, par la suite, s'élever son tombeau.

« — Rien que des cris qui partent du cœur.

« — De Richard Wagner ! Cela n'est pas croyable. Et comment est-il intitulé cet opéra ?

« — Ce n'est pas un opéra, mais bien une brochure contre la vivisection. »

Richard Wagner im Himmel.

Parsifal
Mozart
Beethoven, Mozart lernen hie
Bei Richard Wagner Harmonie.
Blasengelein-Orchester wird
Mit Bombardone bald ausstaffirt
Auch Seidenhöschen tragen ihm
Zulieb' die hehren Seraphim.
Jacques Offenbach, der schwer gebüßt,
Er wird ein zweites Mal geröstet.
Heute
grosses
Festweihespiel
Trilogie
von
Richard Wagn
Im Paradies, der Tugend Ziel,
Find't täglich statt ein Weih-Festspiel.
Und schließlich – ihm gebührt solch' Lohn –
Sitzt Wagner auf Gott Wuotan's Thron.

RICHARD WAGNER AU CIEL.

(Voir, au verso, l'explication.)

Qu'il fasse soleil ou qu'il pleuve, aujourd'hui grand spectacle consacré : Trilogie de Richard Wagner.

Voilà ce que nous apprend l'affiche.

(*Der Floh*, 25 février 1883.)

Et d'autre part, d'après notre dessinateur, voici l'emploi des journées de Wagner au Paradis.

1. Un orchestre d'anges-souffleurs pour instruments à vent est bien vite équipé de bombardons.
2. Beethoven et Mozart apprennent ici l'harmonie à l'école de Richard Wagner.
3. Jacques Offenbach, le très fortement enrhumé, est, pour la seconde fois, embroché.
4. Pour être agréable au Maître, les gentils séraphins portent également culottes de soie.
5. Au Paradis, lieu de la sagesse, chaque jour il y a place pour une représentation.
6. Et finalement — une telle récompense lui était bien due — Wagner est assis sur le trône du Dieu Wotan.

Comme on le voit, ce sont toujours à peu près les mêmes attaques et les mêmes ridicules visés.

Je ne retiendrai donc ici que ce qui a trait à Offenbach, si gaillardement embroché par le Maître de la « musique de l'Avenir » et rôtissant à un feu dont l'Amour entretient l'ardeur. Il est cuit au feu divin auquel Prométhée se brûla les doigts.

Wagner et Offenbach ne s'aimaient point, peut-être parce que tous deux avaient comme caractère, beaucoup de similitude. Wagner a écrit sur Offenbach et l'a traité de « pitre de la musique ». Offenbach s'est, à plusieurs reprises, exprimé d'une façon peu sympathique sur Wagner. On trouvera notamment dans *Paris-Murcie* (décembre 1879), publication bien oubliée aujourd'hui, un article où il l'appelle la « tête de Méduse » qui paralyse les jeunes compositeurs français et où il lui refuse la qualité de chef d'école. Précédemment, Offenbach avait fait la musique du *Carnaval des Revues* (1860), vaudeville qui contient toute une scène comique sur Wagner.

D'autre part, en 1871, alors que la paix venait d'être signée, parut à Altona un assez curieux pamphlet « Richard Wagner und Offenbach ». L'auteur anonyme ajoutait : « Un mot sous le harnais, par un ami de la musique. »

A PROPOS DES MONUMENTS WAGNER

Wer will mit uns wetten, dass innerhalb eines Jahres in Deutschland mindestens 10 Wagner-Monumente existiren werden.

Qui veut parier avec nous que, d'ici une année environ, il n'existera pas moins de dix monuments Wagner en Allemagne!

(*Kikeriki*, 1er mars 1883.)

En 1883 il devait y en avoir partout : aujourd'hui la fièvre de la sculpture wagnérienne paraît quelque peu calmée. Les statues de Wagner devaient être, comme autrefois les statues de Luther, l'emblème de l'Allemagne régénérée.

Quel refroidissement, si l'on se reporte aux honneurs que Wagner reçut de son vivant, à l'encens qui lui fut, alors, si généreusement distribué! Je me contenterai de rappeler ici « l'Apothéose de Richard Wagner », sculpture exécutée en 1863 par le professeur Seidan à Prague, à propos du concert donné dans cette ville par le maëstro, les couronnes d'argent ciselé qui lui furent octroyées par différentes sociétés, notamment en 1866 par le *Kunstverein* de Munich, les médailles frappées à l'occasion des grands festivals ou de certaines représentations de ses œuvres non seulement en Allemagne, mais même à l'étranger, et les nombreux bustes placés, de son vivant, dans les foyers des théâtres.

Kikeriki, vous avez perdu votre pari.

Nachdem sich die Errichtung der Haydn und Mozart Monumente so verzœgert, wær's vielleicht mit Rücksicht auf die Hast, die man der Aufstellung der Wagner-Denkmale widmet, angezeigt, die anderen ebenso berühmten Kompositeure gleichzeitig auf demselben Piedestale unterzubringen.

Après que l'érection des monuments à Haydn et à Mozart s'est trouvée ainsi retardée, peut-être faut-il conclure, étant donnée la précipitation apportée à la pose du monument Wagner, que l'on a l'intention de placer sur le même piédestal les deux autres célèbres compositeurs.

(*Kikeriki*, 4 mars 1883.)

Un monument à Mozart doit être élevé prochainement à Vienne. Mais Haydn n'y possède aucune statue, quoique depuis longtemps on ait émis le projet de lui en accorder une.

En Allemagne, il fut un instant question, vers 1885, d'un grand monument symbolisant le génie musical du pays comme d'autres symbolisent son esprit religieux et littéraire, mais c'était sans doute un projet en l'air, car lancé par un critique d'art influent, il resta sans écho.

En ce qui concerne Haydn personnellement, il ne tient aucune place ni dans la vie ni dans l'œuvre de Wagner qui se contenta d'exécuter en 1845 à Dresde, un de ses chefs-d'œuvre, *La Création*, et au point de vue iconographique c'est bien, je crois, la seule image mettant Haydn et Wagner en présence.

VIII

CARICATURES ALLEMANDES

SUR LES OPÉRAS DE WAGNER

Calembours et jeux de mots. — Une caricature sur le « Tannhäuser » (1856). — Variations sur « Parsifal ». — Les Parodies. — Les exploits d'un dragon en carton et la course à la bague. — Wagnérolâtrie. — Schultze et Müller à « l'Anneau des Niebelungen ».

Dans la presse et parmi le public, dans la conversation et dans le monde, les choses du théâtre n'occupent pas en Allemagne la place qui leur fut, de tout temps, attribuée en France : d'où le nombre fort restreint des caricatures se rapportant aux œuvres nouvellement jouées que nous offrent les feuilles satiriques berlinoises. En vingt années du *Kladderadatsch*, du *Ulk*, des *Wespen*, ne se rencontre peut-être pas la moindre vignette relative au monde des coulisses. Les planches n'intéressent pas en elles-mêmes : il faut un artiste de génie comme Wagner, des drames ayant la puissante allure de ses créations, pour que le théâtre vienne réellement fixer l'attention publique. Et alors, ce sont surtout des parodies par la plume et par le crayon, parodies mises en action à l'aide des personnages locaux qui parlent de tout et sur tout : à Berlin, Schultze et Müller ; à Dresde, le rentier Bliemchen ; à Leipzig, Engelmann le vieux bottier, et ces personnages donnent naissance à des plaquettes humoristiques, qui ne sont pas toujours d'un esprit très fin, mais qui amusent un instant, qui amènent le rire sur les lèvres, qui dérident — tel fut le cas pour *Schultze und Müller im Ring des Niebelungen* — jusqu'aux wagnéristes les plus enracinés.

A Vienne, ville de luxe et de plaisirs mondains, où le théâtre est devenu, comme à Paris, une des nécessités de la vie sociale, les feuilles à caricatures s'occupent des actrices et des propos de coulisse. Chaque année les représentations de Bayreuth fournissent à la *Bombe*, aux *Humoristische Blätter*, au *Floh*, le sujet de piquantes compositions dont quelques-unes ont déjà pris place ici; ou bien ce sont de grandes planches, quelquefois même des numéros entiers, consacrés à la satire graphique de la pièce représentée.

Mais à Berlin, comme à Leipzig, comme à Vienne, on se complaît surtout aux calembours, aux jeux de mots qu'amènent si facilement les personnages et les sujets des opéras wagnériens. Tous les noms, déjà quelque peu barbares, de la mythologie wagnéro-germanique : — Amfortas, Gurnemanz, Kundry, Hunding le guerrier, Brangaene la caressante, Gutrune sœur de Gunther, les filles du Rhin, Woglinde, Wellgunde, Flosshilde, et les *Wælsungen* (les descendants de Wotan), et les *Gibischungen* (les descendants du roi Gibisch), — sont torturés, allongés, intervertis dans leurs syllabes. Pourvu que cela résonne à l'oreille et produise le bruit de la vaisselle cassée, ce *Klad-de-ra-datsch* si rythmique, peu importe le reste !

La déesse Fricka reçoit en bon français une *fric-*

ka ssée, pour s'être livrée à des récriminations fort peu intéressantes, les *Niebelungen* se conjugent et les Siegfried, les Siegmund, autres personnages des drames du Maître, prêtent à des jeux de mots dans l'esprit du suivant : « Nous avons un *Siegmund*, une *Sieglinde*, une *Siegstadt*, *Siegfried* est commandé, il ne nous manque plus que *Sieglack* (c'est-à-dire de la cire à cacheter) et alors nous serons complètement *petschirt* (cachetés). » Partout, en ces feuilles humoristiques, brillent rimes *parsifaliennes* ou rimes *niebelungiennes*, jeux de mots avec interversions et rapprochements dans les consonnes.

Schrumschrum ! cric crac ! Les reporters en Bulgarie n'ont plus rien à envier à leurs collègues de Bayreuth. Wagner leur scie (leur coupe) les oreilles.

(*Die Bombe*, n° 35, 1876.)

Niebelungen — nie gelungen.	Les Niebelungen, jamais ne réussirent.
Die Walküren — Leut sckiren.	La Walkyrie rase les gens.
Rheingold — Kein Gold.	Or du Rhin n'est point de l'or.
Götterdämmerung — Ohrenhämmerung.	Crépuscule des Dieux, martelage pour oreilles.

Enfin si l'on veut savoir jusqu'où les Allemands poussent à la fois la passion et la patience dans ces sortes de petits jeux, voici qui nous édifiera complètement. Comme exercice de désarticulation, c'est tout à fait réussi.

VARIATIONS A PROPOS DE PARSIFAL.

Bühnenweihfestspiel (1) [« festspiel » joué sur les planches sacrées].

Bühnenfestspielweihe.	Bühnenfestweihspiel.
Bühnenspielfestweihe.	Bühnenspielweihfest.
Bühnenweihfestspiel.	Bühnenweihspielfest.
Festbühnenspielweihe.	Festbühnenweihspiel.
Festspielbühnenweihe.	Festspielweihbühne.
Festweihbühnenspiel.	Festweihspielbühne.
Spielbühnenfestweihe.	Spielbühnenweihfest.
Spielfestbühnenweihe.	Spielfestweihbühne.
Spielweihbühnenfest.	Spielweihfestbühne.
Weihbühnenfestspiel.	Weihbühnenspielfest.
Weihfestbühnenspiel.	Weihfestspielbühne.
Weihspielbühnenfest.	Weihspielfestbühne.

Les étudiants, habiles à faire passer par des combinaisons multiples le classique *Ubi bene, ibi patria*, sont définitivement distancés par ce petit « jeu de fête » sur les planches de Bayreuth, rebelle à toute traduction.

A ces calembours succèdent les comptes rendus humoristiques qui, de 1876 à 1882 surtout, ont tenu une grande place dans les journaux viennois. Entre tous, voici comment le *Kikeriki* appréciait l'exécution de *Parsifal* « l'œuvre sacrée », quelquefois irrespectueusement dénommée *Parsi*durch*fall* (le four de Parsi).

Si je ne me trompe, cela se passa fort tranquillement : le bruit des applaudissements de la claque ne troubla point la représentation (2).

Personne ne devait bruyamment acclamer la musique du Maître. A la fin seulement, lorsque l'œuvre fut tombée sans bruit, Wagner donnant l'exemple de haut, la claque résonna dans la salle. Le Dieu applaudit personnellement, déclara

(1) Mot composé à la façon allemande dont voici la décomposition *Bühnen* (Planches) — *Weih* (Sacré) — *Fest* (Fête) — *Spiel* (Pièce, spectacle).

(2) L'on sait que toute marque d'approbation ou d'improbation est formellement interdite à Bayreuth durant le cours de la représentation.

l'œuvre géniale, tandis qu'avec une rapidité peu habituelle l'on quittait le théâtre (1).

Enfin voici les parodies, imprimées ou jouées. Dans ce domaine spécial, l'esprit de toutes les nations se trouve être à peu près identique. Qu'elle soit écrite en français ou en allemand, une parodie du *Tannhäuser* aura fatalement recours aux mêmes moyens, fera appel aux mêmes éléments comiques : la seule différence réside dans le plus ou moins de souplesse de la langue. Et, sur ce point, l'allemand ne le cède en rien au français.

Parodie du *Lohengrin* par Stettenheim, de *Parsifal* par Siegmey, de la *Walkyrie* par un rédacteur du *Schalk*, brochures et plaquettes dont l'intérêt réside surtout dans l'actualité et qui deviennent, par la suite, objet de pure curiosité. Voulez-vous juger de leur esprit? Voici le prologue de la parodie de la *Walkyrie* « destinée au théâtre municipal de Stockerau » (nous dirions, en français, de Fouilly-les-Oies).

Prologue débité par Mme la Directrice de la troupe :

« Honorable société, Messieurs et Dames, j'ai l'honneur de me présenter devant vous : Mon nom est Schnabelhofer, je suis

(1) Allusion à un incident qui se passa, en effet, en 1882, à une représentation de *Parsifal* et que M. Henri Amic rapporte ainsi dans son volume, *Au pays de Gretchen* :« Wagner est dans la salle avec Liszt. Chacun le sait : « le bruit en a couru. La foule se tourne de son côté et l'acclame. Le maëstro « ne paraît point tout de suite, puis, brusquement, on le voit émerger de la « loge de la direction, se pencher et applaudir ; ce procédé surprend un peu « le public ; on se retourne instinctivement et chacun comprend alors le pour- « quoi de cette étrange mimique. Les artistes entendant les applaudissements, « sont revenus saluer et ils se sont trouvés devant les dos de tous les specta- « teurs. Wagner a voulu mettre un terme à l'embarras de ses interprètes. »

Madame la Directrice, veuve, non point, grand Dieu! car je suis la femme de M. Schnabelhofer qui tient théâtre à Gænsendorf; moi, je dirige à Stockerau. Je sais tenir le sceptre : à personne on ne fait la cour, et les miens doivent obéir à l'œil. Si je n'étrille point mes gens, c'est la banqueroute; car les places me sont payées 4 kreuzers et encore, pour ce prix, je donne une saucisse. Les jours de maximum toute la boutique me rapporte 9 gulden (1), et, cependant, les dernières nouveautés sont données chez nous.

« Trois hommes, deux femmes, six moutards, tel est le reste de ma troupe, ce qui ne nous empêche pas de jouer ce qui se joue partout et toujours, tout ce que Moser, Anzengruber, Rosen, Bauernfeld, Lindau (2), écrivent; aucune pièce à sensation de Paris chez nous n'est méconnue.

« Si tu donnes ton doigt au paysan, bientôt la main entière sera prise : déjà les gens de Stockerau réclament des opéras complets. Donc, quoique je n'éprouve aucun plaisir à cela, je vous donne, aujourd'hui, la *Walkyrie;* que ne fait-on pas pour gagner son pain !

« Mais que de choses ne m'a-t-il pas fallu modifier : tout ne peut être joué comme il est écrit. Marier ensemble frère et sœur, n'est-ce pas contraire à la morale ? Donc, j'ai fait de Siegmund et de Sieglinde le cousin et la cousine, et imprimé à l'action un tour plus moderne (3).

« A quoi bon jaser ! Déjà le rideau glisse. Si la pièce vous plaît vous me payerez à la sortie 9 batz de supplément. »

Tournez les pages; vous verrez, suivant l'usage, — apparaître en images — et en rimes plus ou moins

(1) Ancienne monnaie allemande, de la valeur de 2 fr. 25.

(2) Auteurs dramatiques allemands ou autrichiens. Anzengruber est décédé en 1891.

(3) Siegmund et Sieglinde, tous deux enfants de Wotan ; c'est de cet inceste que naîtra Siegfried, et cet inceste a été sans cesse reproché à Wagner au nom de la morale universelle. Toutefois le compositeur avait, par avance, répondu aux reproches, puisque dans la *Walkyrie* Fricka vient porter plainte à Wotan contre ce crime qui viole les lois divines et humaines et demande le châtiment des coupables.

sages — maint personnage. Du reste, je vous fais grâce, d'autant plus que, souvent, les satiriques allemands, pour apprécier l'œuvre de Wagner, se sont contentés d'aligner bout à bout les mots *colossal, pyramidal, genial, grandios, famos, immens, enorm*, et autres termes du vocabulaire franco-germain. D'aucuns ont même forgé une langue de l'avenir, déclinant, pour faire suite à la musique de l'avenir, *niebelungert, gotterdæmmeringert, brünnhildert, bayreuthert, albericher t, rheintochtert.*

En somme, aucune pièce n'a, comme l'*Anneau des Niebelungen*, mis les satiriques en joyeuse humeur, d'abord à cause de la machinerie qui y tient une place considérable, ensuite à cause du sujet lui-même, sorte de course à la bague en sept tableaux, qui ne se peut expliquer que par un manque complet de bijoutiers dans l'ancien paradis germain.

La machinerie, c'est tout un monde. Dans ses drames en musique, le maëstro a donné une grande place aux animaux ; l'on peut même dire qu'il a fait venir sur les planches un jardin zoologique et antédiluvien.

Corbeaux, colombes, oiseaux de paradis, chevaux, dragon classique, tout cela, petits et grands, fait partie du répertoire, chante et crie suivant la méthode wigalawajesque, jusqu'à ce qu'il se présente des « dresseurs d'animaux vivants pour opéras de l'avenir ». Au chant perlé, si gracieusement susurré par les oiseaux, répond le hennissement du cheval ou le beuglement sourd du dragon ; c'est un second orchestre, visible et quelque peu encombrant, qui ne rendra pas facile la vulgarisation des œuvres wagnériennes.

Tout cela peut être très grand, très symbolique, mais quelle que soit l'étendue de la scène, cette basse-cour en carton, malgré son exotisme, n'en impose point et très facilement prête à la caricature.

Transformer un dragon en *tenore robusto*, c'est certainement peu commun, mais le montrer roulant lui-même à travers les creux et les bosses du sol, — la partie la plus avancée de son être menaçant l'orchestre invisible alors que sa queue traîne encore dans les coulisses, — puis lui faire émettre dans cette position des sons bas en bâillant majestueusement, sans même songer à l'influence que pareils bâillements pourront exercer sur le public, c'est, de sa propre volonté, marcher au-devant du ridicule.

Le *Punch* de Londres a rendu, d'une façon assez exacte et assez comique, ce duel en musique d'une allure peu commune et d'une vue peu habituelle.

Écoutons-le :

Siegfried se place vis-à-vis de Fafner, qui se transporte plus loin sur une haute cime, et crache vers lui, par ses naseaux, un joli motif qui doit faire beaucoup d'effet. Siegfried saute de côté, Fafner agite lourdement sa queue pour attraper Siegfried, qui l'évite en sautant sur le dos de l'animal : comme la queue le suit vivement et le saisit presque, Siegfried blesse le monstre avec son épée. Fafner retire sa queue (sans rire), rugit (une réelle crainte s'empare du public) et soulève la partie antérieure de son corps afin de pouvoir se jeter de côté et de tout son poids sur Siegfried; mais, en cette posture, il met à nu sa poitrine. Siegfried découvre la place du cœur, et rapidement y plonge son épée jusqu'à la garde. Ceci calme Fafner, mais pas le duo; car il y a encore un très beau morceau d'ensemble, quoique « à voix plus faible » (à mi-voix), ce qui est raisonnable, pour qu'un animal puisse expirer décemment.

Ce combat digne d'un théâtre de marionnettes et cette mort à coups de trombone ont été jugés non moins ridicules par plusieurs écrivains wagnéristes, notamment par M. Alfred Ernst dont le livre *Richard Wagner et le Drame contemporain* peut être considéré comme l'œuvre capitale écrite en ces dernières années sur la dramaturgie bayreuthienne.

« Il est impossible, dit M. Ernst, de prendre très au sérieux ce dragon de cartonnage qui se remue difficultueusement, à demi caché par les rocs amoncelés à l'entrée de la caverne. La flamme qui bout dans sa gueule et la fumée soufflée par une machine à vapeur n'arrivent aucunement à nous convaincre : on n'a pas d'inquiétudes pour Siegfried, et cette lutte prête plus à rire qu'à trembler. »

En un mot, le comble de l'enfantillage sous forme de grandeur surhumaine.

Et pourquoi toute cette machinerie de carton?

Pour nous faire assister, dit le *Floh*, aux péripéties d'une course à la bague.

Ne vous étonnez donc point si l'anneau musical a inspiré mainte pochade, si vaudevillistes et caricaturistes, à tour de rôle, le montrent circulant de main en main, passant de doigt en doigt.

« Un anneau d'or brille à ton doigt, celui-là aussi m'appartient ! » Ainsi s'exprime dans *Rheingold* le dieu Wotan lorsqu'il dépouille le nommé Alberich de tous ses trésors ; ainsi s'exprimeront les légendes de maintes images viennoises, mettant en présence les jeunes beautés du « Ring » et les gros banquiers israélites.

Cette bague me plaît, beau jeune homme;
Pour me l'offrir sois assez galant homme.

Mais, comme Wotan, qui par les géants n'entend point se laisser dépouiller d'un aussi beau trésor, le beau jeune homme quelquefois proteste.

Et alors la dame poliment éconduit le monsieur.

Conclusion : ne point perdre... sa bague, cela peut occasionner de mauvaises rencontres et vous forcer à faire la chasse au dragon.

LE TANNHÄUSER A BERLIN

Wie der Tannhäuser zum Sængerkrieg auf die Berliner Wartburg zieht.

Comment le « Tannhäuser » s'amène à la Wartburg de Berlin pour le combat des Maîtres chanteurs.

(*Kladderadatsch* de Berlin, janvier 1856.)

Cette caricature fut publiée à l'occasion de la représentation du *Tannhäuser* à Berlin le 7 janvier 1856 (1), soit dix ans après la représentation de Dresde (19 octobre 1845) où, pour la première fois, avait été exécuté cet opéra destiné, de toutes les façons, à mener grand bruit. Les difficultés suscitées au *Tannhäuser* lors de son apparition sur la première scène prussienne furent attribuées par Wagner à l'influence de Meyerbeer. Toujours est-il que cette représentation fit grand bruit dans la presse et que le *Kladderadatsch* en fit l'objet de l'amusante vignette ici reproduite.

Sous le porche se trouvent les maîtres de chapelle de la Cour, Taubert et Dorn, et le «directeur général de la musique du Roi », Meyerbeer, tous les trois en chanteurs, avec leur harpe. Le nom de « Joggeli » qui se lit sur la harpe du premier était le titre

(1) Le *Vaisseau-Fantôme* et *Rienzi* avaient été déjà représentés à Berlin.

d'un de ses récents opéras. Le personnage devant la porte, costumé en héraut d'armes, qui s'avance pour recevoir les arrivants, est M. de Hülsen. Wagner, s'appuyant d'un bras sur sa harpe et tenant sous l'autre bras la partition du *Tannhäuser*, est à cheval sur l'abbé Liszt. La légende mise dans la bouche de M. de Hülsen porte :

« Assurément, très honoré chanteur, à pied, avec plaisir ! mais le cheval doit rester dehors ! »

Depuis 1856 les temps ont changé. Aujourd'hui, la *Tétralogie* triomphe à l'Opéra Royal.

WAGNÉRIANISME

Rheingold.

Walküre.

Siegfried.

Götterdämmerung.

Gœtter, Helden und Publikum. — Dieux, Héros et Public.

Souvenirs de Bayreuth, 13-17 août.

(*Kladderadatsch*, 3 septembre, 1876.)

Ces croquis tendent à donner, par des personnages modernes, la représentation, pour ainsi dire, des principales physionomies et créations wagnériennes. De même qu'il y a eu en France des « romantiques », il ne faut pas oublier qu'il existe en Allemagne, des « wagnériens », c'est à dire des gens prenant, soit par le costume, soit par l'allure générale, une attitude particulière, cherchant à montrer extérieurement les sentiments dont ils sont intérieurement animés. Il y a des associations wagnériennes, des journaux wagnériens, une façon de penser wagnérienne, si bien que la réforme musicale du Maître paraît surtout devoir porter ses fruits dans le domaine esthético-philosophique.

Plasticités wagnériennes, sentiments wagnériens, grossièreté wagnérienne, et même « juiverie » wagnérienne, tout cela a été noté d'une façon plus ou moins exacte, et au jour le jour, par les organes viennois ; ce sont eux, également, qui ont mis en avant et les modes et les soirées wagnériennes, rapportant jusqu'aux moindres petits incidents, donnant à des faits divers ou à de simples nouvelles judiciaires des titres alléchants : « Un voleur wagnérien »; « Un monsieur à qui le *Tannhäuser* ne plaît pas » ; « Une demoiselle qui veut bien de l'or du Rhin » ; « Une demoiselle qui cherche un anneau nibelungien »; etc., etc.

Enfin, de même que nous voyons fleurir chez nous, les toilettes de vernissage et les toilettes du Grand-Prix, certains journaux à illustrations mondaines essayèrent de faire prendre des toilettes de « Tétralogie ». Une année, le bon ton fut de se montrer chaque soir avec une toilette nouvelle dans les loges de Bayreuth où, entre parenthèse, rien ne se peut voir, pas plus l'éclat de la jeunesse que le luxe des vêtements.

GÖTTER, HELDEN UND PUBLIKUM. — Dieux, Héros et Public.

Walhall.
1. — Wittwe Fasold — Na, Sie haben auch weiter kein Glück! Da ist die letzte freie Wohnung in Bayreuth!

2. — Dadroben ist das Theater! Bei der Hitze und dem Staub, und keine Droschke! Gab's wenigstens einen Regenbogen!

3. — Im dunklen Theater bei 35° Kühle. So eben tritt Andrassy in die Fürstenloge. Höchst interessant!!!

4. — Brünhilde hat sich stürmisch auf das Ross geschwungen, und sprengt es *cum Grane salis* in den brennenden Scheithausen. (Textbuch.)

Souvenirs de Bayreuth, 13-17 août.

(*Kladderadatsch*, septembre 1876.)

Explication des croquis :

1. *L'arrivée à la recherche d'un gîte.* — Là, vraiment, vous n'avez pas de chance! C'est le dernier logement de libre à Bayreuth.

2. En face, là-haut, est le théâtre! La chaleur, la poussière, et pas une voiture! Si c'était seulement un arc-en-ciel! (allusion aux rayons du soleil qui, en la gravure, tombent dru sur la terre).

3. Dans le théâtre entièrement obscur, par 35 degrés de chaleur. Andrassy vient d'entrer dans la loge des princes. Tout à fait intéressant!!!

4. Brünhilde (lisez Mme Materna) s'est précipitée avec violence sur le cheval (de Siegfried), et elle court à franc étrier *cum grane salis* (jeu de mots sur le cheval « Grane ») vers le bûcher enflammé (où repose déjà le corps de Siegfried).

Pour donner, sans doute, une contre-partie au *Spectacle dans un fauteuil*, les humoristes allemands ont inventé le *Spectacle dans un anneau.*

Le triomphe de la satire germanique ce fut bien véritablement les *Niebelungen*, cette trilogie changée par un auteur facétieux en *cricrilogie.*

Donc, entrons au Viktoria-Theater, à Berlin, et prenons pour guide Schulze et Müller, les deux loustics de la cité de la Sprée qui parlent de tout et sur tout.

Grâce à eux, la lanterne est éclairée, le personnel au complet ; le spectacle va commencer.

Voici la galerie des personnages qui, tour à tour, vont défiler devant nous sous le crayon pittoresque du caricaturiste Schulze (1).

(1) Plaquette publiée à l'occasion de la représentation de l'*Anneau des Niebelungen* au Viktoria-Theater, 5-8 mai 1881. Texte de Mozkowski.

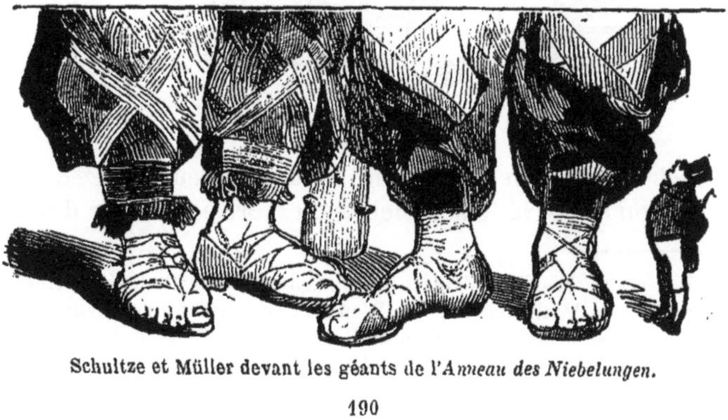

Schultze et Müller devant les géants de l'*Anneau des Niebelungen.*

I

Çà, c'est le couple des géants connus pour être d'une force telle que Holtum, le roi des canons, ou, à son défaut, tout autre géant n'aurait osé tirer sur eux.

Il est à regretter, seulement, que dans la cité berlinoise il ne se soit jamais trouvé un couple de chanteurs suffisamment grand — dix aunes, il est vrai, suffiraient à peine — pour représenter les deux; car, aujourd'hui, aucun créateur n'atteint à Fasolt ou à Fafner(1). Et, notamment, il est regrettable qu'un géant comme Drasal (2) ou tout autre de son envergure ne puisse absolument pas chanter.

Ça, c'est Brünhilde l'enfant des Dieux, la mieux aimée des Walkyries, qui a trouvé le sommeil de la mort pour avoir désobéi à

(1) Les géants Fasolt et Fafner, personnages de la mythologie germanique, ont construit le Walhalla pour les Dieux à la condition qu'on leur donnerait Freia, la déesse de la Jeunesse et de l'Amour, puis ils l'ont échangée contre l'or du Rhin. Mais Fafner, pour avoir tout l'or, tue Fasolt et, transformé en dragon, garde le trésor des *Niebelungen* dans son antre *Neidhole.*

(2) Autre personnage des *Niebelungen.*

papa : on l'a couverte de son bouclier, afin que la fraîcheur de la jeunesse puisse se conserver sous cet ample couvercle.

Papa Wotan l'a couchée au pied d'un sapin, a posé sur ses cheveux d'or le casque aux ailes de neige, a appuyé sur la cuirasse d'argent le limbe du bouclier et évoqué Loge (1) sous la forme du Feu. Les flammes jaillissantes tout autour du rocher, c'est pour faire plaisir à sa fille qui, en de caressantes câlineries, lui a dit « je veux bien être punie, mais pas déshonorée ! » Donc papa Wotan fait garder le sommeil de la virginale Walkyrie par des flammes non moins virginales, afin qu'elle ne puisse être éveillée que par un héros. C'est sans doute un pompier qui l'enlèvera.

Ça, c'est le terrible dragon (2), encore plus géant dans sa ca-

(1) Loge est le dieu du Feu.

(2) L'écriteau qui pend au-dessous de la sonnette porte : « Fafner : prière de sonner fort. »

verne ; il peut cracher feu et flammes même par un porte-voix, hurler des notes, et cependant, il repose en une paisible indolence, fumant sa pipe, comme quelque honnête rentier retiré des affaires.

Ça, c'est le combat de Siegfried et de Fafner.

Schultze et Müller, nos deux intrépides bourgeois, se sont logés dans la gueule du monstre « pour être de la partie », mais l'attitude belliqueuse de Siegfried les émeut tant soit peu. « Où nous as-tu fourrés », dit Schultze « ça va nous coûter 500 marks cette place de parterre dans la gueule de Fafner. » Au même instant le terrible dragon crie :

« Je ne demandais qu'à boire et voici que m'arrive de la pâture! » ce qui fait dire à Schultze en manière de conclusion : « Mieux vaudrait qu'il avalât tout de suite Siegfried, trois personnes ne pouvant absolument pas trouver place dans son palais. »

Et Müller a beau rassurer son bon Schultze en lui affirmant que Siegfried va tuer Fafner, Schultze n'est pas tranquille et demande un notaire pour faire son testament.

Ça, c'est Wotan, avec sa lance, laissant les corbeaux messagers voleter et badiner. Il peut évoquer les puissances magiques, et tout faire, sauf se rendre lui-même puissant, car sa femme le menace de sa pantoufle (1) chaque fois qu'il veut entreprendre

(1) La pantoufle est l'image du pouvoir jaloux et tatillon qu'exerce la déesse Fricka sur son divin époux.

quelque chose qui n'a point son assentiment personnel. Souvent, à travers le pays, on le voit passer seul avec sa lance : c'est le grand « Voyageur ».

Ça, c'est le burg Walhalla où de loyer point on ne paye, où les dieux assis dans la salle s'occupent à croquer les pommes d'or de Freia, ces pommes grâce auxquelles on conserve l'éternelle jeunesse; le Walhalla où l'on parvient par le pont resplendissant de l'« Arc-en-Ciel », véritable route aérienne qui, par la suite, donnera à nos modernes architectes, l'idée des ponts en dos d'âne; le Walhalla avec belle vue sur les environs, avec avant-corps permettant de voir venir les nobles visiteurs.

II

Voici, d'autre part, de quelle amusante façon Schultze et Müller ont réduit le livret quelque peu compliqué de *l'Anneau des Niebelungen*, à l'usage des salons et des institutions de jeunes filles.

Sept personnages, sept tableaux; spectacle à grand orchestre avec variations sur l'air de : « Ils étaient sept qui voulaient une bague. »

1er *tableau*. Les filles du Rhin à danser en rond perdent leur anneau d'or. Arrive Alberich qui dit : « Vous permettez » et s'en empare.

2e *tableau.* Alberich, satisfait de ce que lui « a apporté la vague », remonte au Walhalla ; déjà il se fait tard, le palais sera fermé s'il arrive par la nuit noire, mais, subitement, apparaît Wotan, le dieu, qui poliment lui dit : « Vous permettez, » et s'empare de l'anneau trouvé sur ses propriétés.

3e *tableau.* Wotan avec les géants qui viennent lui demander Fricka ou son trésor. Le Dieu se faisant quelque peu tirer l'oreille : « Cet anneau nous conviendrait, lui disent-ils, donne-le-nous », et sans autre : « vous permettez, n'est-ce pas? » Mais comme ils étaient deux. Fafner estimant qu'un anneau simple ne se peut porter en double, envoie Fasold dans l'autre monde.

4e *tableau.* Fafner transformé en dragon, par crainte des voleurs monte la garde autour de son trésor, lorsque survient Siegfried : « Laissez-moi vous dire, ô Fafner, combien votre anneau me plaît.

« — Va-t'en, lui crie papa Fafner, sans cela il t'arrivera malheur. Chez un bijoutier, facilement tu trouveras bague pareille.

« — Non, c'est la vôtre qu'il me faut.

« — Attends, je vais te faire goûter à la moutarde ! »

Mais Siegfried transperce le dragon, et poliment lui dit :

« Maintenant, il faudra bien vous rendre à l'évidence. Vous permettez ! »

5e *tableau.* Siegfried et Brünhilde s'aiment d'un amour tendre et se le disent.

« Donne-moi ton anneau, » fait Brünhilde caressante; « à mon doigt, il n'ira point mal, et en échange, je t'offrirai mon cheval Grane.

« — Quoi ! tu hésites, ne m'aimerais-tu donc point ! aurais-tu, par hasard, quelque autre affection ! Tu permets, n'est-ce pas... que je le prenne? »

6e *tableau.* « Brünhilde, rends-moi l'anneau. »

Et il le lui arrache.

7e *tableau.* Siegfried est mort, un nommé Hagen vient pour lui enlever l'anneau, mais quoique trépassé, il peut encore mouvoir le doigt annulaire et ne se laisse point prendre le trésor tant disputé.

Finalement, Brünhilde se place sur le bûcher aux côtés de Siegfried et rend aux trois fées du Rhin « l'anneau voyageur ».

Comme quoi, toute une trilogie peut, ainsi que le rideau lui-même, rouler sur un anneau.

IX

LE WAGNÉRISME EN FRANCE

ET A L'ÉTRANGER.

LES GRANDES BATAILLES POLITIQUES ET MUSICALES.

La bataille du « Tannhäuser » en 1861. — Siffleurs du monde et siffleurs de la politique. — La caricature et la satire. — Les vignettes de Cham. — Deux parodies : *Panne-aux-airs; Ya-mein-Herr*. — Les parodies voient juste en prédisant les succès wagnériens. — Wagnériens d'hier, wagnériens d'aujourd'hui. — La musique fin de siècle. — Quelques mémorables journées wagnériennes à l'étranger.

La lutte qui brise les faibles est le véritable baptême des forts. Injures, sifflets, trognons de choux, rien ne fut épargné à Wagner; dès l'origine, il a bataillé, il a tenu tête à toutes les attaques, à tous les projectiles, et, finalement, il a triomphé.

Mais la grande bataille, celle qui retarda de plusieurs années son succès définitif, celle qui, au dire des partisans des anciennes formules, arrêta l'invasion des barbares du Nord dans le domaine de l'idéalisme musical, ce fut la bataille livrée, en 1861, rue Le Peletier, sur les rives de la Seine, à l'intérieur du bâtiment pompeusement appelé : « Académie Impériale de musique. »

Bataille! est-ce bien le mot convenant aux sifflets qui avaient pris le *la* en certain cercle plus équestre que musical.

Bataille! cela vous a des allures artistiques; cela rappelle les grandes journées du classicisme et du romantisme ; cela évoque les souvenirs de choses et de gens qui ont laissé dans l'histoire une trace profonde. Et rien de semblable ne se saurait voir dans les protestations des gentilshommes porteurs de « sifflets à roulettes » qui se firent jour aux soirées du *Tannhäuser*.

Quels étaient, en effet, les ennemis en présence?

D'un côté, Wagner, c'est-à-dire un homme qui, sans ménagements, a, du coup, démoli tout l'échafaudage de l'ancien opéra, ameuté, par conséquent, contre lui tous les fabricants travaillant en ce genre, tous « les suiveurs de sentiers battus », tous ceux qui, par intérêt ou par goût, pouvaient tenir au principe existant, éditeur, chef d'orchestre, directeur de théâtre, amateur — l'amateur surtout, nullité pédante et prétentieuse.

De l'autre côté, les gens habitués à entendre, à voir, à applaudir des « romances opéralesques » greffées sur un fond quelconque, les gens à crâne chauve dont la fonction sociale a consisté, de toute éternité, à se pâmer devant les tours de force des gosiers à double fond et à admirer les souplesses des ronds de jambes en caoutchouc.

Je n'en veux pour preuve que ce compte rendu d'une précieuse exactitude emprunté à M. Catulle Mendès, alors jeune et bouillant lutteur :

Je songe malgré moi, écrit le poète dans son livre sur Wagner, aux représentations de *Tannhäuser* à l'Académie impériale de musique. Cris, sifflets, huées. Loges qui s'insurgent, galeries qui se pâment de rire derrière l'éventail, fauteuils d'orchestre qui bondissent de colère. « D'où nous vient celui-ci? Quel est cet homme nouveau qui prétend tout changer? Quoi, pas une cavatine? Nous tenons spécialement aux roulades, aux trilles, aux points d'orgues et autres menus agréments. Nous voulons des ballets, oh! nous tenons absolument aux ballets. Le drame lyrique ne peut bien marcher que grâce aux jambes des danseuses. De jolies jambes, et entre temps, quelques thèmes bien carrés, bien faciles à retenir, voilà ce qu'il nous faut. Ah! ah! monsieur, un drame qui a la prétention d'être un drame, d'émouvoir, de violenter même les sens et l'esprit! Vous avouerez, monsieur, que cela est le comble de la bouffonnerie! » Et, grandissant de scène en scène, d'acte en acte, interrompant l'action, désorientant l'orchestre, épouvantant les comédiens, les clameurs de la foule hostile qui avait ri, glapi et hurlé devant même que la toile fût levée, produisait un immense charivari continu que ne parvenaient à dominer ni les sonorités les plus aiguës des violons, ni les cris passionnés de la courageuse Marie Sass. On donnait au monde artistique le triste spectacle d'un acharnement sans motif et sans excuse, et sous le prétexte de juger un opéra, on insultait çà et là des femmes.

Ainsi donc, les habitués, les abonnés, les gens qui voulaient romances et ballets, tels furent bien les véritables ennemis. Un parti pris de principe, sans rime ni raison. Ceux qui verraient dans la bataille du *Tannhäuser* le premier engagement sérieux entre wagnériens et antiwagnériens se tromperaient étrangement : ces derniers n'existaient pas encore en 1861, ou du moins, n'étaient pas parmi les abonnés de l'Opéra s'élevant contre une œuvre qui déplaisait, sans être à même d'apprécier cette œuvre au point de vue technique.

Quoi qu'il en soit, en 1861, la satire littéraire et graphique se porta sur le terrain musical. C'est la conception, c'est la formule du compositeur qu'on attaqua et non son origine étrangère, bien que les légendes de certaines vignettes de Cham fissent intervenir l'Alle-

Mr. Wagner prenant le parti de faire exécuter sa musique de l'avenir par des musiciens, également de l'avenir

Caricature de Cham.

(*Charivari*, 27 février 1860.)

magne et les Allemands. Mais il n'y avait là rien de particulièrement désagréable pour l'homme et le pays : on « blaguait » alors la lourdeur, la toilette, la tournure germanique, tout en faisant, partout, excellent accueil aux Allemands de distinction. Wagner, à cette époque, ne comptait à Paris que des ennemis personnels ; il ne s'était pas encore aliéné l'esprit national.

Donc, dans le *Charivari,* ce fut une véritable avalanche de bons mots écrits et dessinés; on ne peut regarder sans regret ces vignettes si admirablement interprétées par les graveurs, si enlevées, si françaises d'allure, qu'encadre un texte également spirituel.

Plus rien des sifflets et des sérénades de mirlitons, mais bien l'esprit gouailleur du gamin de Paris, cet esprit d'à-propos qui toujours se montra peu tendre à l'égard des musiciens, — je ne sais pourquoi, mais il me semble qu'on trouverait facilement chez le peuple de la grande cité quelque chose de l'antipathie de Victor Hugo pour le bruit dit « musical », — cet esprit qui, dans le temps, n'avait guère mieux accueilli l'Italien Rossini immédiatement surnommé *Tambourrossini,* et communément représenté harnaché de cymbales et de grosses caisses.

Chamailleries de Wagner avec l'Opéra, cet Opéra qui, dans le lointain de sa province allemande, lui apparaissait jadis comme l'Éden rêvé, procès avec ses librettistes, étrangetés de son caractère, tout cela mélangé aux satires sur la musique de l'avenir, aux jeux de mots sur les noms des personnages, constituait le fond des articles satiriques. Dans les *Tribulations du Tannhäuser*, « wagnériade en plusieurs tableaux », M. Pierre Véron montrait Wagner réclamant sans cesse des délais nouveaux, par exemple : « un mois et demi de répétitions pour dresser les chiens qui, dans la scène de chasse, aboient au-dessous du ton », et finissant par ne pas être joué afin de rester logique avec

lui-même, avec son titre de « musique de l'avenir ».
On proposait des séances de magnétisme avec exécu-

— Eh! bien..., mon pauvre Morphée !..... te voilà donc dégommé ?....
— Hélas ! monsieur Wagner vient de prendre ma place !.....

Caricature de Cham.

(*Charivari*, 5 avril 1861.)

tion du *Tannhäuser* pour endormir sans danger les clients récalcitrants; on conseillait aux dentistes l'achat de boîtes à musique « wagnérisées »; Morphée et le pavot se voyaient dégotés; et, pour remplacer la valériane, on annonçait « l'extrait de wagnériate ».

Combien torturés furent les nobles seigneurs du *Tannhäuser*, vulgairement orthographié « Tanne-aux-Airs »! Dans les articles comiques d'un journal jadis plus amusant qu'aujourd'hui, on peut voir leurs noms ainsi francisés pour l'amusement de la galerie :

« Le *lent-grave* Hermann, — *Tanne-aux-Airs*, chevalier mélancolique et chanteur grivois, — *Vol-franc*, ainsi nommé pour la droiture de ses sentiments et la rapidité avec laquelle il se transporte partout où on peut avoir besoin de ses petits services, — *Va-te-taire*, chevalier chanteur insignifiant, — *Bitter-grog*, chanteur rageur, — *Élisa-bête*, bonne fille peu récréative, — *Madame de Vénusberg*, femme légère.

En somme, cela ne sortait pas des charges, des satires habituelles. On faisait la même chose pour toutes les œuvres nouvelles, on ferait de même plus tard, pour *Rienzi* baptisé « Viens-y-voir », pour *Lohengrin* transformé en « Laur-en-grain ». L'actualité n'est-elle pas seule maîtresse en ces matières!

Les colonnes du *Charivari* se remplirent de lettres bizarres à l'adresse du musicien si étrangement compris. La suivante suffira à nous renseigner sur leur esprit :

A Monsieur Richard Wagner, compositeur de l'avenir.

Monsieur,

En France votre musique n'a pas été comprise. Mais tout le monde n'est pas *idiot*, — heureusement.

Le roi Oyayaye XXXIII, mon puissant maître, m'envoie vous demander si vous consentez à venir dans l'île qu'il gouverne. Nous faisons construire un théâtre en plein vent; vous seriez bien aimable si pour pièce d'ouverture vous veniez faire représenter votre *Tannhäuser*. Je suis convaincu que vous aurez dans notre île un succès immense.

Nous vous attendons avec impatience.

Je baise vos genoux.

Le régisseur du grand théâtre Oyayaye XXXIII,

BIBI.

Et Adrien Huart ajoutait : « On nous affirme que Richard Wagner a l'intention d'aller à la Cour de ce fameux monarque. »

Du reste, littéraire ou graphique, la caricature ne variait pas ses attaques; l'une revenait toujours à la scène du Vénusberg, ce « mont de Vénus » qu'on ne prononçait pas sans faire appel à mille sous-entendus, au chalumeau du pâtre, à sa chanson de *Dame Holda*, au carillon du troupeau, à la meute des chiens; invariablement, l'autre demandait à Morphée ou au Temps le choix de ses sujets. Chiens, chanteurs, public, tout le monde s'endormait, ou bien l'avenir se mettait de la partie. Il fallut vraiment tout l'esprit de Cham pour trouver des mots drôles, pour donner aux dessins une forme variée.

Commencée en février 1860, avec les concerts, cette campagne par la plume et par le crayon dura jusqu'à l'effondrement du *Tannhäuser*, mais sans que la satire se soit jamais décidée à complètement abandonner Wagner, dont la réputation de « raseur » ayant gagné chacun, du petit au grand, semblait être désormais un fait acquis.

En parcourant le *Charivari*, on rencontrera souvent des entrefilets faisant allusion à ce côté ennuyeux de l'œuvre du Maître :

Les déboires du grand Dumas, lisait-on lors de l'annonce des *Niebelungen*, n'ont pas découragé Richard Wagner qui prépare en ce moment un opéra en trois soirées. Malgré toute ma sympathie pour l'auteur du *Tannhäuser*, je dois avouer que l'avenir de cette musique commence à m'épouvanter. Je comprends que M. Wagner, qui est entêté pour le bon motif, persiste à faire représenter sous peu ses opéras au théâtre des Italiens, je m'en réjouis même, car je conserve encore quelque espoir de le voir réussir d'une façon éclatante devant le public parisien, mais je ne puis croire que le maëstro allemand songe réellement à doter son pays des *Niebelungen*, opéra en trois soirées. Si Richard Wagner persiste dans cette trilogie, son auditoire se composera de M. Champfleury *seul*, qui n'a plus rien à craindre après sa fameuse brochure.

On avait sifflé à l'Opéra ; on alla rire aux parodies arrangeant si grotesquement l'œuvre avec laquelle le compositeur avait espéré pouvoir conquérir de haut son paradis musical. Je laisse de côté, volontairement, ceux qui l'insultaient sans rime ni raison, je veux dire ceux qui faisaient sur lui flèche de tout bois parce que, lui triomphant, c'était la mort de leur « petit commerce » encore achalandé d'opéras à l'ancienne mode.

Panne-aux-Airs et *Ya-Mein-Herr*, parodies, aujourd'hui bien oubliées, jouées en 1861, l'une au théâtre Déjazet, le 30 mars, l'autre sur la scène des Variétés, le 6 avril.

Le *Panne-aux-Airs*, en deux actes et six tableaux, était une comédie entrecoupée de vaudevilles, avec musique de M. Barbier. Le Temps, ce brave papa l'Avenir, y était chanté sur l'air de la *garde-citoyenne :*

Et que m'importe un siècle que je raille,
Et qui sera fini dans quarante ans,
Non, ce n'est pas pour lui que je travaille,
A l'avenir, je consacre mon temps.

Pour être illustre, il faut savoir attendre;
Car l'avenir appartient aux puissants.
Ceux qui, demain, n'auront pu me comprendre,
Me comprendront, j'espère, en mil neuf cent.

Eh! eh! la prophétie est en train de se réaliser.

Ya-Mein-Herr avec son sous-titre pompeux : « cacophonie de l'avenir, en trois actes, sans entr'actes, mêlée de chants, de harpes et de chiens savants », prévoyait également le succès du wagnérisme musical. On aurait bien voulu, pour se distraire, aller écouter les chiens hurler, sans songer que c'était le commencement de la révolution qui allait mettre en présence musique italienne et musique allemande, révolution grâce à laquelle la musique dramatique française pourrait, à son tour, prendre naissance.

Ya-Mein-Herr, vous avez raison ; ce n'était pas de l'amour, mais bien de la rage, et MM. Clairville, Delacour et Thiboust quand ils faisaient défiler sur la scène des Variétés des chiens costumés en chiens de saltimbanques, ayant tous, en bandoulière, de petites harpes, et quand ils leur disaient : « à la niche, les comédiens de l'avenir », ne se figuraient pas que, le temps aidant, les chiens se transformeraient en dragon à vapeur.

Toujours est-il qu'elle était bien parisienne, franche

d'allures, tout à fait dans l'esprit du jour, la pièce dont M. Victor Chéri avait arrangé la musique, introduisant ici et là les airs des *Huguenots*, du *Trouvère*, de *La Favorite*, du *Chalet*, de *La Caravane*, de *Guillaume Tell*,

Ces chants, qu'ils ont osé proscrire,
Je ne les ai pas défendus !

et terminant le tout par un « vaudeville final » plein d'entrain, chanté sur l'air de la *Ronde du sultan Mustapha*.

YA-MEIN-HERR.

La Harpe fut un écrivain,
Critiquant tout avec dédain,
S'il voyait tout's nos harp's en rang,
Dieu ! que La Harp' serait content.

TOUS.

Tra, la, la, la, la, la, la, la.

BISCHOFF.

Offerkliken orc Sistermann,
Kœnig renaum orc Biterhmann,
Viguess Krauuss orc Tamberlick
Munich Krafftonn orc Kinserlick.

TOUS.

Ya, ya, ya, ya, ya, ya, ya, ya,

VÉNUS, *au public.*

Nous plaisantons le *Tannhäuser*...
Pardonnez-nous de tant *oser*.
Longtemps on méconnut Weber,
Et Beethoven, et Meyerbeer.
En attendant que *Tannhäuser*
En France ait un succès d'enfer,
Messieurs, nous vous prions d'en fair'
Un tout petit à « Ya-Mein-herr. »

Le comique de bon aloi a ceci de précieux que, comme au fond du verre, on y trouve la vérité.

Bientôt le « succès d'enfer » sera en France ; et, qui sait, peut-être mieux et plus qu'en Allemagne.

Échanges d'idées et de génies entre les peuples, qui sont de toute antiquité, qui nous ont montré la France donnant Calvin à Genève et Genève lui rendant Rousseau; qui nous montrent en ce moment Zola implantant en Allemagne le naturalisme déjà combattu ici par la mièvrerie décadente et réactionnaire; qui nous permettra d'assister au spectacle, plus étrange encore, de Wagner se survivant par la France, déjà plus « wagnérienne » que l'Allemagne.

Contre le wagnérisme musical, je n'ai rien à dire, ici tout au moins; mais, de l'étrange maladie wagnéro-schopenhauériste, doctoralement propagée par quelques ennuyeux personnages, Dieu veuille nous garder!

En attendant, la société calviniste, privée, depuis trois siècles de toute sève artistique, semble devoir être l'intermédiaire qui nous inoculera le vaccin-Wagner. Il y a, en effet, dans ces spéculations philosophico-musicales quelque chose qui plaît plus particulièrement à son esprit raisonneur et symbolique.

Laissons l'œuvre ; revenons à l'homme.

Après le Wagner considéré comme maître dans le genre ennuyeux, voici le Wagner considéré comme ennemi de la France.

Quand la politique, non contente d'absorber déjà toutes les forces vives des nations, se met à empiéter sur le domaine artistique ou littéraire, c'en est fait de nous. Et au fond, malgré les apparences contraires,

LE NOUVEAU SIÈGE DE PARIS EN 1891

Composition inédite de Moloch.

* MM. Lamoureux et Gailhard sont vêtus de la livrée au chiffre de Wagner. A leurs côtés est le « Maître lui-même » surnommé par les stratèges de la double croche « le maréchal de Moltke de la musique», et peu rassuré, du reste, sur les suites de l'opération.

Richard Wagner, par Grand-Carteret.

PARIS-ARTISTE. — APOTHÉOSE DE M. PASDELOUP.

Composition de Félix Régamey.

(*Paris-Caprice*, 12 décembre 1868.)

* La femme ici représentée en Japonaise, plaçant une couronne sur la tête de Pasdeloup, est Mme Judith Gautier qui venait de publier *le Livre de Jade*. Les mains de ceux qui applaudissent la musique de Wagner font fuir les pompiers et leurs sifflets. La jeune école artistique, comme la jeune école littéraire, était alors pour le compositeur du *Tannhäuser*.

c'est de notre politique que Wagner a toujours été victime.

J'ai montré les « Jockeyclubistes » prenant la tête des « siffleurs » de 1861. Il importe d'ajouter, maintenant, qu'ils ne furent point les seuls. A eux se joignirent nombre d'opposants, nombre de républicains, qui sifflèrent parce que le *Tannhäuser* était joué par ordre de l'Empereur (1), sur la demande de la princesse de Metternich. J'ai sous les yeux les lettres de deux personnages de l'époque rendant compte à des parents de province des incidents de la deuxième soirée. L'une d'elles se termine par cet aveu dénué d'artifice : « Grand admirateur de la musique du *Tannhäuser*, j'ai considéré comme un devoir patriotique de prendre part à une manifestation qui ne peut qu'être désagréable à l'homme du 2 décembre. »

Quelques années après, tout sera changé : le même personnage qui sifflait dans la salle de la rue Lepelletier applaudira au Théâtre Lyrique ou au Cirque d'hiver parce que les entreprises et les concerts Pasdeloup sont une œuvre en dehors de toute attache officielle, considérée, en quelque sorte, comme imbue d'un esprit nouveau et régénérateur.

Ainsi donc, en sifflant le *Tannhäuser*, on sifflait l'Empire ; en applaudissant à *Rienzi*, au concert Pasdeloup, on se plaçait à la tête du mouvement progressiste dirigé contre les vieilles perruques, contre les écoles, contre les académies officielles de l'Empire.

Voilà ce que peu d'entre nous savent aujourd'hui, et ce que les Allemands ignorent complètement ; voilà

(1) Fait peu connu, l'ouverture du *Tannhäuser* fut jouée en janvier 1866 à la grande représentation de gala donnée pour le Roi de Portugal, et sur sa demande spéciale.

ce qu'il fallait dire pour montrer les véritables dessous d'une déroute artistique, autrement incompréhensible, pour démêler les influences diverses et les responsabilités multiples dans le si singulier emballement de 1861.

Après 1870, nouveau changement à vue : on ne veut même plus écouter la musique, on siffle le Prussien Wagner (1), et, chose non moins digne de remarque, tandis que le courant libéral continue à amener en masse aux concerts Pasdeloup les gens d'avant la guerre, tous portés vers la musique, tous ennemis de l'opérette et des petits théâtres, développés, protégés par l'Empire, les Impérialistes seront au premier rang des soi-disant « patriotes protestataires » et se poseront en vengeurs de la dignité nationale d'après eux compromise, foulée aux pieds par l'exécution d'ouvertures ou de marches du répertoire wagnérien.

Curieux chapitres pour celui qui voudra, un jour, écrire l'histoire de nos passions et de nos engouements !

Au XVIIIe siècle, on était *Glückiste* ou *Picciniste* par goût, par genre, suivant qu'on se trouvait plus ou moins imbu de certaines doctrines philosophiques, suivant qu'on prenait l'air de tels ou tels salons, mais le clavecin, de ses notes piquées, de ses cordes aux

(1) Sait-on que pendant l'été de 1880 il fut question du séjour de Wagner dans une ville d'eaux française et que même des démarches furent faites dans ce sens auprès du ministère par l'entremise de l'ambassade d'Allemagne, dans le but de connaître les intentions du gouvernement, au cas où la présence du compositeur amènerait des troubles ?

sons comme pincés, charmait tout le monde ; au XIXe siècle il appartenait de poser en principe ce singulier aphorisme : « la musique est une des branches importantes de la politique militante », si bien que, chose vraiment piquante, depuis tantôt trente ans

WAGNÉRIENNES DE FRANCE ET WAGNÉRIENNES D'ALLEMAGNE

Grande page dessinée par Bac.
(*Vie Parisienne*, 7 mai 1887.)

tous les partis auront été « wagnéristes » ou « antiwagnéristes » suivant les circonstances, suivant que leurs ennemis directs auront protégé ou combattu l'expansion du drame musical. La musique mise à la portée de tout le monde, sans qu'il soit même nécessaire de connaître les notes.

Enfin, nous voici parvenus à la dernière forme de l'engouement. Le sport à l'Angleterre ; la musique à l'Allemagne. Avant Wagner il n'y avait pas de musique; après il n'y en aura plus. Et puis le wagnérisme est *select*, avec son groupe de femmes ambassadrices qui le prônent partout, avec son théâtre très cher : il est bien dans le train, avec ses incantations, avec ses

Le supplice de la question au XIXe siècle.
Le *Lohengrin*-forcé
à l'usage des marmitons antimélomanes.

(Croquis inédit de J. Blass.)

philtres amoureux, avec ses incestes, avec son Mysticisme. Qui, mieux que lui, pourrait offrir le mélange de raffinement et de barbarie, la mixture fin de siècle qu'il faut aux cérébraux blasés, aux cérébraux musicaux.

Plus d'amour, plus de passion; la danse avec l'ample harmonie des poses et des mouvements, avec la savante plasticité des tableaux vivants aujourd'hui si en honneur, avec des femmes mollement étendues sur des lits de repos, la musique « schopenhauérisée », servant d'accentuation, de notation, de coloration aux récits, aux défilés ; la musique invoquée par les jeunes, la musique qui, dans l'évolution décadente actuelle, cherche à remplacer la peinture, ce puissant objectif de l'école naturaliste; la musique qui convient aux énervés et aux hystériques, qui se mélange aux parfums exotiques, aux costumes excentriques et aux couleurs étranges; la musique que les sectateurs du « Lotus » et autres cultes ésotériques appellent le « grand conducteur des âmes »; la musique, enfin, en laquelle certains veulent voir la langue universelle de l'avenir.

Telles sont les phases parcourues depuis trente ans, en France, par le wagnérisme, platoniquement prôné par les uns, ardemment propagé par les autres ; acclamé de ceux-ci comme se prêtant admirablement aux mouvements religieux, extatiques; bien reçu de ceux-là comme faisant une place à l'inconnu, à l'incompréhensible, au nuageux. Ici, c'est pour sa grande allure dramatique qu'il est prisé; là, en petite chapelle, on le commente, on l'explique, on le dissèque sous toutes les formes; des de Hagen, esthéticiens « rodistes », le servent en tranches aux jeunes disciples. Bientôt, peut-être, sur la tombe du maître, les gosiers feront miracle, comme jadis les béquilles sur la tombe du diacre Pâris, véritable épilepsie philosophico-musicale, pouvant donner la main aux exercices de désarticulation linguistique et, comme eux, signe avant-coureur des révolutions de décadence.

Ici, du reste, je ne saurais mieux faire qu'en laissant la parole au rédacteur de *La Vie parisienne* qui, annotant à la plume les types graphiquement développés par le crayon de Bac, me paraît avoir merveilleusement défini le « pourquoi » de tous les wagnérismes féminins :

1° *L'excentrique.* — Elle aime Wagner parce qu'il est bruyant, parce qu'il est étrange, parce qu'il fait chanter un dragon et un rossignol, des géants et un nain, des fleurs et des pierres, des femmes à cheval et des femmes dans l'eau, parce qu'il donne à ses héros les capacités amoureuses les plus étonnantes, parce qu'il donne à ses héroïnes des vertus phénoménales ou des vices pyramidaux, parce qu'il a caché son orchestre, parce que tout le monde ne peut pas aller à Bayreuth, et parce qu'elle trouverait bien extraordinairement agréable de s'endormir comme la Walkyrie au milieu des flammes, et de se réveiller, toujours comme la Walkyrie, dans les bras d'un vigoureux gaillard.

2° *La haute Banque.* — Elle aime Wagner parce que c'est bien porté, parce qu'elle croit que ça lui donne un air artistique spécial, parce que ça lui permet d'aller en déplacement à Bayreuth avec quarante-neuf domestiques, soixante-treize chevaux et cent quarante-six malles (1), parce qu'elle veut applaudir *Lohengrin* en 1885, comme une princesse a applaudi *Tannhäuser* en 1861, parce que enfin *Il* aime Wagner, lui, l'unique, le transcendant, le splénétique, le flirteur, l'idéal, le philosophe de ses *five o'clock teas*, parce que c'est *Lui* qu'elle voit en *Parsifal*, le héros immaculé qui, lui aussi, ne touche pas aux femmes.

3° *La femme chic.* — Elle aime Wagner parce que c'est *chic*, parce que c'est nouveau, parce que c'est un sport comme un autre, parce que c'est « délicieusement décadent » d'aller le dimanche « chez Lamoureux », parce que c'est très *select* d'aller à Bayreuth, parce que cela lui donne un certain cachet d'interna-

(1) Allusion au baron Rothschild de Vienne qui, en 1882, se rendit à Bayreuth pour les représentations de *Parsifal*, dans son propre wagon-salon, qui y passa les nuits, se fit apprêter ses repas par son cuisinier et servir par ses domestiques habituels.

tionalisme très *pur*, parce que le *Prince* aime la musique de l'avenir, parce que cela lui donne l'occasion d'aller une fois par an à Bruxelles, parce que cela lui sied bien à elle, la fleur décadente fin de siècle, de soupirer en pensant aux jeunes vierges de missel moyen âge.

Pour conclure, je dirai : vive la musique de Wagner dans ce qu'elle a de large, d'ample, de puissant, de profondément humain, mais mort à ce wagnérisme fin de siècle, véritable excroissance maladive.

Encore quelques événements comme les soirées de septembre 1891, encore quelques adaptations mondaines et le wagnérisme n'aura plus de Wagner que le nom, de musical que les charivaris auxquels il donne lieu.

Et c'est, pour les âmes d'élite, chose véritablement navrante de penser que, sous prétexte d'art, il s'est agi du renversement ou du maintien d'un ministre, de la liberté ou de la licence de la rue, d'accès de nervosisme patriotico-politique ; comme si nos goûts, nos idées, nos sympathies devaient nous être imposés de haut, *manu militari*, comme si l'interdiction d'hier ou l'autorisation d'aujourd'hui, le refus de protéger l'entreprise individuelle d'un artiste ou la mise sur pied, hautement annoncée, de brigades entières destinées, sans doute, à défendre la « boîte à sons » contre des *musicoclastes*, avaient à faire quoi que ce soit avec la musique de l'avenir ; comme si ce luxe de « précautions inutiles » tranchait la question de l'avenir de la musique dans un sens ou dans un autre.

Il est permis à des caricaturistes d'esprit de viser avant tout l'actualité ; à Blass de placer sur l'Opéra français l'image d'un casque prussien, ou de donner l'image vivante du « Lohengrin-forcé » à l'usage des marmitons antiwagnériens ; à Moloch de nous représenter les opérations et toute la grosse artillerie du nouveau siège de Paris ; mais, de même que l'État moderne n'a rien à voir dans les opinions individuelles des citoyens, de même il n'a à intervenir ni dans leurs goûts esthétiques, ni dans leurs sympathies ou leurs antipathies musicales. *Lohengrin* à l'Opéra ne me déplaît point, mais combien plus majestueusement il triompherait sur une scène non subventionnée !

Toit à la prussienne avec paratonnerre breveté pour les fausses notes, à l'usage des salles de spectacle.

(Croquis inédit de J. Blass.

I

TANNHÄUSER (1845-1891)

C'est le 21 octobre 1845 que le *Tannhäuser*, vit, pour la première fois, les feux de la rampe, au théâtre royal de Dresde dont Wagner était alors le chef d'orchestre. L'œuvre obtint un assez grand succès : le spectacle terminé, plus de deux cents jeunes gens se rendirent processionnellement, chacun muni d'un flambeau, à la maison du compositeur.

En 1849, Liszt pour faire connaître au public français cet opéra nouveau, publiait dans le *Journal des Débats* une longue analyse du poème, et sans insister sur sa valeur musicale, engageait le Conservatoire à faire exécuter les principaux morceaux; mais cette tentative resta sans résultat.

Dès 1852, le *Tannhäuser*, très discuté, devenait ainsi que *Lohengrin* le sujet d'innombrables polémiques et s'il parvint à se faire ouvrir l'Opéra de Berlin, ce ne fut pas sans peine, ainsi qu'on l'a vu.

Depuis lors, il a été joué presque partout avec des chances diverses ; en 1853 à Francfort, en 1854 à Prague, en 1855 à Leipzig, à Zurich, à Munich, en 1859 à Vienne, en 1860 à Bayreuth (comme spectacle de gala pour les fêtes du Jubilé en Franconie), en 1861 à Paris, en 1863 en Hollande, en 1872 à Bologne, en 1873 à Bruxelles, en 1877 à Moscou, en 1882 à Londres (pour la première fois en anglais par la troupe de Karl Rosa), et presque partout aussi, il fait, actuellement, partie du répertoire classique.

Et maintenant, quelques brèves notes sur ce drame musical tiré par Wagner de la légende populaire du chevalier Tannhäuser et du célèbre poème germanique *La Guerre des Chanteurs à la Wartburg*.

Le chevalier Tannhäuser s'est laissé prendre aux charmes de

Vénus. Il entre dans le Vénusberg, écoute les chants et contemple les danses des nymphes enchanteresses, qui cherchent à le retenir par toutes les ruses libertines de la tentation, par toutes les menaces de la puissance infernale. Puis il se retrouve sur terre. Le landgrave Herman, accompagné de ses chevaliers, parcourt la forêt ; ils reconnaissent Tannhäuser qui triompha si souvent dans les tournois poétiques et dont le souvenir est resté vivant dans le cœur d'Élisabeth, nièce du landgrave. Tannhäuser, après avoir revu Élisabeth, va à Rome, pour obtenir le pardon de ses fautes, mais il n'a pas été absous. Alors, plein d'une sinistre amertume, il se replonge dans le palais de Vénus l'enchanteresse. Mais Élisabeth est morte, en invoquant pour lui le Dieu clément : sauvé malgré lui, le pénitent repoussé s'agenouille devant la morte, pendant que s'élève, entonné par toutes les voix, le chant des pèlerins.

Du reste, pour mieux préciser encore ce drame d'une si grande signification symbolique, il suffit de dire que c'est l'éternelle lutte entre le Plaisir et le Devoir, entre la Chair et l'Esprit, entre Vénus et Dieu.

II

TANNHÄUSER A PARIS (1861)

Voici, d'autre part, en images et en légendes, la plupart des croquis de Cham publiés dans le *Charivari*, soit à propos des concerts Wagner au Théâtre Italien, soit lors des trois représentations du *Tannhäuser* dont on a pu lire, plus haut, le récit mouvementé.

On aura ainsi l'impression complète de la satire, par la plume et par le crayon : l'un manié par le maître de l'actualité graphique, l'autre entre les mains de Pierre Véron.

4 mars 1860. — Au concert. Un auditeur à un musicien :

— Dites donc, musicien, vous commencez à m'agacer! Est-ce que vous n'aurez pas bientôt fini de filer cette note?

— Monsieur, je n'en sais rien; l'avenir décidera, car ceci est la musique de cette époque-là.

*
* *

11 mars 1860. — Musicien entrant chez un éditeur :

— Monsieur, je désirerais savoir si vous voulez éditer ma musique de l'avenir.

— La musique de l'avenir, monsieur, cela ne nous regarde pas; il faudra vous adresser en face à mon petit-fils.

*
* *

29 avril 1860. — Mise à l'étude du *Tannhäuser* à l'orchestre de l'Opéra.

M. Wagner. — Voyons donc, musicien, donnez la note!

Le Musicien. — Je la donnerai la semaine prochaine! C'est la musique de l'avenir, j'ai le temps.

*
* *

13 mai 1860. — Dialogue entre un musicien et un bonhomme penché sur son pupitre :

— C'est difficile à étudier le *Tannhäuser*.

— Je crois bien! faut faire deux choses à la fois : jouer et bâiller.

*
* *

3 juin 1860. — M. Wagner jugeant à propos, d'après la tournure des événements, d'ajouter un nouvel instrument pour l'exécution de la musique de l'avenir. (Il apporte un canon sur la scène.)

*
* *

10 mars 1861. — A une répétition générale du *Tannhäuser*.

— Tiens, il n'est même pas permis de s'ennuyer à mourir à votre opéra!

— Non, monsieur; mourir c'est *claquer*, et je ne veux pas de claque à mes représentations.

Mais, écoute donc le concert de M. Wagner, au lieu de dormir !
— Laisse-moi donc, j'ai bien le temps : c'est la musique de l'avenir.

— Monsieur, vous avez pris un billet pour mon concert, je vous prierai de vouloir bien me le solder.
— Monsieur, je suis le payeur de l'avenir, c'est une spécialité qui va avec votre musique ; repassez dans dix ans.

— Chère amie, tu pleures sur le berceau de ton enfant ?
— Hi ! hi ! je crois bien !... hi ! hi ! je suis allée hier au soir entendre M. Wagner. Si vous croyez que c'est pas triste de savoir la musique que l'avenir réserve aux oreilles de ce pauvre petit.

M. Wagner trouvant enfin un individu capable d'apprécier sa musique de l'avenir

Croquis de Cham à propos des concerts Wagner au théâtre Italien.
(*Charivari*, 4 mars et 8 avril 1860.)

Le *Tannhäuser* produisant son effet, même sur les artistes qui le répètent (assistants, musiciens, chef d'orchestre, souffleur, artistes, tout le monde dort).

*
* *

Ne voulant être applaudi à aucun prix, M. Wagner distribuera tous les billets de parterre à des invalides sûrs. (Ils sont tous manchots.)

*
* *

Obligé de se contenir toute une soirée pendant la représentation du *Tannhäuser*, le malheureux chef de claque éprouvera le besoin de se soulager une fois rentré chez lui. (Il claque à outrance, à la lueur de sa bougie.)

*
* *

Le soir de la première représentation (Au contrôle) :

— Cette stalle est plus chère que les autres?

— Oui, monsieur, parce qu'elle est plus près de la porte.

*
* *

17 mars 1861. — A une répétition du *Tannhäuser* (Dialogue entre Wagner et un assistant) :

— Sapristi, monsieur Wagner, votre musique fait trop de tapage!

— Va, moi fouloir être entendu d'ici en Allemagne!

*
* *

M. Wagner ayant bien voulu consentir à ce que la claque de l'Opéra soit admise aux représentations du *Tannhäuser* (les claqueurs ont les mains liées derrière le dos).

*
* *

Au buffet :

— Garçon, on a sonné à la loge n° 4; avez-vous été voir ce qu'on voulait?

— Oui, madame, ils demandent tous la même chose dans la salle ce soir... tous de la choucroûte!

*
* *

Dialogue entre deux camelots :

— Je n'ai pas vendu un seul *Entr'acte* à l'Opéra!

— Je crois bien, ils ne comprennent pas le français ce soir dans la salle : c'est tous bottiers allemands!

M. Alphonse Royer ayant recruté au bureau des nourrices des chanteurs de l'avenir pour l'exécution du *Tannhäuser*.
(29 avril 1860.)

Places réservées pour la claque de l'Opéra aux représentations du *Tannhäuser*, M. Wagner ayant tenu à expulser les claqueurs de la salle.
(10 mars 1861.)

— Dis donc, qu'est-ce que ça veut dire *Tannhäuser ?*
— Imbécile ! si tu savais l'allemand, tu saurais que ça signifie opéra tannant !
(10 mars 1861.)

— Com-ment-vous-por-tez-vous ! Vous ne m'entendez donc pas ?
— Parlez-lui encore plus haut ! vous voyez bien qu'il sort du *Tannhäuser !*
(17 mars 1861.)

Croquis de Cham dans le *Charivari*, relatifs à la représentation du *Tannhäuser*.

31 mars 1861. — M. Wagner ouvrant son œuf de Pâques. (Il y trouve une crécelle.)

*
* *

Dialogue entre deux amis :

— Tu mènes ton oncle à l'Opéra, mais le pauvre homme est sourd !

— Justement, il a voulu profiter de l'occasion pour voir le *Tannhäuser*.

*
* *

Une mère à sa fille, au piano :

— C'est faux ce que tu joues-là, mon enfant.

— Maman, c'est le *Tannhäuser*.

— Ah ! c'est différent.

*
* *

Un père à son fils, jeune bambin d'une douzaine d'années :

— Si tu n'es pas sage, je te mène au *Tannhäuser !*

— Grâce, ne ferai plus, ne ferai plus, serai bien sage !

*
* *

7 avril 1861. — Dialogue entre deux amis :

— J'ai vendu ma partition.

— Au marchand de musique?

— Non, au pharmacien.

— Comme somnifère, c'est juste.

*
* *

A l'hôtel :

— Monsieur n'a pas besoin d'un lit pour se coucher?

— Non, depuis que je suis allé au *Tannhäuser*, je dors tout debout.

*
* *

Le *Charivari* engageant le comité des courses à faire exécuter la musique du *Tannhäuser* s'il veut être sûr d'un bon départ.

*
* *

Dialogue entre un père et son fils :

— Papa, je voudrais apprendre la musique.

— Du tout, mon enfant, on ne sait pas comment cela pourrait tourner ; tu n'aurais qu'à devenir un Wagner, merci !...

— *L'ouvreuse.* — Monsieur, on vous prie de ne pas ronfler si fort pendant le *Tannhäuser;* vous réveillez les gens dans la loge à côté.

(17 mars 1861.)

— Maman Vénus, qu'est-ce que tu as donc à être triste comme ça depuis quelques jours?

— Si tu crois que ça m'amuse d'aimer le *Tannhäuser* à moi toute seule! Personne pour vous aider, merci!

(17 mars 1861.)

— Ah! sapristi! il faut changer à chaque instant les chiens de la meute du *Tannhäuser;* cette satanée musique les rend enragés tout de suite!

(31 mars 1861.)

La clef de la musique du *Tannhäuser.*

(7 avril 1861.)

Croquis de Cham dans le *Charivari*, relatifs à la représentation du *Tannhäuser.*

— Ah! les brigands! les voilà qui s'endorment aussi. (Les chiens du *Tannhäuser* sur la scène, pendant la représentation.)

III

TANNHÄUSER A LONDRES

To Dr. Franz Hueffer. A Kaleidoscope.

(*Musical World*, de Londres, 1882.)

A Londres comme à Paris, les œuvres de Wagner ont été popularisées soit par des concerts, soit par l'exécution théâtrale des principaux opéras du Maître, *Lohengrin*, *Tannhäuser*, *Niebelungen*. En 1877, le maëstro dirigea lui-même avec Hans Richter sept concerts composés principalement de fragments des *Niebelungen* : ces soirées eurent un grand retentissement (1).

D'autre part, journaux à musique et journaux satiriques souvent se sont plu à donner par des images ou par des articles la caricature des pièces représentées.

(1) Richard Wagner était déjà venu antérieurement à Londres, notamment en 1856.

Ainsi le *Punch* parlant des *Niebelungen* (1), publie les impressions de quelqu'un qui a acheté son ticket et se trouve *pris pour un cycle*, ce qui lui fait se demander s'il pourra « avaler » le tout jusqu'au bout, sans avoir besoin du reste de son argent.

« Je voudrais bien savoir, écrit-il, ce que signifie :

Heiyaheia! Heiyaheia!
Wallahallalala, hiayaheia!

« Je m'imagine que c'est un trio chanté sous l'eau. Peut-être par un plongeur dans un casque, *dont quelque chose qu'il ne fallait pas sera parti par la pompe à air.* »

Bref, l'auteur de l'article émerveillé des exploits de Fafner et de Siegfried estime que parmi toutes les pantomimes de la *Christmas* il n'en est pas une qui puisse rivaliser avec les *Niebelungen.*

(1) La trilogie wagnérienne fut représentée à Londres, en 1882, par la troupe de M. Neumann, avec l'autorisation spéciale du roi de Bavière.

I

LOHENGRIN (1850-1891)

Voici, comme pour le *Tannhäuser*, l'historique des représentations du *Lohengrin*, joué pour la première fois à Weimar en juillet 1850, également grâce à la protection de Liszt.

« *Lohengrin* à Weimar », dit M. Maurice Kufferath qui a entrepris toute une série d'études savamment documentées sur le théâtre de Wagner « ne devait pas échapper au sort réservé invariablement aux œuvres apportant une forme ou une idée nouvelle : bien que le public l'eût applaudi, les critiques l'abîmèrent. Il lui arriva pis. Lorsque, courageusement, Liszt mit l'ouvrage en répétitions, il eut contre lui la mauvaise volonté des chanteurs ; le ténor Beck, habitué à la musique de Rossini et de Meyerbeer, déclara la partie de Lohengrin inchantable, et le chef des chœurs proposa même toutes sortes de modifications dans la partie chorale. Il ne fallut rien moins que l'intervention du grand-duc pour rappeler au devoir les mécontents et rétablir la discipline. »

Lohengrin fut exécuté intégralement; la première représentation dura plus de cinq heures, ce qui mit Wagner hors de lui, lorsqu'il connut ce détail. Et pendant trois ans, l'opéra resta comme enterré.

La première ville qui monta l'œuvre nouvelle, après Weimar, fut Wiesbaden (2 juillet 1853) ; puis vinrent : Leipzig (7 janvier 1854), Schwerin, Francfort et Darmstadt la même année, Munich et Vienne en 1858, Berlin et Dresde en 1859. De là, l'œuvre passa en Angleterre et en Russie. A Londres, *Lohengrin* fut joué à Her Majesty pendant la saison de 1868 ; à Saint-Pétersbourg, au Théâtre Russe, en octobre de la même année. Enfin deux ans après, le 22 mars 1870, il était donné pour la première fois, en français, au théâtre de la Monnaie, à Bruxelles. Ce fut également la première grande victoire remportée par Wagner hors d'Allemagne. Les répétitions eurent lieu sous la surveillance de Hans Richter qui venait de donner sa démission de chef d'orchestre à l'Opéra de Munich.

De Bruxelles, et à partir de 1881, le *Lohengrin* rayonna sur la Belgique : Anvers, Liège, Gand virent successivement le chevalier au cygne. En 1882 il vint atterrir à Barcelone, passant ainsi du Nord au Sud.

Pour ceux qui l'ignoreraient, voici le sujet de ce drame musical : devant Henri l'Oiseleur, devant la foule des seigneurs brabançons et saxons, Elsa de Brabant est accusée par Frédérick, comte de Telramund, d'avoir donné la mort à son jeune frère. Qui la défendra? Un chevalier, à l'armure éblouissante, s'avance vers le rivage. Il est porté sur une nacelle que tire un cygne, attaché par une chaîne d'or. C'est Lohengrin. Pour se venger, Frédérick envoie à Elsa la magicienne Ortrude qui lui insuffle le poison d'une curiosité fatale. Elsa épouse Lohengrin ; mais comme elle a voulu connaître le nom, la famille, la patrie de Lohengrin, celui-ci, après avoir satisfait à son désir, repart sur son cygne vers les mystérieuses régions d'où il est venu, car il lui était interdit de dévoiler sa puissance.

II

LOHENGRIN A SAINT-PÉTERSBOURG (1868)

Après l'échec de Paris les triomphes de Vienne et de Saint-Pétersbourg.

A Vienne, Wagner fut l'objet, en plein théâtre, d'une ovation sans exemple qui le vengeait bien au delà des insultes des beaux messieurs de Paris. Quand il entra dans la salle, à une représentation de *Lohengrin*, les spectateurs se levèrent et, pendant dix longues minutes, acclamèrent le maëstro.

En Russie, on a déjà vu de quelle façon la princesse Hélène avait reçu celui dont les journaux de Pétersbourg et de Moscou faisaient les plus pompeux éloges. Voici, sur cette période peu connue de la vie du compositeur, sur ces succès déjà lointains, quelques précieux renseignements empruntés à Mané, le subtil chroniqueur, et tirés de son *Paris amoureux*.

Lohengrin en roi de carreau traîné par une cocotte.

(*Iskra*, 3 novembre 1868.)

« Wagner est-il un grand musicien? Paris a répondu hardiment non; le public de Saint-Pétersbourg est en train, en ce moment, de répondre oui à la même question posée devant lui. En tout cas, Wagner tourne là-bas à l'homme heureux; nous recevons des lettres curieuses toutes pleines du bruit de ses succès. Les récoltes d'argent ne lui manquent pas plus que les moissons de gloire.

« Si vous aimez les chiffres, son premier concert a rapporté 12,000 francs; le second en a produit 16,000. Ces deux premières épreuves, placées sous le patronage de la Société Philharmonique dans la Salle de la Noblesse, ayant très brillamment réussi à tous les points de vue, Wagner, à ses risques et périls cette fois, organisa un troisième concert dans la salle immense du Grand-Théâtre, et, malgré le prix élevé des places, il n'en resta pas une de vide.

« Heureux Wagner! vont dire nos donneurs de concerts parisiens qui ont tant de peine à remplir, fût-ce à prix réduits, les petites salles de Pleyel, de Herz ou d'Erard.

« Heureux Wagner, soit! Mais il a été assez longtemps malheureux pour que la fortune lui doive aujourd'hui une revanche complète de ses souffrances.

« A chaque concert, il paraît qu'il avait un peu moins adouci le breuvage aux dilettantes de Saint-Pétersbourg, et, ne leur voyant pas faire la grimace aux amertumes du Wagner qu'il leur versait de plus en plus pur, en diminuant la dose de sucre à chaque séance, il finit, à la dernière, par leur administrer, sans mélange, sans préparation, sans précaution, sans adoucissant, des fragments de ses *Niebelungen*, un opéra qui dure trois jours de suite, et qui, naguère, terrifia, à Vienne même, les partisans les plus dévoués de ce terrible Wagner.

« Eh bien! Saint-Pétersbourg a résisté même aux *Niebelungen*.

« Saint-Pétersbourg a fait bonne contenance, ce qui fait singulièrement l'éloge de la solidité de son tempérament musical.

« Wagner plaît comme homme ; il plaît comme musicien ; il est question de le conjurer de se fixer à Saint-Pétersbourg. »

III

LOHENGRIN EN ITALIE (1871-1878)

Là aussi, du bruit, des batailles, des partisans acharnés et des ennemis nombreux. Mais en somme la musique de Wagner a fait assez vite son chemin dans la péninsule italique, et, après avoir été sifflée dans quelques villes, elle est aujourd'hui partout bissée.

Les documents qui vont suivre montreront, d'autre part, de quelle façon l'œuvre géniale de Wagner se trouva aux prises avec la caricature : j'ajouterai que, représenté pour la première fois en Italie à Bologne le 1er novembre 1871, *Lohengrin* fut joué la même année à Florence, puis en 1873 à Milan, en 1877 à Turin, en 1878 et 1879 à Rome.

Du reste Wagner, dans ses différents voyages en Italie, rencontra partout l'accueil le plus enthousiaste. Là où il passait on n'acclamait pas seulement sa personne, on acclamait aussi ses œuvres.

En 1876 Vérone et Rome lui firent de chaleureuses réceptions. L'Académie de Sainte-Cécile et la Société Internationale des Artistes, toutes deux dans la Ville Éternelle, s'empressèrent de lui envoyer des diplômes de membre d'honneur. En 1880 il était reçu au Conservatoire de Naples et de Venise. Et, la même année, le conseil communal de Rome, pour garder le souvenir de ce qu'il considérait à l'égal d'un grand événement, décidait de faire frapper une médaille commémorative de la première représentation de *Lohengrin* dans la cité romaine.

Le personnage qui vient ici prendre place en notre galerie est Filippo Filippi, critique d'art de la *Perseveranza* de Milan, un de ceux qui défendirent avec le plus d'autorité la musique de l'avenir, et qui parvinrent finalement à faire accepter par les Italiens ce qu'ils avaient d'abord repoussé (1).

Cette amusante caricature, publiée dans le journal *Milan-Caprice*, était accompagnée de quelques malicieuses appréciations :

---

(1) Mort en 1887. Wagner avait pour lui une très grande sympathie. Il lui envoya en souvenir une bague ornée d'inscriptions.

« Wagner est la vraie lumière qui éclaire l'avenir. Il était dans le monde et le monde ne l'a point connu. Mais il a donné le pouvoir de devenir enfant de Wagner à Filippo Filippi qui croit en

TYPES MILANAIS. — Je crois que je lui ressemble!!!
Caricature de Pilotell.
(*Milan-Caprice*, 18 janvier 1874.)

son nom, qui n'est pas né du sang, ni de la volonté de l'homme, mais de Wagner même.

« Et Wagner s'est fait Filippi. »

Après la représentation de *Lohengrin* à Bologne, l'impresario, M. Scalaberni, avait transporté à Florence la pièce toute montée

CARAVANA DEL LOHENGRIN

Miracol!... si, miracol portentoso!...	Miracle! oui, miracle prodigieux!
Miracolo inaudito, e mai veduto!...	Miracle inouï et jamais vu!
Salute, o santo messo del SIGNOR...	Salut! O saint envoyé du Seigneur
Dio! Grazie, o cielo, che il debol è protetto!	Dieu! Merci! O ciel! (parce que) le faible est enfin protégé!

Caricature inédite, obligeamment communiquée par M. Grossi, directeur du *Papagallo*.

(Voir, ci-contre, l'explication de la figure.)

avec les artistes et l'orchestre du « Lycée » de Bologne. Le succès fut immense, vu la valeur des artistes, chanteurs et musiciens. Toutefois, les journaux de Florence ne craignirent point de dire qu'ils eussent préféré des flacons de Chianti (vin de Toscane) à des chopes de bière allemande.

Le dessin ici reproduit représente donc M. Scalaberni en route pour Florence. Le personnage qui se trouve dans la hotte est le chevalier Antonelli, alors directeur du Concert public de Bologne et de l'orchestre du Grand-Théâtre, en même temps fabricant d'eau de Seltz, ce qui se voit aisément à la façon dont il arrose le cygne. Les litres tout autour de la hotte représentent les choristes, qui, en Italie du moins, sont ordinairement de grands buveurs. Les pains placés au-dessous des litres personnifient les figurants, pauvres gens — souvent vagabonds — appelés de l'autre côté des Alpes *magnariti* (mangeurs). Le magicien qui sort de la poche supérieure de M. Scalaberni est feu M. Mariani, directeur de l'orchestre. Dans l'autre poche sont les acteurs de l'opéra. Le personnage placé sur le cou du cygne représente le chevalier Lohengrin. Il porte une bannière sur laquelle on lit : *Luganeghen*, mot dont la prononciation se rapproche assez de « Lohengrin », et qui, en patois lombard, veut dire « saucisses ». Les oiseaux placés dans la cage sont l'image des danseuses, souvent hirondelles légères... La lanterne est destinée à chercher les notes qui pourraient s'égarer. Il y a aussi le petit oiseau de l'impresario, sa chatte (la petite Fanny), le *libretto* de l'opéra, et jusqu'à un meuble intime à l'allusion assez transparente. Les toiles des scènes, peintes par MM. Bortolotti, Trombetti, Marini, ont été pliées sur le chariot qui se dirige vers Florence à toute vapeur, laissant loin derrière lui les tours penchées de Bologne.

(1) Voici, à titre de curiosité, la reproduction de l'affiche annonçant la première représentation de *Lohengrin* au théâtre de Bologne :

« Bologna, Gran Teatro communale. Mercoledi 1° novembre 1871, alle ore 8 préc. Prima Rappresentazione della grande Opera Romantica in 5 Atti « Lohengrin » per la prima volta rappresentata in Italia. Editore proprietario dell'opera, Francesco Lucca di Milano. Parole e Musica del celebre Maestro Riccardo Wagner, Diretto dal Cavaliere Angelo Mariani..... Dapo la suddetta Opera, avrà luogo il Ballo grande « La Semiramide del Nord » del Coreografo Monplaisir. »

Epigrafe musicala... Composizione dell' avvenire del Maestro X, Y e Z.
Épigraphe musicale... Composition de l'avenir du Maëstro X, Y, Z.

Au-dessous de cette très artistique composition du *Spirito Folletto* se trouve une légende dont voici, à la fois, le texte et la traduction.

N.-B. — Avvertiamo i lettori del « Folletto », che *tutti* indistamente, anche i cretini della Scala, possono leggere a *prima vista* questa musica che si adatta tanto bene alla *parola*. I nostri lettori ci saranno grati di averli iniziati in quei misteri, la cui ignoranza compromise tanto la riputazione del publico del Teatro della Scala in quest' anno !

N.-B. — Nous avertissons les lecteurs du *Folletto*, que tous indistinctement, même les crétins de la Scala, peuvent lire à première vue cette musique s'adaptant si bien aux paroles. Nos lecteurs nous sauront gré de les avoir initiés à ces mystères, dont l'ignorance a tant compromis cette année la réputation du public du théâtre de la Scala !

(*Spirito Folletto*, de Milan, 24 avril 1873.)

Cette charge, qui ne manque ni d'intérêt, ni d'allure artistique, a trait à la première représentation de *Lohengrin* à Milan. La pièce tomba au milieu de sifflets tels, qu'on ne put même pas achever le dernier acte. Les artichauts, les oignons et autres légumes figurés sur le dessin, rappellent la nuée de projectiles végétariens qui furent alors lancés de toutes parts sur la scène.

En effet, tandis que Bologne s'est toujours enthousiasmé pour la « musique de l'avenir », Milan restait partisan convaincu de l'ancien système mélodique. Cette préférence est même si accentuée dans l'antique cité lombarde qu'on a terriblement sifflé le « Mefistofele » du milanais Arrigo Boïto, opéra qui, peu après, devait faire triomphalement le tour de tous les théâtres italiens (1).

Au milieu du dessin, paraissant être de la musique, se trouve l'épigraphe suivante :

« Lohengrin — dramma ed opera — di Riccardo Wagner — Musica — dell'avvenire — dedicata — a Lucca, Filippi e consorti. — Edizione proibita — in Italia. »

En voici la traduction :

« Lohengrin — drame et opéra — de Richard Wagner — Musique — de l'avenir — dédié — à Lucca, Filippi et Cie. — Édition défendue — en Italie. »

Lucca était l'éditeur qui avait acheté le droit de représentation; quant à Filippi, on vient de voir quelles étaient ses opinions musicales.

(1) Arrigo Boïto, poète et musicien de grande valeur, né en 1842. Comme Wagner il a écrit le livret et la musique de plusieurs de ses œuvres. D'autre part, c'est lui qui a traduit en italien *Tristan et Iseult* ainsi que *Rienzi*. Il fut, avec Filippi, à la tête du mouvement wagnérien en Italie.

IV

LOHENGRIN A PARIS (1881-1891)

Quoique l'historique des représentations ou plutôt des essais de représentation de *Lohengrin* à Paris ait été déjà fait souvent. il importe de rappeler ici les principales phases par lesquelles a passé cette œuvre avant de voir la rampe de l'Opéra.

En 1881, essai de représentations par M. Angelo Neumann, directeur de l'Opéra de Leipzig(1), qui avait loué, à cet effet, le théâtre des Nations avec l'intention, paraît-il, de faire jouer *Lohengrin* en allemand. D'où cris et protestations dans la presse, accusations de toutes sortes, sottement ridicules, et qui allèrent jusqu'à la publication d'articles laissant à entendre que M. Neumann pourrait bien être un agent provocateur, aux gages du prince de Bismarck (!!!).

M. Neumann ayant éprouvé des difficultés imprévues par le fait d'artistes, au dernier moment empêchés, cette tentative qui nous promettait des soirées houleuses, en resta là.

C'est à ce propos que Wagner écrivit à M. Ed. Dujardin une lettre alors publiée dans la *Renaissance musicale*, petit journal hebdomadaire, et dans laquelle reprenant sa thèse habituelle chaque fois qu'il s'est trouvé en présence d'une affaire ne paraissant pas devoir réussir, il déclarait avoir donné au sieur Neumann l'autorisation de représenter ses œuvres à Paris, sans avoir autrement réfléchi à la chose.

Voici, du reste, comment il s'exprimait au sujet de cette « question pleine d'obscurité », — ce sont ses propres termes :

« Non seulement je ne désire pas que *Lohengrin* soit représenté à Paris, mais je souhaite vivement qu'il ne le soit pas et pour les raisons suivantes : d'abord, *Lohengrin* ayant fait son

(1) Angelo Neumann avait alors la direction artistique du « Viktoria-Theater » à Berlin qui venait de monter l'*Anneau des Niebelungen* (mai 1881). Il créa, par la suite, un « Théâtre Richard Wagner » pour l'interprétation des œuvres du Maître et, avec cette troupe, donna des représentations de la « Tétralogie » dans nombre de villes allemandes et étrangères; notamment à Londres en 1882.

chemin dans le monde, *n'en a pas besoin*. Ensuite, il est impossible de le traduire et de le faire chanter en français, de manière à donner une idée de ce qu'il est. En ce qui concerne une représentation en allemand, je conçois que les Parisiens n'en aient pas envie. »

Et sa conclusion était : « que ceux auxquels mes œuvres paraissent dignes d'attention viennent à Bayreuth! » Ce n'était pas pour rien qu'il s'intéressait à la construction d'hôtels dans sa capitale et à l'organisation de trains de plaisir destinés à amener les étrangers sur les rives wagnériennes.

En 1885 et 1886, nouvelle polémique suscitée par la mise à l'étude de *Lohengrin* à l'Opéra-Comique. (M. Carvalho, alors directeur, avait, vingt ans auparavant, déjà songé à monter cet opéra.) Les représentations « pour ne pas léser les intérêts des compositeurs français » (!!), devaient avoir lieu deux fois par semaine, en matinée, le jeudi et le samedi.

Cette fois, tout semblait marcher à souhait, la première représentation paraissait devoir être pour janvier ou février 1886, lorsqu'un comité de protestation se forma et suscita dans la presse une polémique des plus vives (1).

Comme l'a dit fort justement M. Adolphe Jullien, au fond de ce débat où l'on faisait appel aux grands mots et aux grands sentiments gisait une simple affaire de concurrence commerciale et de protectionnisme, ce fameux protectionnisme, arme des impuissants, dont les âneries ne sont plus à compter depuis quelques années.

Bref, M. Carvalho, on ne sait trop pourquoi, capitula devant la ligue des petits intérêts et des braillards.

Enfin, en 1887, malgré sociétés de gymnastique et associations d'étudiants, malgré marmitons et protectionnistes, *Lohengrin*, grâce aux efforts persévérants d'un maître, du premier chef d'orchestre français, j'ai nommé M. Charles Lamoureux, *Lohengrin*, dis-je, vit enfin le jour. Le 3 mai 1887, l'opéra qui, après

(1) Tous les détails de cette polémique se trouvent dans la *Revue wagnérienne* de mars 1886. M. Georges Street a, d'autre part, publié, sous le titre de *Lohengrin à l'Éden-Théâtre*, une petite plaquette donnant d'une façon vive et mordante l'historique des incidents relatifs à la représentation de l'Éden.

le *Tannhäuser*, servait ainsi de tête de Turc aux ennemis de Wagner, était donné à l'Éden-Théâtre de la rue Boudreau. Malheureusement, cette représentation resta sans lendemain, par suite des manifestations hostiles qui se produisirent et qu'on laissa se continuer. Ne se sentant pas soutenu M. Lamoureux annonça qu'il retirait *Lohengrin* de l'affiche, et exposa ses raisons dans une lettre des plus dignes.

« Je n'ai pas à qualifier, disait-il notamment, les manifestations qui se produisent après l'accueil fait par la presse et le public à l'œuvre que, dans l'intérêt de l'art, j'ai fait représenter, à mes risques et périls, sur une scène française. C'est pour des raisons d'un ordre supérieur que je m'abstiens, avec la confiance d'avoir agi exclusivement en artiste, et avec la certitude d'être approuvé par tous les honnêtes gens. »

« Les raisons d'un ordre supérieur» auxquelles M. Lamoureux faisait ainsi allusion, c'était, est-il besoin de le dire, le refus de M. Goblet, alors ministre de l'Intérieur, de prendre les mesures nécessaires pour le maintien de l'ordre.

M. Goblet, il est vrai, mis en cause tout récemment lors des représentations de l'Opéra, a cru devoir se justifier par une lettre adressée le 22 septembre 1891 au *Journal des Débats*, lettre dont j'extrais les passages suivants, jugeant, du reste, inutile d'insister autrement sur les faits de cette nature :

« La vérité, dit l'ancien ministre, est que dans les derniers jours du mois d'avril, en plein incident Schnæbelé, j'avais obtenu de M. Lamoureux qu'il ajournât la représentation de l'opéra de Wagner.

« La représentation eut lieu, le mardi 3 mai. Il se produisit autour de l'Éden-Théâtre quelques désordres, d'ailleurs peu graves, qui se renouvelèrent dans la soirée du lendemain, bien qu'on ne jouât pas ce jour-là. M. Lamoureux vint alors me trouver, le jeudi matin 5 mai, avant la séance du Conseil, pour me déclarer que, ne voulant pas être une cause de trouble, il renonçait, pour le moment, à continuer ses représentations, et, malgré l'assurance que je lui donnai que des mesures énergiques seraient prises pour assurer le libre accès du théâtre, il persista dans sa résolution.

LE TRIBOULET

LES ABOYEURS DE LA RUE

Croquis de J. Blass. (Mai 1887.

« C'est ce qui résulte d'une note qui fut publiée le jour même par divers journaux et par le *Journal des Débats* lui-même dans son numéro du 6 mai. »

Bref, protégé ou non, M. Lamoureux qui, avec raison, ne voulait pas être accusé de provoquer des rixes entre citoyens français, eut pour lui, en cette occasion, l'appui de tous les gens sensés; mais, ce qu'il faut constater, c'est que de toutes les cabales *marmitonnesques* montées contre les œuvres de Wagner, celle-ci restera la plus sottement ridicule, puisqu'il s'agissait d'une entreprise essentiellement privée, sur un théâtre non subventionné.

Quoique unique, cette représentation avait eu un grand

LOHENGRIN IN PARIS — LOHENGRIN A PARIS.

Der Schwanenritter wurde muthmaglicherweise nur deshalb so schnell wieder in die fremde geschickt, weil man fürchtete, sein zugthier konnte etwas von dem "Schwan-Kleb an" an sich haben und dadurch ein klein wenig Deutsch Bildung und Sitte in Franreich kleben bleiben.

Le chevalier du Cygne a été renvoyé d'une façon bien apparente à l'étranger et avec une certaine rapidité, parce que l'on craignait que sa bête de trait n'eût un peu de colle de cygne avec elle, et qu'un peu de culture et de mœurs allemandes ne restât ainsi collé en France.

(*Figaro* de Vienne, mai 1887.)

retentissement. A Paris comme à l'étranger la presse s'en occupa; ici, pour blâmer en général les aboyeurs de la rue, la manifestation des « Sandwichs de *La Revanche* » (1), ainsi que d'aucuns l'appelèrent; au dehors, pour faire ressortir la méfiance de plus en plus grande manifestée par la France à l'égard de tout ce qui accusait une tendance germanique, une cer-

(1) *La Revanche*, journal créé par M. Peyramont, fut un de ces pamphlets quotidiens qui ne reculent devant aucun moyen pour attirer sur eux l'attention publique. Non seulement elle promena dans Paris des hommes-sandwichs, mais encore elle inaugura des voitures-réclame sur lesquelles un caricaturiste que je ne nommerai point dessinait l'homme et le fait du jour. Nous eûmes ainsi des Bismarck et des Wagner ambulants.

Lohengrin
in die Seine gesetzt.

Der Schwan zieht ihn nach vorn, der gallische Hahn zieht ihn zurück. Wenn das kein Zugstück wird!

LOHENGRIN NAVIGUANT SUR LA SEINE

Le cygne tire de l'avant, le coq gaulois tire de l'arrière. Ne sera-ce pas un spectacle capable d'attirer la foule !

(*Ulk*, 5 mai 1887.)

[illegible]

[illegible]
[illegible]

taine tournure d'esprit plus spécialement allemande. A Vienne comme à Berlin on jugea la chose ainsi, mais sans attribuer au fait une plus grande importance. Deux ou trois journaux seuls virent en cette actualité politico-théâtrale sujet à caricature.

Déjà, du reste, en 1882, lors de l'incident Neumann, le *Ulk*, sur un ton moitié sérieux, moitié plaisant, développait les raisons pour lesquelles selon lui, on ne voulait pas de « Lohengrin » à Paris.

« Le *Lohengrin*, disait-il, comme il est joué chez nous, n'est point fait pour les Français. Un chevalier avec des intentions honnêtes qui débarque en pays étranger par cygne, tombe amoureux d'une jeune fille, l'épouse tout aussitôt sans autres formalités, et qui, une fois le mariage célébré, part pour un prétexte absolument ridicule, et, sentimentalement, se remet en marche, c'est vraiment trop peu intéressant pour le goût français, suivant les données du jour. »

Et là-dessus, le rédacteur du *Ulk*, qui paraît avoir de singulières notions sur la sentimentalité, part en guerre, trace le plan d'un « Lohengrin » à l'usage de Paris, avec ballets et bacchanales (*sic*), esquissant le *ballet des cygnes*, et le *grand divertissement des cartes animées*, amené de la façon suivante : « Ottilie jette au vent un paquet de cartes, lesquelles peu à peu s'animent et se transforment en autant de déesses du Jeu (1) ».

Ceci donné à titre de renseignement sur les idées au moins bizarres que certains organes d'outre-Rhin continuent à avoir sur les mœurs françaises et qu'ils se font un plaisir de répandre parmi les masses « gallophobes » aussi ridicules que nos « germanophobes ».

1891. — Dernière étape de *Lohengrin*.

Malgré toute une campagne de presse dont nous allons brièvement esquisser la physionomie, malgré des manifestations tumultueuses, l'opéra de Wagner ayant achevé son chemin de croix, a pu enfin affronter la rampe et être joué devant un véritable public.

(1) Lors du *Tannhäuser*, cette même thèse avait été soutenue par les satiriques allemands. A ce moment, la chose était plus plausible, étant donnés les prétextes invoqués dans la presse parisienne contre l'opéra wagnérien.

Voici, à titre de document, la reproduction de l'affiche collée sur les murs de l'Opéra :

1669 TH. NATIONAL DE L'OPÉRA 1891

Les bureaux seront ouverts à 7 h. 1/4.

On commencera à 7 h. 3/4 précises.

Entrées de faveur généralement suspendues.

Aujourd'hui mercredi 16 septembre 1891

Première représentation

LOHENGRIN

Opéra en 3 actes et 4 tableaux de Richard Wagner.
Traduction française de M. Ch. Nuitter.

Décors, 1er et 3e acte : MM. J.-B. Lavastre et Carpezat.
2e acte : MM. Amable et Gardy.
Costumes dessinés par M. Ch. Bianchini.

Elsa de Brabant,	Mmes	ROSE CARON.
Ortrude,		FIERENS.
Lohengrin,	MM.	VAN DYCK.
Frédéric de Telramund,		RENAUD.
Le Roi,		DELMAS.
Un héraut,		DOUAILLIER.

MM. Lambert, Ragneau, Gallois, Devriès, Voulet, Idrac, Crépaux, Palianti.

APRÈS-DEMAIN VENDREDI 18 SEPTEMBRE
2e représentation de LOHENGRIN.

Et maintenant, passons rapidement en revue les images les plus pittoresques, les faits les plus saillants de cette nouvelle et peu intéressante bataille.

LOHENGRIN... LAUR-UN-GRAIN

Laur-Quichotte et Boudeau-Pança partant en guerre contre le « Moulin à sons. »
Caricature de Charvic.

(*La Silhouette*, 20 septembre 1891.)

Les deux personnages ici représentés se sont particulièrement signalés dans la première quinzaine de septembre par leur animosité contre Wagner. M. Laur a inspiré plus ou moins directement la campagne de *La France* contre le *Lohengrin*, campagne que termina une sorte de plébiscite ouvert par ce journal sur l'opportunité ou la non-opportunité de la représentation de l'opéra sur une scène subventionnée.

Tel Napoléon III disant au pays : « Voulez-vous l'Empire? — L'Empire, c'est la paix! » tel le journal *La France*, avec un sérieux grotesque, faisait appel à ses lecteurs pour savoir s'ils étaient pour ou contre *Lohengrin*. Et le 14 septembre, non moins sérieusement, il publiait les premiers résultats de cette consultation en chambre par voie de « canard ». L'Empire avait eu ses *Oui*, *La France* eut ses *Non*; mais la majorité négative du 14 septembre 1891 n'a pas plus servi la cause des « antilohengriniens », que la majorité affirmative du 8 mai 1870 n'avait servi la cause de l'Empire.

Quelques-unes de ces réponses valent la peine d'être conservées, c'est pourquoi je n'hésite pas à les reproduire ici.

Je prends au hasard, parmi ce lot curieux :

Monsieur Bertrand (1),

Je vous écris au nom de la famille Bonneau (quatre personnes), au sujet de *Lohengrin*.

Un gouvernement tant soit peu patriote n'eût jamais osé laisser jouer cet opéra dans une salle rétribuée par toute la nation. Il aurait dû attendre que nos musiques militaires puissent jouer la *Marseillaise* au Broglie de Strasbourg.

BONNEAU.

Autre factum :

Lohengrin n'est plus une manifestation musicale. C'est une courbette devant l'Allemagne, une sorte de protestation contre Cronstadt.

Et l'on s'explique que le peuple de Paris veuille bombarder de pommes cuites l'Académie nationale de MM. Ritt et Gailhard.

André VALENTIN.

Toujours dans le même esprit :

Cette pièce va servir de prétexte à manifestation pour des milliers d'Allemands. Les applaudissements de ces Teutons amèneront forcément une bagarre.

Un ancien franc-tireur de Paris-Châteaudun.

(1) C'était le nom du rédacteur chargé de centraliser les missives du plébiscite « wagnéro-lohengrinien ».

Dernier exemple de la singulière maladie développée par cette fausse compréhension du patriotisme :

Il serait malheureux d'être ainsi provoqué chez soi. Nous saurons, à « plusieurs que nous sommes », si la salle est remplie d'Allemands, leur rendre une belle monnaie de leur pièce, et je crois qu'ils n'y reviendront pas.

C. Claude.

Enfin, comme la vieille gaieté française ne perd jamais ses droits, un loustic qui signait pour la circonstance : « Un groupe de choristes et de musiciens », s'était amusé à envoyer le bon billet suivant au rédacteur-plébiscitaire qui, gravement, l'inséra en bonne page avec titre spécial, comme nouvelle d'un haut intérêt :

MM. les choristes et les musiciens de l'orchestre ont pris la précaution d'apporter les parties de la *Marseillaise* et de l'*Hymne pour le tsar*, qui, très vraisemblablement, seront intercalés dans l'œuvre de Wagner.

A quel endroit ? — Mme Cosima Wagner n'ayant pas donné son avis, on a décidé de choisir le moment où le chevalier du Cygne descend des nues... ou si on ne parvenait pas à cette intercalation, on finirait la représentation du soir par l'air :

« Aux armes, citoyens ! »

Avouez que Richard Wagner n'avait pas prévu une collaboration avec Rouget de l'Isle.

Un groupe de Choristes. *Un groupe de Musiciens.*

Ces documents suffisent à faire connaître la singulière denrée qui sous le nom, tantôt de *patriotisme musical*, tantôt de *patriotisme artistique*, tantôt encore de *patriotisme littéraire*, fait commettre au peuple, jadis le plus spirituel de la terre, des bêtises sans nom.

Député, ingénieur, antiwagnérien, tel est le citoyen Laur-Quichotte, digne émule de Rochefort-Quichotte, qui prendra place dans l'histoire comme étant « le monsieur qui a protesté contre Wagner ». Dans un siècle, cela équivaudra comme brevet de civisme au titre jadis fameux de « vainqueur de la Bastille ».

Son suivant, Boudeau-Pança (né à La Rochelle le 4 septembre 1852), est également de ceux qui, comme le dit spirituellement

A. Men de *La Silhouette*, « se lèvent tous les matins pour aller prendre Berlin et qui s'arrêtent en route pour prendre des bocks »; de ceux qui déclarent combattre « tout ce qui va contre le patriotisme ». En 1861, on sifflait Wagner avec de vrais sifflets; en 1891, on siffle des petits verres avec les frères et amis : il y a progrès.

Blanquiste, puis boulangiste, deviendra peut-être simple fumiste par pur amour de la rime. Fut, dit-on, fabricant de savons; est, aujourd'hui, archéologue et délégué de la Ligue des Patriotes.

Ne s'est insurgé contre la représentation de *Lohengrin* que pour demander la suppression des violons de quartier.

Puisque j'ai dû faire entrer ici, à titre documentaire, les événements de septembre 1891, il ne sera pas inutile, pour les mêmes raisons, de donner sur les incidents de la rue l'appréciation de deux journaux paraissant dans des villes où s'était joué et même où se jouait sans bruit le *Lohengrin*.

1° Du *Polichinelle* de Bordeaux :

« Je veux protester contre cette déplorable manie des badauds parisiens de nous *la faire* au patriotisme, dès qu'ils éprouvent le besoin de chanter et de tapager dans les rues.

« Je veux protester en votre nom, mes chers lecteurs de Bordeaux.

« Car, si le fait d'entendre la musique de Wagner était contraire au patriotisme, vous y auriez donc manqué, au cours de la saison théâtrale dernière.

« Or, votre patriotisme me semble d'aussi bon aloi que celui des braillards parisiens. N'est-ce pas votre avis?

« Et puis, où irions-nous, je vous prie, avec les prétentions des antiwagnériens?

« Impossible de faire une cure à Bade, sans être stigmatisé immédiatement de l'épithète de Prussien!

« Défense de boire un bock de bière allemande. sans être rangé dans la catégorie des traîtres!

« Est-ce assez bête? »

Oh oui! jamais comble pareil n'avait été encore vu.

2° Du *Charivari oranais*, paraissant à Alger

LOZÉ...HENGRIN A L'OPÉRA

Nous ne sommes plus au temps où Talma jouait à Erfurt devant un parterre de rois.

Caricature de J. Blass.

(*Pilori*, 27 septembre 1891.)

* Cette amusante et spirituelle image obtint un très grand succès. De toutes celles alors publiées, elle restera comme ayant le mieux traduit, sous la forme la plus comique, satirique et mordante, sans être injurieuse, les sentiments des ennemis de Wagner.

[illegible]

LE NOUVEAU COURONNEMENT DE L'OPÉRA

Dessin de Gilbert-Martin.

(*Don Quichotte*, 20 septembre 1891.)

* Caricature publiée à propos de la première représentation de *Lohengrin* à l'Opéra.

Richard Wagner, par Grand-Carteret.

PROJET DE MONUMENT A ÉLEVER A WAGNER

Dessin de Pépin.

(*Le Grelot*, 20 septembre 1891.)

* Caricature publiée à propos de la première représentation de *Lohengrin* à l'Opéra.

Richard Wagner, par GRAND-CARTERET.

Faisant le tour du monde avec sa casserole fêlée.

Croquis inédit de J. Blass.

Porté en triomphe par les rues de la capitale.

Croquis inédit de J. Blass.

« La musique allemande fait toujours grand bruit, *chacun sait ça* ; mais jamais elle n'avait atteint le diapason auquel vient de la faire monter *Lohengrin*. Le bruit des instruments de l'orchestre n'était rien à côté de celui des camelots de la rue.

« Les *poivrots* ne veulent plus entendre de musique étrangère, allemande, surtout.

« Donc, à la chaudière les Meyerbeer, les Weber, les Wagner, les Beethoven, les Reyer, les Mendelssohn, les Schubert, les Glück, les Offenbach, etc., etc. !

« Plus de Rossini, de Verdi, de Donizetti !

« Tout ça à la chaudière !

« Nous voulons bien continuer à boire le vin du Rhin, mais les sciences et les arts de ce pays-là, *n'en faut pu.*

« En fait de musique, nous ne voulons plus entendre que celle d'Adam, de Lecoq, de Gounod, de Massenet, d'Audran, d'Ambroise Thomas, de Méhul, de... enfin de tous ceux qui justifieront de leur qualité de Français.

« Et voilà.

« Ah pardon, nous tolèrerons encore les compositeurs espagnols, russes, anglais... ; ils sont si rares et leurs œuvres si peu connues en France, que cela ne gênera pas l'exécution de notre répertoire.

« Il en est des hommes comme des choses du sol : chaque pays a ses productions naturelles. L'Allemagne fournit à l'Europe des compositeurs d'un talent considérable, des mathématiciens de premier ordre, des géologues remarquables, des astronomes... mais je m'arrête, car on m'accuserait de vouloir vanter les célébrités allemandes.

« Enfin, si l'on écoutait les braillards de la ligne des *Gatriotes*, il faudrait renoncer à accepter pour nous, les rayons du soleil qui chauffent l'Allemagne.

« Les arts sont comme la lumière : ils n'ont pas de patrie !

« Prenons les choses de plus bas.

« Est-ce que vous croyez que si l'on mettait l'un des manifestants qui voulaient empêcher la représentation de *Lohengrin*, devant une table bien servie, il se préoccuperait, ayant faim, de l'origine des mets que l'on offrirait à son appétit ?

« Croyez-vous qu'en sortant d'une représentation de *Lohengrin* je serai moins bon Français qu'avant d'y assister ?

« Pensez-vous que l'audition de *Lohengrin* de Wagner, par des Français, aura pour les Allemands une autre conséquence que si nous avions entendu les *Huguenots* de Meyerbeer ?

« Alors, tas d'idiots, pourquoi sifflez-vous *Lohengrin* à Paris, pendant que l'on applaudit les *Huguenots* à Rouen ? »

Pour être écrites dans un style vif et quelque peu familier, ces appréciations n'en sont pas moins excellentes. Elles montrent, ce qui n'était peut-être pas inutile, après tout le bruit fait autour d'une chose pourtant bien simple, la représentation d'un opéra, que le bon sens est toujours une qualité éminemment française, et que, tôt ou tard, il triomphe des exagérations et des passions du moment.

Elles montrent également combien factices sont les manifestations que certains journaux s'amusent à grossir outre mesure, sans seulement s'apercevoir qu'ils font ainsi le jeu des ennemis de la France.

C'était assez de la pression ridicule exercée sur les artistes pour les empêcher d'exposer à Berlin ; il était temps que la raison prît sa revanche.

Mais pour du bruit, la musique de Wagner peut se vanter d'en avoir fait, en France... plus que partout ailleurs.

LES CARICATURES ÉTRANGÈRES A PROPOS DU LOHENGRIN A PARIS (1891)

Cette fois les caricatures étrangères furent diverses et nombreuses ; ici purement politiques, là considérant simplement la chose comme actualité théâtrale.

Et alors on vit s'étaler aux premières pages des journaux de Vienne, tantôt un nouveau Lohengrin à la mode moscovite, tantôt le véritable héros du jour, le ténor Van Dyck.

Au point de vue politique c'est toujours la même préoccupation : la Russie. Tout est franco-russe ; donc inaugurons un *Lohengrin franco-russe*, botté, coiffé du bonnet cosaque, knout en main et wutky en bandoulière. Caricatures amusantes à observer si l'on veut suivre les transformations que peut subir l'esprit d'une œuvre conçue dans un domaine purement idéal, en dehors de toute influence extérieure, suivant qu'elle se trouve aux prises avec les passions du moment.

En 1887, après l'affaire Schnæbelé, c'était Lohengrin-Borusse ; en 1891, après Cronstadt, c'est Lohengrin-Moscovite.

Du reste, imagerie parlante, qui, après le Lohengrin musical enfin joué à l'Opéra, montre le Lohengrin politique (auquel ne pensait point Wagner), russifié sur les bords du Danube, pour les besoins de la cause.

— Ia, wenn der « Lohengrin » solch ein costume hätte!

— Oui, si Lohengrin portait seulement ce costume.

(*Figaro* de Vienne, 19 septembre 1891.)

Car c'est à Vienne surtout que ces compositions prirent naissance, tant les craintes de l'alliance franco-russe absorbaient les esprits. Excellente occasion dont les satiriques autrichiens s'emparèrent sans plus attendre, et qu'ils surent traduire avec leur esprit habituel.

Les illustrés allemands, sobres de dessins en certaines matières, n'ont presque rien publié à ce propos. Un critique d'art de Berlin s'est même étonné de ce silence graphique ; comme moi, il croit y voir la marque évidente d'une certaine indifférence pour tout ce qui touche au grand compositeur. Et cependant Wagner, s'il vivait, goûterait, aujourd'hui, la plus pure, la plus grande de toutes les joies, celle de l'artiste parvenu enfin à se faire applaudir et apprécier de ceux qui, autrefois, ne voulaient même pas chercher à le comprendre.

Quant aux chiens aboyant après la lune, c'est chose naturelle

LOHENGRIN IN PARIS — LOHENGRIN A PARIS

Nachtbild am Arc de Triomphe : die französischen chauvinisten bellen den aufgehenden Mond an.

Paysage nocturne à l'Arc de Triomphe : les chauvins français aboyant à la lune qui se lève. [Sur le collier des chiens on lit les noms des députés boulangistes.]

(*Lustige Blätter* de Berlin, 8 octobre 1891.)

en tous pays et les *Lustige Blätter* ont pu constater que la voix des chiens Laur, Déroulède et autres n'avait pas, cette fois, rencontré grand écho.

Dernière observation. Dans toutes les caricatures ici reproduites, Lohengrin est coiffé d'un casque surmonté du cygne; or c'est là une erreur historique, popularisée par l'imagerie, au sujet de laquelle M. Maurice Kufferath donne les intéressants renseignements qui suivent :

« C'est à M. Van Dyck que l'on doit la restitution exacte du costume de Lohengrin, selon les intentions de Wagner. Jusqu'alors on nous le montrait coiffé d'un casque surmonté du cygne emblématique. Cette coiffure est une invention du ténor Niemann, qui fut d'ailleurs un incomparable Lohengrin; mais elle est historiquement et poétiquement inacceptable. Lohengrin, en effet, n'est pas un chevalier *du Cygne*, il est chevalier *du Graal*, et le seul emblème qu'il doive porter, c'est une colombe sur son manteau. Au xe siècle, d'ailleurs, le casque des chevaliers était extrêmement simple et sans aucun ornement. Les ailes de cygne ou le cygne même n'apparaissent que beaucoup plus tard, dans les armes des maisons princières qui prétendaient descendre du chevalier Hélie et de Lohengrin, ou dont un membre avait fait partie de l'ordre des chevaliers du Cygne de Brandebourg, fondé en 1440 par le prince-électeur Frédéric II. »

J'ajoute que l'ordre héréditaire du Cygne, dit ordre souverain de Clèves, aurait été fondé en 1290 par l'empereur Rodolphe de Habsbourg, à l'occasion du mariage de sa fille avec Thierri IX, devenu comte de Clèves.

Les colliers de cet ordre avaient au bout un cygne d'argent colleté d'une couronne d'or.

Quant à l'ordre du Cygne de Brandebourg, il subsista jusqu'à la fin du siècle dernier.

LOHENGRIN A PARIS

Van Dyck. — Siehst Du, närrisches Elsschen, welche Scandale entstehen, wenn man sich d'rume kümmert, « von wannen » (1) der Lohengrin eigentlich her ist?

Van Dyck. — Vois-tu, folle Elsa, quels scandales peuvent arriver, si l'on s'inquiète d'où *Lohengrin* est venu (2)?

(*Der Floh*, 20 septembre 1891.

(1) Forme archaïque, encore usitée en poésie.
(2) Allusion au thème sur lequel repose le sujet même du drame (voir page 231).

ZUR LOHENGRIN-AUSFUHRUNG IN PARIS

AU SUJET DE LA REPRÉSENTATION DE LOHENGRIN A PARIS

La France. — Hörst du die mächtigen Stimmen da unten?

Van Dyck. — A pah? Die plagen sich alle umsonst: für meine Stimme muss aber tüchtig Honorar bezahlt werden!

La France. — Entends-tu, dans le bas, ces voix mugissantes?

Van Dyck. — Qu'est-ce cela? C'est pour rien qu'ils s'égosillent ainsi; tandis que pour ma voix il faut qu'on paye et de gros appointements encore!

(*Humoristiche Blätter*, 20 septembre 1891.)

Richard Wagner, par GRAND-CARTERET.

LOHENGRIN IN PARIS — LOHENGRIN A PARIS

Madame Revanche hat sich umsonst angestrengt!
Madame Revanche s'est mise en frais pour rien.

(*Figaro* de Vienne, 26 septembre 1891.

[Voir au verso l'explication de cette figure.]

LOHENGRIN ET L'ART A VIENNE

Cette composition du dessinateur Juch, à la fois professeur à l'École des Beaux-Arts de Vienne et caricaturiste d'une très grande allure, est conçue dans un esprit essentiellement intellectuel. Ce qui triomphe en ce dessin c'est bien l'art, toujours éternel, toujours vivace, supérieur à toutes les rancunes, à toutes les haines; mais pourquoi son « Lohengrin » est-il si germain?

Ce qui doit débarrasser à jamais la « Madame Revanche » des marmitons et des manifestants de carrefours, ce n'est pas le chevalier Teuton, c'est la compréhension par tous des œuvres dues au génie humain, que l'auteur s'appelle Wagner ou Victor Hugo!

Très curieuse, du reste, cette persistante personnification de l'Allemagne en « Lohengrin », en chevalier bardé de fer. Artistes et poètes, qu'ils soient du Nord ou du Sud, veulent toujours voir dans la moderne Germanie l'esprit héroïque des anciens temps. A les feuilleter et à les lire, elle seule aurait conservé le souvenir des vieilles légendes et des romantiques récits.

Mais peu importe! Contre les rats, — personnification du ruisseau, — et contre les ânes qui, ici, trônent peut-être un peu trop majestueusement devant l'Opéra, tous les gens de sens seront d'accord.

Et, à tout prendre, le crayon de Juch et des dessinateurs du *Figaro* a toujours été trop favorable, trop sympathique à la France pour qu'on se formalise outre mesure des petites allusions du dessin.

TRIUMPH DER KUNST — TRIOMPHE DE L'ART

Lohengrin in Paris, trotz alledem und alledem!

Lohengrin à Paris malgré tout et quand même.

[C'est-à-dire malgré les imprécations des organes et des personnages intransigeants à Paris; malgré les foudres du discours d'Erfurt, en Allemagne.]

(*Nebelspalter* de Zurich, 26 septembre 1891.)

(Voir au verso l'explication de cette figure.)

TRIOMPHE DE L'ART

On n'a certainement pas oublié l'incident auquel fait allusion la caricature du journal suisse. Considéré par les uns comme une menace pour la paix publique, comme une insulte voulue, cherchée, à l'égard de la France, regardé par les autres comme une simple rodomontade, comme une allocution ayant, dans un moment d'emballement, dépassé la mesure, le discours d'Erfurt faillit, un instant, compromettre la représentation de *Lohengrin*. C'était, en effet, entre les mains des opposants, une arme malheureuse, dès l'instant qu'on s'entêtait à faire intervenir le patriotisme là où il n'a évidemment rien à voir.

Le journal suisse a donc eu raison de célébrer ainsi graphiquement le triomphe de l'art, — et contre les menaces, contre les foudres d'outre-Rhin, — et contre les criailleries de gens et de journaux en compagnie desquels on pourra être surpris de rencontrer *Le Rappel*, c'est-à-dire le seul organe de la presse parisienne qui se soit toujours levé pour la défense des grandes causes intellectuelles.

Le Rappel aurait-il, malgré Mme Judith Gautier, hérité des antipathies de Victor Hugo pour la musique?

X

QUELQUES FIGURES

DE

L'ENTOURAGE DE WAGNER

Les pensées intimes de Berlioz sur Wagner. — Madame Cosima Wagner : pochades d'artistes sur la trilogie wagnérienne ; le Ménélas moderne. — Liszt. — Le roi de Bavière. — Hans Richter, chef d'orchestre de l'Opéra de Vienne. — Le ténor Van Dyck.

I

Wagner et Berlioz

Beaucoup de personnes ignorent la nature des rapports qui existèrent entre Berlioz et Wagner, ces deux novateurs qui, sans cesse, en Allemagne et en France, virent leurs noms accolés l'un à l'autre ; voici donc quelques détails à ce sujet.

C'est à Paris d'abord, de 1840 à 1842, puis à Dresde en 1843, lors de son voyage en Allemagne — Wagner venait d'être nommé maître de chapelle du roi de Saxe, après le succès de *Rienzi* — et, en dernier lieu, à Londres, pendant la saison 1855, où tous deux dirigeaient des concerts, que Berlioz eut l'occasion de nouer des relations avec le compositeur allemand.

Lorsque Wagner revint à Paris, en 1859, Berlioz fut

un des habitués de son salon; et comme, lui aussi, il avait également préconisé le retour du drame lyrique à la conception de Glück, on vit toujours quelque peu en lui un disciple de l'auteur du *Tannhäuser*.

Mais loin de prendre fait et cause pour le musicien novateur, Berlioz le malmena assez vivement dans ses articles et dans sa correspondance, protestant bien haut contre la façon dont on l'enrôlait parmi les apôtres de la *musique de l'avenir* (1). C'est que Berlioz auteur des *Troyens*, qui, alors cherchaient à se faire ouvrir les portes de l'Académie Impériale de Musique, ne pouvait se montrer impartial à l'égard de celui qui, bientôt, allait devenir son plus redoutable concurrent.

On peut même juger, par ces quelques passages empruntés à sa correspondance, du degré de mauvaise humeur et d'animosité auquel il se laissa aller, lorsque le *Tannhäuser*, grâce à de hautes protections, passa à l'Opéra :

14 février 1861 : « L'opinion publique s'indigne de plus en plus de me voir laissé en dehors de l'Opéra, quand la protection de l'ambassadrice d'Autriche y a fait entrer si aisément Wagner. »

21 février 1861 : « Wagner fait tourner en chèvres les chanteuses, les chanteurs, et l'orchestre, et le chœur de l'Opéra. On ne peut pas sortir de cette musique de *Tannhäuser*. Liszt va arriver pour soutenir l'école du charivari. »

(1) Berlioz se défendait d'être un des préconisateurs de la musique de l'avenir, mais il est assez piquant d'observer que, lorsqu'il entreprit son voyage musical en Allemagne, les journaux spéciaux de Leipzig, de Berlin, de Vienne, furent tous d'accord pour écrire ceci ou à peu près : « Que M. Berlioz se procure un orchestre à lui et, alors, il pourra diriger comme bon lui semblera et conduire sa « nouvelle musique » ou « musique de l'avenir » comme il lui plaira de l'appeler. »

« Si c'est ainsi qu'on entre à l'Opéra, cela me console d'être resté sur les marches !..... »

Composition originale de G. Tiret-Bognet.

5 mars 1861 : « On est très ému dans notre monde musical du scandale que va produire la représentation de *Tannhäuser* ; je ne vois que des gens furieux, le ministre est sorti, l'autre jour, de la répétition dans un état de colère !.. Wagner est évidemment fou. »

14 mars 1861 : « Ah! Dieu du ciel, quelle représentation! Quels éclats de rire ! Le Parisien s'est montré hier sous un jour tout nouveau ; il a ri du mauvais style musical, il a ri des polissonneries d'une orchestration bouffonne, il a ri des naïvetés d'un hautbois ; enfin il comprend donc qu'il y a un style en musique... Quant aux horreurs, on les a sifflées splendidement. »

Et dire que, par animosité personnelle, un révolutionnaire, un briseur des « anciens moules » en arrivait à écrire pareilles prud'hommeries. Berlioz, comme un vulgaire Brid'oison invoquant la « fo-orme » et traitant Wagner de fou, parce qu'il a « provoqué la colère de S. Exc. M. le Ministre », quels amusants sujets pour l'image ! Mais Wagner était un audacieux là où Berlioz restait un timide, n'ayant dans sa manche ni abbés, ni ambassadrices.

Et c'est pourquoi, à l'heure actuelle, l'auteur de la *Symphonie fantastique* attend encore sur les marches de l'Opéra l'ouverture des portes, alors que, protégé par la force armée, son concurrent de jadis prend possession définitive de l'Académie de Musique.

En présence d'un tel déni de justice, ce que Berlioz écrivait le 14 février 1861 deviendra peut-être une réalité. Et avant peu, on pourra lire dans les journaux :

« L'opinion publique s'indigne de voir Berlioz se morfondre sur la place de l'Opéra, quand la protection de M. Lozé permet au chevalier Lohengrin de faire caracoler son cygne dans l'intérieur du bâtiment-Garnier. »

On a écrit jadis : « Wagner, c'est Berlioz moins la mélodie. »

Faudra-t-il dire quelque jour : « Berlioz, c'est Wagner, moins la veine ! »

—

Voir pour ce qui a trait aux rapports de Wagner avec Berlioz :

— *Hector Berlioz*, par Adolphe Jullien (chap. VI : « Berlioz et Richard Wagner »).

— *A travers chants. Études musicales, boutades et critiques*, par Berlioz (1862) [p. : 303, des concerts de R. Wagner].

— *Correspondance inédite de Berlioz* (1819-1868) publiée en 1879.

II

Madame Cosima Wagner

On sait que Wagner a été marié deux fois, d'abord en 1836 alors qu'il était directeur de musique à Kœnigsberg, avec la belle tragédienne Wilhelmine Planer dont il s'était épris à Magdebourg, « une vaillante créature » d'après Gasperini, « une bonne femme » suivant Glasenapp (1), puis, en 1870, avec Mme Hans de Bülow.

Fille de l'abbé Liszt, Mme Cosima de Bülow avait pour le compositeur du *Tannhäuser* l'enthousiasme profond de son père, enthousiasme qu'elle fit partager à son mari et dont elle sut également pénétrer le roi Louis II. Après avoir converti à la musique du novateur jusqu'aux

(1) Minna Planer, née en 1822 en Saxe, mariée toute jeune à Wagner, le 24 novembre 1836, morte à Dresde le 30 janvier 1866. Elle avait onze sœurs dont l'une, Natalie Planer, resta trois ans à Paris avec le couple Wagner. Depuis 1863 environ, elle vivait séparée de son mari. Des bruits scandaleux ayant couru sur son compte, pour répondre à ces accusations, elle publia, le 9 janvier 1866, un avis dans les *Neueste Nachrichten* de Munich.

FRAU COSIMA'S WALKURENRITT

Madame Cosima Wagner chevauchant « Wahnfried » (le cheval porte le nom de la maison du compositeur à Bayreuth) : elle tient en laisse l'acteur Van Dyck et, en guise de drapeau, flotte au haut de sa lance une aumônière.

Caricature publiée à propos de la représentation de la *Walkyrie*.

(*Der Floh*, 16 mars 1890.)

têtes couronnées, il faut croire que Cosima Liszt se laissa à son tour convertir par le prophète de la nouvelle religion musicale, puisqu'elle devint officiellement, en 1870, Mme Richard Wagner (1).

A Munich le ménage de Bülow et Wagner ne formaient qu'une seule et même famille et, déjà, dans les ateliers de la très artistique et souvent peu respectueuse cité de l'Isar, couraient sur les malheurs de Hans des pochades cruellement satiriques (2). On montrait les clefs du *Tannhäuser* portées en bon endroit par de Bülow, ou bien encore on épiloguait sur l'emploi fait par Wagner des cornes de l'antiquité.

De 1864 à 1869, l'humour des satiriques se donna ainsi libre cours ; du reste mordante, sans être jamais injurieuse, sans dépasser les bornes de la bienséance ou tout au moins du fait acquis ; des dessins crayonnés à la hâte, tout aussitôt photographiés, passèrent de main en main. On sait que Munich est un véritable Eldorado pour la pochade d'atelier. Ici c'était *La Trilogie suivant Richard Wagner*, là *l'Avenir de la famille*, ou bien encore *Richard Pâris et le moderne Ménélas*.

(1) C'est par un jugement de la « Chambre des mariages », rendu en novembre ou décembre 1869, que Hans de Bülow, ex-maître de chapelle du roi, fut légitimement séparé de sa femme.

Le 25 août 1870, celle-ci épousait Wagner. Voici la reproduction de la communication officielle annonçant la célébration du mariage à Lucerne.

« Wir beehren uns, hiermit unsere am 25 August, d. J. in der protestantischen Kirche zu Luzern vollzogene Trauung anzuzeigen.

« Richard Wagner. Cosima Wagner geboren Liszt. »

Les témoins des mariés étaient Hans Richter et Mme Malwida von Meysenburg, femme de lettres, qui fit partie de la trilogie Liszt-Wagner-Bülow.

(2) En 1864, lorsque Wagner séjournait sur les bords du lac de Starnberg, Mme de Bülow, accompagnée de ses enfants, allait rejoindre le compositeur dans sa villa.

La renommée, comme toujours, mêlait le nom de Kaulbach à ces amusants croquis.

Le moderne Ménélas en format carte de visite eut, entre tous, un succès qui s'étendit bien au delà des sim-

Richard Paris und das neue Melanus.
Richard Pàris et le nouveau Ménélas.
(D'après une composition au lavis datant de 1868.)

ples cercles d'artistes. Pàris-Wagner, Helena-Cosima, tous deux tendrement enlacés, Ménélas-Bülow (1), avec

(1) Le baron Hans de Bülow, docteur en philosophie, pianiste de la Cour royale de Prusse, exécutant du roi Louis II — c'est ainsi qu'il s'intitulait en 1865 — fut de ceux qui, aux côtés de Liszt, combattirent pour Wagner et la musique de l'avenir.

Il prit même part à l'instrumentation de *Tristan et Iseult* — toute la partie finale serait de lui — et publia en 1860 une brochure sur le *Faust* de Wagner. C'est lui, également, qui dirigea les merveilleuses représentations de *Lohengrin* et de *Tannhäuser* à Munich (juin et septembre 1869), et, en 1880, on le trouve donnant encore des concerts pour grossir le *fonds* de Bayreuth.

Voilà certes un homme sans rancune.

Ajoutons qu'il s'est fiancé, en avril 1882, à une actrice du théâtre de Meiningen, Mlle Schauzer.

couronne et manteau d'hermine, tenant à la main un sac de voyage, circulèrent dans tous les cercles où le wagnérisme n'était pas encore ancré à l'état de religion. Bref, ce mariage en musique donna lieu à plus d'un charivari.

Officiellement, Mme Wagner figure assez rarement sur les caricatures consacrées à son époux ; mais, depuis la mort de ce dernier, elle a été quelquefois l'objet des images d'actualité que les représentations bayreuthiennes suggèrent chaque année aux journaux viennois.

Il ne m'appartient pas de porter aucune appréciation sur elle et je voudrais bien qu'on ne vît pas autre chose dans les caricatures ici reproduites que ce qu'il faut y voir réellement : c'est-à-dire des documents, des images satiriques.

Femme de grand mérite, du reste digne fille de Liszt, elle ne fut point la compagne obscure de l'homme de génie, celle si souvent entrevue durant le cours des âges aux côtés des grandes personnalités.

Elle fut, elle est une « intellectuelle » : admirablement douée, elle a été pour Wagner le précieux auxiliaire, le guide toujours sûr que chacun voudrait bien pouvoir rencontrer en son existence. Femme du monde, femme de grand sens, très enveloppante et très cosmopolite, connaissant admirablement le français, ayant avec cela un goût qu'on ne rencontre pas aisément chez l'Allemande, Mme Wagner vécut en parfaite intelligence avec Wagner, sans pourtant faire abstraction de ses idées personnelles.

Tous deux donnèrent l'exemple d'un ménage étroitement uni, d'une alliance intellectuelle présentant

DAS WEIHE-BÜHNENFESTSPIEL IN BAYREUTH

La représentation consacrée, à Bayreuth.

Frau Cosima (ganz Geschäftsfrau). — Nur herein, meine Herrschaften, noch nie da gewesene Kunst! Nur herein, Kinder unter 10 Jahren und Soldaten vom Feldwebel abwärts zahlen die Hälfte.

(*Der Floh*, de Vienne, 26 juillet 1891.)

Madame Cosima (Wagner) [tout à fait femme d'affaires]. — Entrez seulement, honorable public. Spectacle artistique comme on n'en a pas encore vu! Entrez, entrez! Enfants au-dessous de dix ans et soldats au-dessous de sergent-major ne payent que demi-place.

* Le « spectacle artistique non encore vu », ce sont les ballets pour lesquels furent faits, en 1891 de grands frais. Les personnages figurés sur la toile sont les principaux rôles.

toutes les apparences d'une bourgeoise et paisible union.

J'ai dû parler d'abord des flèches empoisonnées que la satire crayonnée leur décocha; je finirai par un tableau idyllique.

Comme les jeunes fiancés d'outre-Rhin, comme ceux auxquels je faisais allusion dans les premières pages de ce volume, ils vinrent se placer côte à côte devant l'objectif du photographe, et c'est ainsi qu'on peut les rencontrer en certaines maisons amies, se tenant par la main ou par la taille, tendrement penchés l'un sur l'autre.

Cosima, komm'zu mir und bleib' bei mir!
Cosima, viens vers moi et reste avec moi.
(*Figaro*, 8 août 1891.)

Consolante image de paix et d'union bien faite pour fermer les blessures du passé.

Un dernier point. Les caricaturistes ne voient plus en Mme Wagner que la directrice du théâtre de Bayreuth et les feuilles anti-wagnéristes se contentent de mentionner le chiffre des entrées aux représentations annuelles.

Que l'affaire soit plus ou moins bonne — j'ai dit qu'elle était bonne — que la veuve du compositeur empoche de plus ou moins gros bénéfices, cela importe peu après tout. Toutefois, on ne lira pas sans intérêt, à ce propos, ce que le *Guide musical* de Bruxelles a publié dans un de ses récents numéros (novembre 1891).

A propos de Bayreuth, des journaux français et allemands ont reproduit un bruit d'après lequel Mme Cosima Wagner aurait touché des droits d'auteur considérables sur les représentations de cette année, qui auraient laissé un gros bénéfice. Cette information est de tout point inexacte : 1° parce qu'il n'y a pas eu, cette année, un bénéfice énorme, comme on l'a dit. Les recettes ont été considérables, mais elles ont été entièrement affectées à payer la mise en scène de *Tannhäuser* ; 2° Mme Wagner n'a jusqu'ici prélevé aucun tantième sur les recettes du théâtre de Bayreuth, ce théâtre étant considéré par elle non comme une entreprise industrielle, mais comme une œuvre exclusivement artistique. Quand une année laisse un bénéfice, ce bénéfice est mis en réserve, afin d'assurer l'exploitation l'année suivante et de couvrir les frais d'amélioration et de renouvellement du matériel, ainsi que l'entretien du théâtre.

D'où il faudrait conclure que Mme Wagner n'est point la *Geschäftsfrau* que se plaisent, sans cesse, à nous représenter les satiriques viennois.

A titre de pur renseignement, j'ajoute que les représentations de Bayreuth ont généralement lieu en juillet et en août. — Pour 1892, du 21 juillet au 21 août, avec quatre ouvrages : *Parsifal*, *Tristan*, *Tannhäuser*, les *Maîtres Chanteurs*.

III

Liszt

Liszt, haute intelligence, artiste d'une rare noblesse de sentiments, fut, on le sait, pour Wagner un ami dévoué, on pourrait presque dire un père. Non seulement c'est par ses soins que *Tannhäuser* et *Lohengrin* furent joués, mais encore c'est lui qui, en 1849, recueillit sous son toit hospitalier, Wagner alors poursuivi comme dangereux ennemi de l'ordre, à la suite de certain discours prononcé à Dresde.

Peu après, lorsque l'allure toute nouvelle des opéras de son protégé divisa en quelque sorte les musiciens allemands en deux camps, Listz, dit M. Maurice Kufferath, se plaça à la tête des partisans du novateur avec toute l'autorité que donnaient à sa plume sa renommée de virtuose, son incomparable puissance de séduction et la rare universalité de son esprit. Il réunit en brochure, en les développant, les articles qu'il avait précédemment écrits sur *Tannhäuser* et *Lohengrin*. et les publia simultanément en français et en allemand.

« Il fit mieux encore, poursuit le biographe que je me fais un plaisir de citer. L'œuvre ainsi attaquée, il la reproduisit malgré cabales et quolibets ; il la remit en scène, il la maintint au répertoire, il la répandit autant qu'il fut en son pouvoir. Toutes les ressources de sa diplomatie, toutes les séductions de son rare esprit et de sa personne, il les mit au service du compositeur indignement attaqué, et le triomphe de ses efforts fut d'intéresser les cours et les princes à l'œuvre de cet artiste que la police et ses adversaires cherchaient à faire passer pour un échappé des barricades, pour un révolutionnaire dangereux digne de la prison et du bagne. Dans cette entreprise, il eut, il faut le dire, une puissante alliée, la grande-duchesse Maria-Paulowna de Saxe-Weimar, mère du grand-duc actuellement régnant. C'est à cette princesse que Liszt avait dû sa place de maître de chapelle à Weimar, et c'est grâce à son concours efficace, qu'il

LISZT ET WAGNER

DER ALLERNEUESTE MESSIAS DER JUDEN.

Le nouveau Messie des Juifs.

Liszt est entouré de ses deux gendres, Hans de Bülow et Richard Wagner : c'est sur un piano Bösendorfer que s'exercent ses longs doigts d'abbé.

(*Der Floh*, 27 novembre 1881.)

* Reproduction d'une des nombreuses caricatures, alors publiées à Vienne, sur Liszt et Wagner, à propos de la nouvelle édition des œuvres de Liszt dans laquelle se trouvent quelques attaques contre les Juifs. Voir à ce sujet : *Les Bohémiens et leur musique*.

réussit d'abord à monter *Lohengrin*, ensuite à le faire jouer de nouveau, lorsque les membres du Parlement d'Erfurt furent invités à la cour grand-ducale; enfin, plus tard, lorsque le tzar Alexandre II y vint faire un séjour. »

Depuis 1845 Liszt peut être considéré comme le grand metteur en scène, comme le véritable patron, en quelque sorte, de la « musique de l'avenir ». C'est à lui qu'on doit le culte de la trilogie Schumann-Berlioz-Wagner, trilogie dont il fit à son usage un quatuor.

Liszt consolant Wagner après ses échecs de Paris.
(Croquis original de J. Blass.)

Musicalement, littérairement, graphiquement, on ne saurait voir Wagner sans Liszt.

En effet supprimez Liszt, Bayreuth n'existe pas, Wagner reste plus ou moins inconnu et, conséquemment, l'œuvre elle-même n'arrive pas à pleine maturité.

Il ne faut donc point s'étonner si Liszt tient une grande place dans l'iconographie wagnérienne. Du reste, il fut, lui-même, une intéressante figure, souvent retenue par l'image, popularisée sous toutes les formes, ne serait-ce que par les charges universellement connues de Dantan, le Liszt à la chevelure et au piano, avec ou sans sabre. Sabré d'abbé qui fut pour Wagner le talisman de la Grande-Duchesse, qui lui permit de trancher les difficultés et, souvent même, de tailler l'ennemi en pièces.

LOUIS II DE BAVIÈRE

KŒNIG LOHENGRIN. — LE ROI LOHENGRIN.

(*Der Floh*, 30 août 1885.)

IV

Louis II, roi de Bavière

Ce n'est point le roi barbu qui s'avance, mais bien le moderne chevalier Lohengrin avec sa harpe et ses cygnes d'or. Sur les eaux du plus romantique des lacs son équipage aquatique trace de profonds sillages et les filles du Rhin pour lui ajoutent de nouveaux couplets à leurs chants bayreuthiens.

« *Première Fée.* — Une voix connue me parvient à l'oreille, chose incroyable en ce siècle qui a perdu tout romantisme.

« *Les Fées.* — Flots, apaisez-vous; heureux pays, réjouis-toi. Bienheureux ressuscite le prince charmant de la tradition, envoyé du Saint-Graal.

« *Richard Wagner.* — Je reste muet de saisissement et de surprise! Par grâce, mon bienfaiteur, dites, sous quelle forme apparaissez-vous ici ? Il me semble que vous aimez et que vous vivez, que vous régnez et que vous mourez dans un rêve de félicité, au milieu de mon monde d'opéra. Avec un doux son magique cela évoque l'éternelle mélodie de l'avenir. »

Ce fut une figure vraiment sympathique que ce souverain mélomane (1), ce « fiancé de la musique », qui rêvait une Allemagne poétique là où d'autres réalisèrent une Allemagne militaire et pratique, le souverain aux lacs profonds, aux châteaux mystérieux, en un mot, le souverain pour lequel Wagner semble avoir été créé tout exprès.

Représenté presque toujours sous des traits sympathiques, il

(1) Louis II, qui fut plus ou moins misanthrope, qui, les dernières années, ne voulait plus avoir de rapports directs avec les humains, qui ne parlait plus à ses ministres qu'en leur tournant le dos, fit souvent exécuter « pour lui seul » des opéras ou des parties d'opéras de son compositeur préféré. Les archives du théâtre de Munich renferment, entre autres, l'annonce d'une « représentation spéciale de *Lohengrin,* donnée le 21 avril 1882, devant S. M. Louis II *(aus besonderen Wünsch des Monarchen)* » avec l'annotation suivante : « Sur invitation de S. M., Richard Wagner et sa femme ont assisté à cette représentation. »

tient lui aussi une grande place dans l'iconographie wagnérienne.

Cependant jadis, à Munich, alors que artistes et poètes voyaient d'un mauvais œil grandir l'amitié du compositeur et du Roi, des pochades d'atelier dans l'esprit de celles qui ridiculisèrent la trilogie wagnéro-bulowienne coururent sur le souverain et sur le musicien.

En 1876 c'est le roi Louis II qui, le premier, et du plus profond du cœur, saluait par télégraphe le succès de la grande fête quelquefois appelée le « couronnement de Bayreuth » pour faire suite au « couronnement de Versailles ».

Wagner avait coutume de dire : « Des rois comme lui il ne s'en fabrique plus. »

Il avait raison, car jamais monarque ne fut pareillement imbu et de sentiments esthétiques et de l'esprit personnel d'un artiste. Louis XIV et autres « protecteurs » tant « chantés » daignèrent honorer de leurs générosités quelques gens de lettres ou artistes ; ils n'élevèrent point leur « divine autorité » jusqu'à eux, ils ne virent en eux ni des confidents ni, encore moins, des intimes.

Or, Wagner et Louis II furent liés de la plus étroite des amitiés, celle de la confraternité intellectuelle. Celui-ci devenu roi, Wagner fut maître. En buste, en statue, en médaille, en cachet, le prince voulut avoir le compositeur sous toutes les formes; à reproduire ses traits ou les figures des héros de ses drames les artistes de la Cour ne suffisaient point ; douce manie, moins dangereuse pour l'humanité que la folie militaire. Si Louis II n'avait pas eu des ministres et des Chambres, Munich posséderait aujourd'hui le fameux théâtre modèle pour lequel l'architecte Semper avait dressé un devis de 5 millions.

En tout cas, personne ne fit pareille consommation de musique. Après les sérénades espagnoles les sérénades bavaroises, toutes deux solitaires et mystérieuses, mais les unes bornées à deux personnages alors que, pour les autres, des musiques de régiment venaient souffler dans leurs trombones du Wagner inédit.

V

Hans Richter

Hans Richter, le distingué chef d'orchestre, a bien quelque droit aux quatre bras que lui donne ici l'amusante caricature de Zasche (1), et ces bras il les a gagnés au service du wagnérisme. Chef d'orchestre à l'Opéra de Munich, il se retira pour ne point participer à une représentation qu'il considérait comme insuffisante. A Bruxelles, à Bayreuth, à Londres, il prit le bâton pour la cause du Maître : il est le Lamoureux allemand comme Lamoureux est le Hans Richter français.

Portrait-charge par Th. Zasche). Wiener Luft, 1891.)

Hans Richter encore très vert aujourd'hui, malgré ses cinquante-cinq ans, dirige depuis 1875 l'orchestre de l'Opéra de Vienne.

Avec Wagner il a publié un ouvrage fort estimé au point de vue de la science du métier : *L'art de diriger l'orchestre.*

Du reste, il tient en main avec un égal savoir le bâton, la plume et le crayon ; merveilleux exécutant, savant musicologue, n'ayant pas son égal pour les restitutions et les interprétations.

(1) Caricaturiste viennois qui s'est fait une spécialité des portraits-charge.

VI.

Van Dyck

M. Ernest van Dyck est né à Anvers et âgé de trente ans. Avant d'être chanteur, avant de se créer un nom dans l'interprétation des œuvres de Wagner, il avait essayé du journalisme, et, chose assez curieuse, il défendit par la plume les œuvres du grand compositeur, déplorant qu'elles fussent mises à l'index en France. Voici justement la conclusion d'un article qu'il publiait en 1883, dans une revue éphémère, *Le Correspondant belge*.

Portrait-charge par Th. Zasche.

(*Wiener Luft*, 1891.)

« Le seul vœu que nous puissions faire est celui de voir bientôt la musique du plus grand compositeur moderne appréciée partout à sa valeur; que nos théâtres ouvrent enfin leurs portes toutes grandes à ces drames lyriques, à ces légendes héroïques, et si profondément humaines pourtant, à ces opéras merveilleux de puissance et de force ».

Ainsi donc M. van Dyck a pu voir, lui aidant, la réalisation de son vœu.

Tel on nous l'envoyait de Vienne sur son cygne au collier d'or; tel il est revenu dans la grande cité du Danube, véritable capitale du wagnérisme militant et mondain, aussi musicale que Bayreuth, mais moins sévère, moins « Église ».

Toujours à cheval sur le classique volatile, c'est lui qui, de ville en ville, à Bruxelles, à Genève, à Paris, va porter et chanter « l'Évangile wagnérien » tandis que Lamoureux élève l'interprétation orchestrale à la hauteur du faîte de l'Opéra.

Wagner est Dieu
et Lamoureux est son prophète.
(*Triboulet*, 27 septembre 1891.)

XI

NOTES

SUR LE THÉATRE DE BAYREUTH

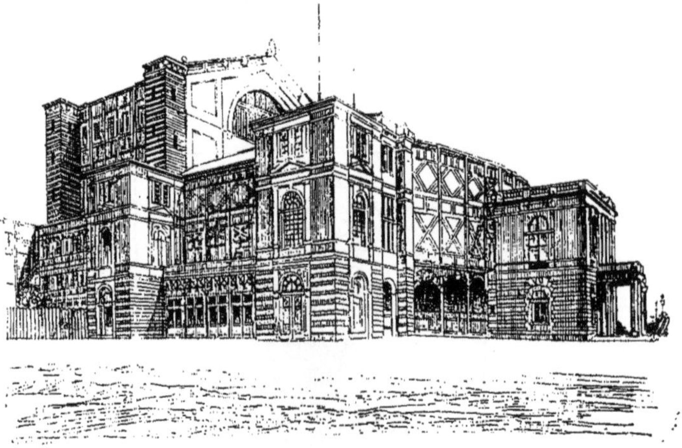

Vue extérieure du Théâtre Wagner, à Bayreuth.

D'après les données de Wagner lui-même, quelque peu modifiées par l'architecte Semper, construit par l'architecte Brückwald, de Leipzig. Commencé le 22 mai 1872, le théâtre a été inauguré le 13 août 1876.

(Voir pour le monument, dans son ensemble, la gravure de la page 295.)

Voici sur ce théâtre, dont tout le monde parle et que fort peu connaissent, quelques renseignements historiques empruntés à une étude de M. Karl Heckel, fils de Émile Heckel, un des créateurs du mouvement et des sociétés wagnériennes en Allemagne (1).

---

(1) Cette étude a été publiée dans le très remarquable ouvrage de M. Joseph Kürschner : *Richard Wagner Jahrbuch.*

Wagner caressait depuis de longues années l'idée de la construction d'un théâtre répondant à ses idées esthétiques et sur lequel il pût faire exécuter son « Anneau des Niebelungen » (1). Pour y arriver, il lui fallait ou les souscriptions d'un public de choix, ou la protection éclairée d'un prince. On sait comment il obtint l'appui du roi de Bavière et comment, à la suite des événements de 1870, ce qui avait été irréalisable en 1866, devint possible en 1872.

En avril 1871, il adressait une première circulaire à ses amis et partisans : par les soins de Heckel, à Mannheim, et de Tausig à Berlin (2), un comité de patronage fut bientôt constitué, comité dont devait faire également partie une wagnérienne convaincue, la baronne de Schleinitz. D'après les devis de Wagner, il fallait 300,000 thalers (le thaler vaut, on le sait, 3 fr. 75); et son idée était de diviser la somme en 1,000 parts de souscription de 300 thalers, chaque part donnant droit à trois auditions.

Mais les initiateurs, n'ayant qu'une médiocre confiance dans le résultat des souscriptions individuelles, résolurent de recourir à un autre moyen, et Heckel fonda alors à Mannheim le premier de ces *Wagner-Verein*, qui devaient bientôt couvrir le sol de l'Allemagne et même de l'étranger de sociétés locales. Chacun de ces « groupes », dès qu'il compterait trente-cinq adhérents, se rendrait acquéreur d'une part de souscription. En 1874, vingt-cinq sociétés étaient ainsi constituées : à Mayence, il se formait même une association de femmes wagnériennes (3).

En novembre 1871, Wagner choisissait définitivement Bayreuth pour la construction de son théâtre. Voici, à l'appui de ce choix, les raisons qu'il donnait dans une lettre particulière.

(1) C'est en novembre 1851 qu'il parla pour la première fois de l'*Anneau des Niebelungen*, poème et musique, commencé en 1852 et achevé en 1857. Un instant, grâce à Liszt et à la protection des souverains allemands, il pensa avoir ce théâtre, mais le projet n'aboutit pas. Il s'en occupa de nouveau en 1857 à Zurich, où il s'était lié d'amitié avec Semper.

(2) Mort le 17 juillet 1881, à Leipzig, à peine âgé de 30 ans.

(3) Le nombre des associations wagnériennes existant dans le monde entier atteint, aujourd'hui, le chiffre de 219.

« La ville choisie ne devait pas être une capitale avec un théâtre déjà existant, ni une ville d'eaux, amenant en été un nombreux public absolument impropre à pareil spectacle : autant que possible, il fallait que ce fût au cœur de l'Allemagne, et dans une ville de Bavière, parce qu'il me faut aussi songer pour moi à un séjour durable, et que je puis le trouver en Bavière seulement. »

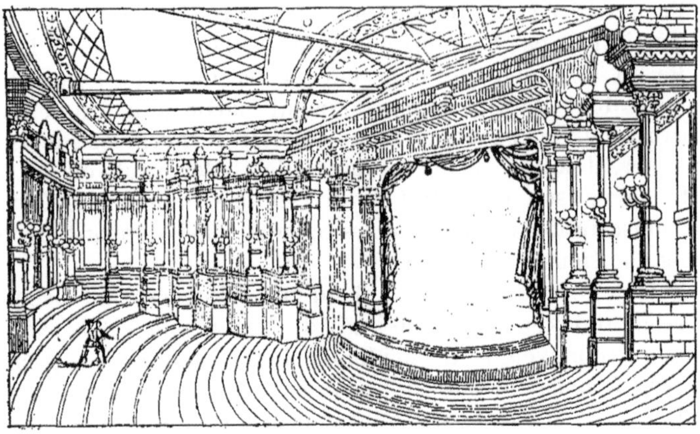

Vue perspective intérieure de la salle du Théâtre de Bayreuth.

Wagner ajoutait encore que Bayreuth avait le grand avantage d'être un terrain vierge pour l'art et d'appartenir au pays dont le roi lui avait accordé de si grandes faveurs. Wagner entreprit tout aussitôt à travers l'Allemagne un véritable voyage d'exploration à la conquête de son théâtre, — organisant en même temps des concerts, cherchant à passionner les masses. A Mannheim, à Vienne, à Hambourg, à Berlin, à Cologne, furent ainsi donnés des festivals de propagande.

Malgré cela l'argent ne venait que difficilement, et sans un crédit libéralement ouvert par Louis II, on n'eût commencé ni la scène ni les décors.

De toutes les associations, celle qui se remua le plus, celle qui obtint le plus sérieux résultat fut le *Wagner-Verein* de Mannheim, qui prit à lui seul cent soixante-dix parts triples à 300 marcks, soit un total de 51,000 marcks.

La salle, comme on peut le voir, est construite en amphithéâtre sans étages, sans les loges, sans les galeries qui existent habituellement. Ce n'est qu'une suite de gradins rappelant les théâtres antiques, avec cette différence que les bancs de pierre des Romains sont remplacés par des banquettes à dossier, simplement cannées, sans appuie-bras. (Ces banquettes ne figurent naturellement point sur le dessin architectural ici reproduit.) Dans cette sorte d'auditorium, il y a trente rangées de sièges et place pour quinze cents personnes.

Les côtés sont occupés par des pilastres en style Renaissance formant coulisse et entre lesquels se trouvent les portes d'entrée et de sortie. Au bout de cet auditorium, presque au même niveau que la dernière rangée, se trouve une succession de loges; c'est ce qu'on appelle la *Fürstengallerie*, soit la galerie des princes. Cette partie du théâtre contient environ deux cents personnes.

La toile ne se lève pas comme dans nos théâtres. Quand le prélude est joué on tire deux rideaux, à droite et à gauche, et cette façon de découvrir la scène ne manque pas de charme (1). Dès que la pièce commence, le gaz est fortement baissé et la scène seule demeure éclairée.

L'orchestre n'est pas apparent; il est séparé des spectateurs par un grand auvent. Ne pouvant ni voir ni être vus, les musiciens que dirige un chef d'orchestre de talent et de race israélite (le fait est à mentionner étant donnée l'antipathie de Wagner pour les juifs) ne craignent point de se mettre à leur aise.

Çà et là des affiches imprimées en plusieurs langues; recommandations à l'usage des spectateurs. Voici, du moins, les deux principales :

1° Le commencement de chaque acte est annoncé par des fanfares.

(1) Les théâtres populaires suisses sont machinés absolument de la même façon.

Wagner-Theater-Restauration.
Richard Wagner's Bühnenfestspielhaus
Bayreuth.
Verwahrung gegen Nachbildung

REPRODUCTION DU DESSIN D'UNE DES SERVIETTES DU RESTAURANT DU THÉATRE WAGNER

On est prié de prendre ses places immédiatement.

2° Les dames sont respectueusement priées d'ôter leurs chapeaux après avoir occupé leurs places.

Toutes les places, à l'exception de celles de la *Fürstengallerie* coûtent uniformément le même prix : 30 marcks (37 fr. 50).

Le public étant pour ainsi dire de plain-pied, la sortie peut s'effectuer facilement en quelques minutes, même une fois le gaz baissé.

Les représentations de Bayreuth commencent à quatre heures et finissent à dix heures : les entr'actes durent une demi-heure, quelquefois même trois quarts d'heure, ce qui permet de se reposer le corps et l'esprit. Durant ces entr'actes une partie du public va boire et manger à la brasserie, suivant les habitudes allemandes ; les autres soupent après la fin du spectacle.

Au-dessus de Bayreuth.

Les Anges. — Pourvu que ceux d'en-bas ne laissent échapper aucune note !

(*Figaro*, 14 juillet 1883.)

LES PLANCHES DU THÉATRE DE BAYREUTH

Croquis par Th. Zasche, *Wiener Luft* (supplément au *Figaro* de Vienne), septembre 1891.

(Voir au verso, l'explication des sujets.)

Explication des légendes :

1. — Dans la salle :
« Quoi ! Vous êtes donc devenu wagnérien ?
« Nullement, je ne suis ici que pour le ballet du *Tannhäuser*.* »

2. — Pendant l'entr'acte (sur la colline devant le théâtre). Le public international. Salut !

3. — Préparation silencieuse (l'homme est plongé dans la lecture du poème, la femme dans la lecture de la partition).

4. — Chez Angermann (la brasserie où allait Wagner bien plus pour retrouver les siens que pour boire de la bière dont il fut toujours un très faible consommateur et où se réunissent, toujours, les fidèles du culte) :

5. — Dites donc, sergent de ville, suis-je bien ici à Bayreuth ?
— Mais oui, naturellement.
— Savez-vous ? je pensais être à l'exposition de Prague. Ici c'est également : « rien Allemand. » Il ne manque que les coups (allusion aux horions distribués à quelques Allemands à Prague.)

6. — Enthousiasme artistique. Une cantatrice en promenade se voit arracher par enthousiasme les feuillets de sa partition.

7. — Les quatre portraits placés au milieu sont ceux des artistes ayant participé aux représentations de 1891 : Mme Materna et van Dyck dans *Parsifal*, Mlle Sucher et Winkelmann dans le *Tannhäuser*.

* Les représentations de Bayreuth ont eu lieu, cette année, avec un éclat tout particulier. Le ballet a été surtout développé, afin de donner au public une attraction nouvelle.

XII

DOCUMENTS

POUR L'ICONOGRAPHIE DE WAGNER

FRANCE

CHARIVARI (Paris)

Caricatures de Cham sur les concerts de Wagner et sur le *Tannhäuser*.

27 février 1860. — *Actualités : M. Wagner faisant exécuter sa musique de l'avenir également par des musiciens de l'avenir.* Grande composition. (Voir la gravure, page 200.)

4 mars 1860. — La Semaine comique : 4 croquis sur Wagner. (Voir 3 de ces vignettes, page 223.)

11 mars 1860. — La Semaine comique : 1 croquis.

8 avril 1860. — La Semaine comique : 1 croquis. (Voir la vignette, page 223.)

29 avril 1860. — La Semaine comique : 2 croquis. (Voir la vignette, page 225.)

13 mai 1860. — La Semaine comique : 1 croquis.

3 juin 1860. — La Semaine comique : 1 croquis.

10 mars 1861. — La Semaine comique : 7 croquis. (Voir 2 de ces vignettes, page 225.)

17 mars 1861. — La Semaine comique : 7 croquis. (Voir 3 de ces vignettes, pages 225 et 227.)

25 mars 1861. — *Actualités : Craignant toujours pour ses provinces du Rhin... l'Allemagne envoie le « Tannhäuser » pour endormir la France.* Grande composition.

31 mars 1861. — La Semaine comique : 5 croquis. (Voir la vignette, page 227.)

5 avril 1861. — *Actualités : Eh bien! mon pauvre Morphée... te voilà donc dégommé!...* (Voir la vignette, page 202.)

7 avril 1861.— La Semaine comique : 6 croquis. (Voir la vignette, page 227.)

25 novembre 1863. — *Le « Tannhäuser » demandant à voir son petit frère* (Les « *Troyens* » de Berlioz).

3 septembre 1876. — La Semaine comique : 1 croquis. — Liszt et Richard Wagner au banquet : *Un malin l'abbé Liszt, n'embrasse Wagner que pour se faufiler sous sa couronne d'argent et en avoir sa part.*

12 novembre 1876. — La Semaine comique : 1 croquis. — *M. Pasdeloup ne se méfiant pas assez des marches de M. Wagner.* (Il dégringole d'un escalier sur les marches duquel sont inscrits les noms de *celles* de Wagner.)

CHARIVARI ORANAIS ET ALGÉRIEN

4 octobre 1891. — *Deux rivaux* (la Mort tenant la partition de *Lohengrin* donne le bras au directeur du Théâtre Municipal et lui fait remarquer la foule assiégeant le Théâtre des Nouveautés, tandis que le Théâtre Municipal est fermé).

LE COURRIER FRANÇAIS

20 septembre 1891.— *Ohé, les Wagnériens, gare les végnériennes!* par Willette. (Un marmiton apostrophant un groupe d'hommes et de femmes.)

DON QUICHOTTE

20 septembre 1891. — *Le nouveau couronnement de l'Opéra,* par Gilbert-Martin. (Voir la vignette, page 255.)

L'ÉCLIPSE

18 avril 1869. — *Richard Wagner,* portrait-charge, par Gill [Il perce avec ses notes le tympan d'une oreille.] (Voir la vignette, page 91.)

7 août 1870. — *Fantaisie parisienne,* par Draner : Wagner généralissime des armées allemandes. (Voir la vignette, page 76.)

3 septembre 1876. — *Le tétralogue Wagner,* portrait-charge, par Gill [Il frappe sur un chaudron]. (Voir la vignette, page 93.)

FIGARO

3 mars 1883 (Supplément illustré). — *Le wagnérisme s'introduit à Pas... de... loup...* (Pasdeloup entouré de ses fidèles officiant devant le buste de Wagner.) Croquis rouge et noir, de Marais.

LE GRELOT

8 mai 1887. — *L'Oubli des injures,* 1870. Paris vaincu est outragé par Wagner. — 1887. Paris lèche le *Lohengrin* de Wagner. Caricature de Pépin. (L'un des deux Wagner ici figurés est la copie du *Wagner tétralogue* de Gill.)

20 septembre 1891. — *Projet de monument à Wagner*, par Pépin. (Voir la vignette, page 256.)

JOURNAL AMUSANT

Avril 1861. — *Le Tanne-aux-airs ou la Guerre aux chanteurs.* Scie musicale en trois actes et quatre tableaux, par M. Vagues-Nerfs, avec 13 vignettes de Charles Philippon. Parodie de M. Michel Noël.

4 mai 1861. — *Revue du 1er trimestre de 1861*, par Nadar et Darjou, avec 5 vignettes sur le *Tannhäuser* et 2 caricatures sur Wagner. (Tiens. M. Wagner qui n'a pas de pan à son habit. Il l'a changé à Paris contre une veste.)

1er mai 1869. — *Viens'y, au Théâtre-Lyrique.* Revue-charge des principaux interprètes de la pièce.

9 septembre 1876. — Portrait-charge, par Mars, et série de croquis. (Wagner est représenté en paon avec une petite lyre à la main.)

ILLUSTRATION

26 septembre 1891. — *L'Opinion d'un marmiton*, par Henriot (Croquis sur la couverture). — Des musiques? N'en faut pas... Tous des Allemands ou des Italiens : Rossini, Meyerbeer, Mozart, Wagner : la Triple Alliance, quoi!

3 octobre 1891. — La Semaine comique, par Henriot (Croquis sur la couverture). Désireux de se servir de l'enthousiasme des marmitons, le ministre de la Guerre décide qu'en cas de conflit ils formeront un corps spécial placé en première ligne.

(Bataillon de marmitons avec un drapeau portant pour inscription : *A bas Lohengrin.*)

PARIS-CAPRICE

12 décembre 1868. — Paris-Artiste : Apothéose de M. Pasdeloup.
Croquis de Félix Régamey. (Voir la vignette, page 211.)

LE PILORI

27 septembre 1891. — *Lozé... hengrin à l'Opéra*, par Blass. (Voir la vignette, page 253.)

LE SIFFLET

27 août 1876. — Portrait-charge en pied, par H. Meyer. (Wagner, couronné de lauriers, sur la pointe d'un casque prussien. Sur le casque on lit : « Théâtre de Charenton-Bayreuth. »)

LA SILHOUETTE

14 août 1882. — Portrait-charge, par Moloch, dans les *Silhouettes parisiennes*. (Wagner coiffé du casque à pointe tient tout un attirail de chaudronnerie.)

Même numéro. — Semaine comique, de Trock : *Épatant comme nos critiques sont tendres pour Wagner et son* Parsifal ! *Ce siffleur de la France, c'était pourtant bien l'occasion de le « parsiffler »*.

20 septembre 1891. — *Laur-Quichotte et Boudeau-Pança*. (Voir la vignette, page 249.)

LE TRIBOULET

27 juin 1886. — Wagner lisant aux Champs-Élysées les journaux de Munich qui lui apprennent la mort du roi Louis II. — *Le vrai meurtrier de ce pauvre prince, ne serait-ce pas moi?* (Portrait-charge reproduit dans le *Wagner* d'Adolphe Jullien.)

Mai 1887. — *Les Aboyeurs de la rue* [à propos de la représentation de l'Éden]. (Voir la vignette, page 243.)

27 septembre 1891. — *Wagner est Dieu et Lamoureux est son prophète* (Voir la vignette, page 290.)

LE TROUPIER

24 septembre 1891. — *Les Gatriotes et Lohengrin* : « Marchons! (*bis*) Qu'un son impur abreuve nos sillons! » (Rochefort, en Don Quichotte, suivi de ses marmitons, se dirigeant, la lance au poing, sur le moulin à vent du *Lohengrin* dont les ailes sont agrémentées de portées musicales.)

L'UNIVERS ILLUSTRÉ

7 novembre 1891. — Revue comique du mois, par Draner. 1 croquis sur les incidents de la première représentation de *Lohengrin*. « *C'est surtout les entrées de violon qui resteront l'impression la plus frappante de* Lohengrin. » (Sergents de ville conduisant au poste un individu.)

LA VIE PARISIENNE

9 décembre 1871. — La Prusse et la Bavière dans leurs rapports avec les *Niebelungen* de Richard Wagner. (2 croquis de A. Robida.)

7 mai 1887. — *Wagnériennes de France et Wagnériennes d'Allemagne*. Grande composition de Bac. (Voir la vignette, page 214.)

24 novembre 1888. — *Baiser Wagner*. (Croquis figurant dans une grande composition de Bac : « Les Baisers musicaux du siècle. »)

26 septembre 1891. — *L'Arrivée de Lohengrin*, grande composition de Sahib, avec nombreux personnages du jour. En tête se trouve la note suivante :

« Plusieurs choristes de l'Opéra ayant, on le sait, refusé de chanter la veille de la représentation de *Lohengrin*, nous avons pu nous procurer la photographie, en costumes, des wagnériens de la politique, du monde, de la littérature et du journalisme qui s'étaient offerts pour les remplacer. » Et, en effet, on y voit sous le casque Catulle Mendès, Floquet, Clémenceau, Francis Magnard, de Massa, Émile Zola, de Fourcaud, Mme de Trédern, même Antonin Proust, mais on y chercherait, en vain, Adolphe Jullien ! »

PAMPHLETS ILLUSTRÉS

L'Anti-Wagner (1887).

PRIX : 10 C. L'ANTI-WAGNER PRIX : 10 C.

PROTESTATION CONTRE LA REPRÉSENTATION ALLEMANDE DE L'EDEN-THÉATRE

A NOS LECTEURS

Mardi prochain 26 avril 1887, *M. Lamoureux*, momentanément directeur de l'*Eden-Théâtre*, offrira à la population parisienne, la première du *Lohengrin* de Richard Wagner.

Ce monsieur fort peu français, qui sans doute a oublié nos désastres de 1870, se défend de ce manque de patriotisme en disant que l'art n'a pas de patrie.

Sans être chauvin, on peut faire remarquer à M. Lamoureux, qu'il a fort mal choisi son moment pour célébrer la gloire et la musique du musicien anti-français.

Richard Wagner, personne ne l'a oublié, est l'individu qui au *moment de nos désastres*, nous a insulté dans une brochure restée célèbre.

Cet individu à mœurs infâmes a également publié un poème dont nous donnons plus bas quelques vers.

Nous laissons la plume à d'autres plus autorisés que nous, et nous nous faisons un devoir de reproduire l'article de *M. Mermeix*, rédacteur à *la France*, un de ceux qui n'ont pas oublié !

M. Grandmougin, le poète Franc-Comtois, avait publié l'année dernière, l'article ci-dessous.

M. Carvalho avait compris et dès lors s'était abstenu ; il a fallu que *M. Lamoureux* évoqua encore, le spectre insulteur du mangeur de choucroute allemand.

L'Éditeur.

M. LAMOUREUX offrant à Wagner l'or français provenant des représentations faites à l'Eden-Théâtre.

CARICATURE D'EUGÈNE COTTIN

Au bas de ce pamphlet-placard se trouvaient, sous forme de feuilleton, deux reproductions d'articles : l'un, purement ordurier, extrait de *La France* du 18 avril 1887 et signé Mermeix, ce qui suffit à en bien préciser l'esprit ; l'autre, publié en 1885, lorsqu'il fut question de monter *Lohengrin* à l'Opéra-Comique et dû à la plume de M. Charles Grandmougin, poète de race.

IMAGERIE D'ÉPINAL

Le Chevalier Cygne. — Feuille volante composée de 16 gravures coloriées retraçant les principaux exploits du chevalier *Lohengrin.* Dans la dernière vignette, la classique nacelle qui emporte Lohengrin, apparaît conduite par trois cygnes lesquels, dans une précédente vignette, tenaient compagnie à Elsa de Brabant. (Feuille sortant des ateliers de la maison Pellerin.)

ALLEMAGNE

BERLINER WESPEN (Berlin)

1882. Supplément au n° 39. — La lumière électrique sur les planches. Le vapeur de 1re classe *le Cygne.*

1891. Septembre, n° 39. — *Ia, wenn Monsieur Lohengrin so ansehen würde!* [La France, personnifiée par un général, à genoux devant la nacelle de Lohengrin sur laquelle se trouve un Russe.] (Voir la vignette, page 313.)

FLIEGENDE BLÄTTER (Munich)

N° 1880. — Profil du musicien (Wagner étant pris comme type), dessiné d'un seul trait. (Voir la vignette, page 67.)

N° 1961. — *Der Concert-Bildhauer.* Le sculpteur de concert. (Voir la vignette, page 109.)

N° 1846. — *Aufführung einer Oper in Gegenwart des Meisters.* Exécution d'un opéra, en attendant l'arrivée du Maître. (Tous les spectateurs, armés d'immenses lorgnettes, tournent le dos à la scène pour regarder le Maître dans sa loge.)

KLADDERADATSCH (Berlin)

Janvier 1856. — *Wie der Tannhäuser zum Sängerkrieg auf die Berliner Wartburg zieht.* Comment le « Tannhäuser » fit son entrée à la Wartburg de Berlin pour le combat des « Maîtres chanteurs ». (Voir la vignette, page 185.)

3 septembre 1876. — *Götter, Helden und Publikum.* Souvenirs de Bayreuth. Série de croquis. (Voir les vignettes, pages 187 et 189.)

1876. — *Illustrirte Rückblicke* (Revue illustrée : 1 croquis sur le théâtre de Bayreuth.)

LUSTIGE BLÄTTER (Berlin)

19 janvier 1888. — *Modebild für die Gesellschaftsabende in der Hofoper.* Toilette pour les représentations à l'Opéra-Royal. (Voir la vignette ci-contre.)

8 octobre 1891. — *Lohengrin in Paris.* Les radicaux, en chiens, hurlant après la lune Wagner. (Voir la vignette, page 261.)

PUCK (Leipzig)

3 septembre 1876. — *Hundstage in Bayreuth.* Jours de chaleur à Bayreuth

Modebild für die Gesellschaftsabende in der Hofoper.
[Toilette pour les représentations à l'Opéra-Royal.]
(*Lustige Blätter* de Berlin, 19 janvier 1888.)

ou la puissance du chant, traduction libre d'après Schiller. Récit humoristique avec série de croquis.

3 septembre 1876. — Wagner saluant. (Voir la vignette, page 82.)

3 septembre 1876. — *Bayreuthiana. Wie sich der Uneingeweithe den Walkyren-Ritt vorstellt!* Comment les non initiés se représentent la chevauchée des Walkyries (Wagner, en écuyer de cirque, dressant des chevaux sur lesquels sautent des femmes nues. 1).

---

(1) Il y a eu sur ce même sujet des compositions plus que légères.

1877. — *Aus Puck's ornithologischer Sammlung : Zukunftstruthahn.* De la collection ornithologique du *Puck :* le coq d'Inde de l'avenir (caricature de Wagner).

Juillet 1877. — *Der « Atlas » der Politik und der « Atlas » in der Musik.* (Grande caricature de Bismarck et de Wagner.)

PUNSCH (Munich)

19 février 1865. — *Einer auf dem Eise.* [Wagner patinant aux côtés du *Münchener Kind'l* (petit bonhomme qui se trouve dans les armoiries de la ville de Munich)].

30 avril 1765. — *Genugthuung.* Contentement de soi. (Portrait-charge de Wagner.) [Voir la vignette, page 138].

10 décembre 1865. — *Ein neuer Orpheus.* (Wagner attirant à lui les pièces de métal.) [Voir la vignette, page 140].

31 décembre 1865. — A propos du *Faust* de Wagner.

12 août 1866. — *Zur Kriegsentschädigung.* (Voir la vignette, page 141.)

25 novembre 1866.— *Stimme aus der Schweiz.* Wagner en exil. (Voir la vignette, page 143.)

17 mars 1867. — *Nur ein vorhübergender Besuch.* Une visite en passant.

SCHALK (Leipzig)

5 janvier 1879. — *Siegfried-Wagner hebt den Schatz der Niebelungen.* Wagner ayant égorgé l'hydre de la critique, Paul Lindau gît enchaîné à ses pieds. Composition de C. von Grimm. (Voir la vignette, page 163.)

22 juin 1879. — *Urtypen aus bekannten Opern.* Types d'opéras connus. (Voir la vignette, page 105.)

UEBER LAND UND MEER (Stuttgart)

N° 14. Janvier 1866. — *Gallerie der Zeitgenossen.* Galerie des contemporains. Compositions humoristiques de Herbert König. Portraits de Wagner, Hans von Bülow, Tichatscheck, Niemann.

N° 5. 1873. — *Was für die Weltaustellung vergessen würde.* Ce qui a été oublié pour l'Exposition Universelle (de Vienne). Croquis de Herbert König donnant 15 projets comiques de Théâtre-Wagner à Bayreuth.

ULK (Berlin)

1876. — *Aus der modernen Mythologie.* Wagner-Dieu à Bayreuth. (Voir la vignette, page 127.)

1876. — *Aus Bayreuth.* Eschyle et Shakspeare présentant leurs compliments à Wagner. (Voir la vignette, page 158.)

5 mai 1887. — *Lohengrin in die Seine gesetzt.* Lohengrin sur les bords de la Seine, tiraillé entre le cygne qui le pousse en avant et le coq qui le tire en arrière. (Voir la vignette, page 245.)

27 septembre 1877. — *Richard Wagner's neue Schule.* Nouvelle école de déclamation à la Richard Wagner. Série de six croquis. (Voir les croquis, page 116.)

2 novembre 1882.— *Der eingefleischte Nibelungerer.* Le « niebelungien » incarné : 4 croquis figurant des dialogues entre deux personnages dont l'un, ayant toujours avec lui une des partitions de la trilogie : *Siegfried, Rheingold* ou *Walkyrie*, s'exprime dans un langage emphatique conforme au style de la partition.

AUTRICHE

DIE BOMBE (Vienne)

22 septembre 1872. — Le roi Louis II de Bavière (avec Wagner).

Août 1876. N° 33. — *Aus unserer Wigalawaja Mappe.* Suite de croquis sur les représentations de Bayreuth. (Voir une de ces vignettes, page 156.)

Septembre 1876. N° 35. — *Kleine Wagner-Legenden.* Petites légendes wagnériennes. Série de croquis. (Voir les vignettes, pages 147 et 151.)

13 août 1876. — *Bayreuth am Vorabend der nationalen Feste.* Bayreuth à la veille de la représentation nationale. (Grande page composée d'une série de croquis : entre autres le roi de Bavière conduisant l'équipage au cygne ; Richter le chef d'orchestre ; Wagner et sa femme ; etc.)

11 mars 1877. — *Die Walküre.* Double page de croquis sur la Walkyrie.

15 février 1879. — *Götterdämmerung.* Le Crépuscule des dieux. Composition allégorique au sujet de l'opéra de Richard Wagner.

1881. N° 48. — *Wagner der Judenfresser und Liszt sein neuester Prophet.* (Liszt et Wagner montés sur des chevaux de bois frappent de verges les juifs et les repoussent en Palestine.)

23 juillet 1882. — I. Croquis sur Bayreuth. — II. Croquis de la semaine.

30 juillet 1882.—1° *In Bayreuth.* (Caricature relative à des personnages viennois : Hanslick, le critique de la *Nouvelle Presse libre*, et Schembera, du *Neue Wiener Tagblatt*, envoyés aux représentations de Bayreuth par des journaux de la cité du Danube ; tous deux également wagnériens. Schembera couronne Hanslick.)

2° *In Bayreuth.* Croquis dialogué entre deux personnages, l'un montrant à l'autre la maison de fous, en disant : « Il faudra sans doute ajouter quelques cellules en vue des représentations de *Parsifal* qui doivent nous amener des journalistes. »

6 août 1882. — 1° *Bayreuther Festspielwierkungen.* Impressions wagnéro-bayreutiennes. Croquis féminins à la Grévin.

2° *Von Bühnenfestweihspiel aus der Stadt der reinen Thorheit.* Dans les coulisses du théâtre de la ville de la pure folie. (Série de croquis.)

CRI-CRI (Vienne)

Caricature en pied de Wagner reposant sur des instruments de musique.

FIGARO (Vienne)

14 juillet 1883. — Wagner au ciel jetant un regard sur Bayreuth, tandis que des amours le retiennent par les pans de sa redingote. (Voir la vignette, page 296.)

14 mai 1887. — « Lohengrin » à Paris. (Voir la vignette, page 244.)

8 août 1891. — *Cosima, komm' zu mir.* Wagner appelant à lui Mme Cosima. (Voir la vignette, page 280.)

19 septembre 1891. — Caricature d'actualité à propos de la représentation de « Lohengrin » à Paris. (Voir la vignette, page 260.)

26 septembre 1891. — « Lohengrin » à Paris. (Voir la vignette, page 265.)

DER FLOH (Vienne)

1869. — *Floh-Tannhäuser.* Caricature sur le « Tannhäuser ».

1870. — *Blick in das Jahr 1870.* Coup d'œil sur l'année 1870. Au mois de juin se trouve une caricature sur Wagner.

1870. — Portrait-charge de Wagner.

1870. — Chronique de la semaine. (Petits croquis sur Wagner.)

1870. — *Ein Capriccio-Porträts einer Reihe europäisch berühmter Männer.* Portraits fantaisistes d'une série d'hommes illustres : 9, Richard Wagner.

1870. — Beethoven. (Grande composition avec une caricature de Wagner.)

30 juillet 1871. — Le roi Louis II de Bavière.

1873. — *Vollbad, in München.*

1875. N° 10. — Caricature sur Wagner.

6 août 1876. — Croquis de Bayreuth.

20 août 1876. — *Eine Vision Richard Wagner's.* (Wagner costumé en Wotan, aux côtés de Jupiter qui lui remet son tonnerre et fait soumission au nom de l'ancien Olympe, tandis que, dans un coin, Mme Cosima Wagner tient son tablier pour recevoir une véritable pluie d'or. Dans le fond, une grosse caisse à laquelle on accède par une échelle. (Reproduit dans le *Wagner* d'Adolphe Jullien.)

27 août 1876. — 1° *Consequenzen der Festvorstellungen in Bayreuth.* Conséquences de la représentation de gala à Bayreuth.

2° *Die Wagner-Woche.* La semaine wagnérienne. (Deux grandes pages de croquis avec nombreuses caricatures sur Wagner.)

3 septembre 1876. — *Eisenbahn-Studien*. Études de chemins de fer.

15 octobre 1876. — 1° *Friedens-Demonstration*. Démonstration pacifique. (Un orchestre politique : Bismarck joue du bombardon, sur un instrument qui porte le nom de Richard Wagner.)

2° *Die Wagner Woche*. La semaine de Wagner. (Voir les croquis, page 149.)

18 mars 1877. — Un chevalier du pinceau et de la palette. (Il s'agit ici du peintre Paul Hoffmann, auteur des *Niebelungen-Tableaux*, qui obtinrent grand succès en 1881 au Josefstädter-Theater à Vienne.

24 juin 1877. — *Frou-frou Wagner*. Wagner vêtu de sa fameuse robe de chambre, occupé à tailler dans un coupon d'étoffe. (Voir la vignette, page 99.)

29 septembre 1877. — Programme de l'École wagnérienne à Bayreuth. Série de croquis. (Voir les vignettes, page 118 et 119.)

27 novembre 1881. — *Der allerneueste Messias der Juden* : Liszt entouré de ses deux gendres, Bülow et Wagner. (Voir la vignette, page 283.)

30 juillet 1882. — 1° *Die modernen Graal's Ritter*. Les modernes chevaliers du Graal : Liszt, Wagner, Bülow. (Wagner joue des cymbales et bat de la grosse caisse, tandis que les autres jouent du trombone. Au-dessus d'eux un bock de bière écumante entouré d'une auréole. Reproduit dans le *Wagner* d'Adolphe Jullien.)

2° *Alte und neue Musik*. (Deux croquis : Avant le départ pour la représentation de *Parsifal;* Au retour de Bayreuth.)

6 août 1882. — A Bayreuth. (Caricature sur Wagner.)

13 août 1882. — *Während der finsteren Vorstellung von Parsifal*. Pendant la représentation « obscure » de *Parsifal*.

20 août 1882. — Le judaïsme dans la musique du Saint-Graal.

25 février 1883. — Richard Wagner au ciel. Série de croquis. (Voir les vignettes, page 171.)

30 août 1885. — *König Lohengrin*. Le roi Louis II en chevalier Lohengrin. (Voir la vignette, page 285.)

16 mars 1890. — *Frau Cosima's Walkurenritt*. Van Dyck chevauchant le coursier wagnérien aux côtés de Mme Wagner. (Voir la vignette, page 275.)

26 juillet 1891. — *Das Weihebühnenfestspiel*. Mme Wagner battant la grosse caisse à l'entrée de son théâtre. (Voir la vignette, page 279.)

20 septembre 1891. — Caricature d'actualité à propos de la représentation de *Lohengrin* à Paris. (Voir la vignette, page 263.)

HUMORISTISCHE BLÄTTER (Vienne)

18 mai 1873. — Portrait-charge de Wagner par K. Klic. [Grande composition sur fond jaune. Wagner, en chef d'orchestre, entouré de musiciens juifs

jouant du mirliton. Sur son pupitre, morceau ouvert portant pour titre : « *Krach*, par Richard Wagner ».] (Allusion au krach de Vienne en 1873, les juifs donnant la répétition générale.)

6 août 1876. — Trois compositions différentes : — Une force pour Bayreuth. — Types de Wagnéromanes. — Toilette de fête (caricature sur Wagner).

13 août 1876. — *Vom Kriegsschauplatze in Bayreuth*. Le champ de bataille de Bayreuth. (Voir la vignette, page 144.)

20 août 1876. — *Die Bayreuther Tonkunst-Dampfmaschine*. La machine à vapeur musicale de Bayreuth. Caricature de Klic. (Voir la vignette, page 111.)

27 août 1876. — Caricature sur Richard Wagner et Rochefort. Dessin de Klick.

10 septembre 1876. — Croquis sur la musique de Wagner.

17 novembre 1878. — *Siegfried* de Richard Wagner. (Série de croquis sur la pièce.)

23 juillet 1882. — *Alexandrien redivivus*. Portrait-charge de Wagner battant la grosse caisse. (Voir la vignette, page 87.)

30 juillet 1882. — 1° *In Bayreuth*. A propos de *Parsifal;* croquis divers. (Voir les vignettes, page 161.)

2° *Erlebniss eines Bayreuth-Correspondenten*. Aventures d'un correspondant de journaux à Bayreuth (quatre petits croquis).

20 septembre 1891. — Caricature sur le « Lohengrin », à propos de la représentation à Paris. (Voir la vignette, page 264.)

DER JUNGE KIKERIKI (Vienne)

30 juillet 1882. — *Der Meisters eigene Worte*. Les propres paroles du Maître. Wagner et la Materna. (Voir la vignette, page 83.)

18 février 1883. — *An der Himmelsthüre*. A la porte du Paradis. (Saint Pierre reconnaissant Richard Wagner à son doux langage. Petite vignette reproduite dans le *Wagner* d'Adolphe Jullien.)

KIKERIKI (Vienne)

12 mai 1872. — *Das Judenthum in der Musik, wie es dem Richard Wagner willkommen ist*. (Concert-Wagner, tous les fauteuils étant occupés par des Israélites au type accentué à qui on a fait payer 25 gulden.) Reproduit dans le *Wagner* d'Adolphe Jullien.

24 août 1876. — *Das Abschied'swort des Meisters*. (Wagner congédiant ses invités et les reporters, en leur disant : « Si vous le voulez, vous aurez maintenant un art national allemand. »)

Dans le même numéro, plusieurs autres croquis : — Un blessé du champ de bataille ; — Un à qui la « Trilogie » n'a pas plu et qui a été mis en capilotade par les enthousiastes ; — Joie des marchands de trompettes.

Gedenkblatt zur Eröffnung des Wagner-Museums.

SOUVENIR A PROPOS DE L'INAUGURATION
DU MUSÉE WAGNER

Ein neuer Lorbeer für Richard Wagner. — Nouveaux lauriers pour Richard Wagner.

(*Wiener Caricaturen*, 3 avril 1887.)

Le personnage ici représenté, M. Nicolaus Œsterlein, journaliste, musicologue, né en 1840, est le fondateur du Musée Richard Wagner à Vienne et l'auteur du volumineux et précieux catalogue en trois volumes donnant la nomenclature complète de toutes les pièces (portraits, estampes, caricatures, volumes, œuvres musicales, objets divers) qui se trouvent dans ce Musée.

Les Allemands et les Autrichiens ont déjà ainsi constitué nombre de musées à la mémoire de leurs grands hommes.

Juillet 1877. — *Richard Wagner der Spizenfreund.* Richard Wagner l'ami des dentelles. A propos de la toilette de Wagner.

13 novembre 1878. — *Eine Deputation.* Une députation chez Richard Wagner. (Les hôteliers de Vienne venant remercier Wagner et lui apportant une couronne de lauriers.)

9 novembre 1879. — Richard Wagner et la vivisection. (Voir la vignette page 169.)

20 juillet 1882. — Artillerie pour Alexandrie ? — Non ! tuba pour Bayreuth.

27 juillet 1882. — *Neue Bezeichnungen für Richard Wagner-Nummern.* Nouvelles appellations pour la musique wagnérienne. (Voir la vignette, page 123.)

3 août 1882. — *In Bayreuth.* Wagner assistant dans sa loge à la représentation, à côté du « Kikeriki ». (Voir la vignette, page 160.)

— Même numéro : *Scaria in Bayreuth.* Caricature sur le chant wagnérien (Voir la vignette, page 124.)

6 août 1882. — « Kikeriki » wagnéromane. (Voir la vignette, page 114.)

6 août 1882. — *Unterschied zwischen berühmten Kompositeuren.* Différence entre deux compositeurs célèbres : Wagner et Mozart. (Voir la vignette, page 165.)

13 août 1882.—1° *Das Judenthum in der Musik.* A propos du judaïsme dans la musique. (Voir la vignette, page 167.)

2° *Wie reimt sich das zusammen? Für das Richard Wagner hat bekommen 190 000 Mark; — für « Fidelio » 15 Gulden der Beethoven? Das ist stark.* Comment arranger cela? Richard Wagner a reçu 190 000 marcks — et Beethoven pour *Fidelio* 15 marcks seulement. C'est fort. La vignette représente d'un côté *Parsifal*, de l'autre *Fidelio*, chaque partition ayant à ses côtés, en billets de banque, la somme qu'elle a rapportée à son auteur.

5 novembre 1882. — Caricature à propos de Mme Schläger. (Voir la vignette, page 124.)

18 février 1883. — *Richard Wagner im Himmel.* (Richard Wagner au ciel, couronné de lauriers, et entouré d'anges jouant de la harpe. Au-dessous on lit : « La réception est tout à fait charmante, mes chers anges, mais sans timbales et sans trompettes vous n'obtiendrez jamais une véritable exécution. »)

22 février 1883. — *Richard Wagner's Erden-Schicksale.* Les aventures de Richard Wagner sur terre. (Deux croquis. — Voir les vignettes, page 133.)

1er mars 1883. — Projet de statues à Wagner. (Voir la vignette, page 173.)

4 mars 1883. — Buste de Wagner aux côtés des bustes de Haydn et de Mozart. (Voir la vignette, page 174.)

20 septembre 1891. — Caricature d'actualité à propos de la représentation de « Lohengrin » à Paris.

Der Gralsritter mit dem Schwan-Konfortable hätte in Paris gewiss Enthusiasmus statt Indignation erreigt, wenn er den Chauvinisten so gekommen wäre.

Au lieu de protestations indignées le chevalier Lohengrin aurait sans doute rencontré à Paris le plus grand enthousiasme s'il s'était présenté aux chauvins sous ce costume.

(*Kikeriki*, 20 septembre 1891.)

TRITSCH-TRATSCH (Vienne)

1858. — *Folgen der Zukunfts-Musik*. Conséquences de la musique de l'avenir.

1858. — *Eine neue Art vom Theater-Vorhang*. Une nouvelle sorte de rideau de théâtre (reproduction du dernier acte de la parodie alors jouée à Thalia-Theater : *Der falsche Lohengrin*).

WIENER CARICATUREN (Vienne)

23 juillet 1882. — Chronique illustrée de la semaine : Richard Wagner, dernier chevalier du pays romantique.

3 avril 1887. — *Ein neuer Lorbeer für Richard Wagner*. Nouveaux lauriers pour Richard Wagner. (Portrait-charge de M. Œsterlein, fondateur du musée Wagner, couronnant le buste du grand compositeur.) [Voir la vignette, page 311.]

WIENER LEBEN (Vienne)

30 juillet 1882. — Croquis sur Bayreuth.

26 novembre 1882. — Rêve de Strauss, après l'exécution de *Parsifal* dans la salle des concerts de la « Société de musique » de Vienne.

WIENER LUFT (Supplément au *Figaro*) [Vienne]

23 novembre 1878. — *Der Lindwurm in Siegfried* (Le Dragon de « Siegfried »). Amusante caricature qui montre les dessous du terrible animal. Le chanteur chargé du rôle du dragon Fafner crie par un porte-voix : « Laisse-moi dormir », tandis que les machinistes font manœuvrer la gueule du dragon.

5 août 1882. — Saint Pierre donnant la clef du Paradis à un ange. *Da hast den schlüssel! Mach' gschwind den Siebenten Himmel auf! Die Bayreuther kommen, s'war heut ja die zweite Aufführung von Parsifal.* Tiens, voici la clef ! Dépêche-toi d'ouvrir le septième Ciel ! Les gens de Bayreuth arrivent, c'était aujourd'hui la deuxième représentation de « Parsifal ».

24 février 1883. — Les instruments de musique pleurant la mort de Wagner. (Voir la vignette, page 113.)

1891. N° 31. — *Die Bühnenfestspiele in Bayreuth* (Pages de croquis sur Bayreuth.) [Voir la vignette, page 297.]

WIENER WESPEN (Vienne)

10 décembre 1882. — Les Bohémiens dans la musique, par C. M. Vacano.

ANGLETERRE

ALLY SLOPER'S (Londrès)

3 octobre 1891. — L'ombre de Wagner. (Voir la vignette, page 86.)

ENTR'ACTE (Londres)

19 mai 1877. — Herr Richard Wagner essaie sa musique de l'avenir sur les oreilles sensibles de John Bull. (Il joue de l'orgue.) [Reproduit dans le *Wagner* d'Adolphe Jullien.]

FIGARO (Londres)

20 septembre 1876 — Portrait-charge, par Faustin. En chef d'orchestre, sur un casque prussien. (Voir la vignette, page 95.)

MOONSHINE (Londres)

1er avril 1882. — *Professionnal-Beauty* (Les Beautés professionnelles). Portrait-charge de Wagner. (Voir la vignette, page 77.)

MUSICAL WORLD (Londres)

26 mai 1877. — Wagner assis sur une banquette ayant une tête de crapaud. (Reproduit dans le *Wagner* d'Adolphe Jullien.)

15 janvier 1878. — Croquis sur le *Tannhäuser*. (Voir la vignette, page 228.)

PUNCH (Londres)

6 mai 1882. — *Punch Fancy Portraits.* The Bi-Cycle-Ist of her Majesty's and Drury Lane. Portrait-charge de Wagner dans la « Galerie humoristique » du *Punch.* (Voir la vignette, page 78.)

20 mai 1882. — *The Prize Ring des Niebelungen; or Panto-Mime and the three Merry Maidens of the Rhino.* Croquis humoristiques sur l'« Anneau des Niebelungen ».

THE HORNET (Londres)

9 mai 1877. — Wagner devant son pupitre de chef d'orchestre. (Reproduit dans le *Wagner* d'Adolphe Jullien.)

VANITY FAIR (Londres)

19 mai 1877. — La musique de l'avenir. (Wagner en chef d'orchestre.) [Voir le portrait-charge, page 97.)

ITALIE

COSMORAMA (Milan)

Décembre 1890. — *Influenza fatal!!!* (Page de croquis à propos de la représentation des *Maîtres Chanteurs.*)

Décembre 1890. — *Per i Maestri cantori alla Scala.* (Page de croquis à propos de la représentation des *Maîtres Chanteurs.*)

MILAN-CAPRICE

18 janvier 1874. — Filippo Filippi en Wagner. (Voir la vignette, page 235.)

SPIRITO FOLLETTO (Milan)

24 avril 1873. — *Épigraphie musicale.* Composition de avenir, de Maître X. Y. Z. (Voir la vignette reproduite page 238.)

Novembre 1871. — La caravane de *Lohengrin*, caricature inédite de C. Grossi, directeur du *Papagallo.* (Voir la vignette, page 236.)

SUISSE

NEBELSPALTER (Zurich)

17 février 1883. — *Alt Meister Richard Wagner kommt unangemeldet in die Musiksaale des Himmels* (Richard Wagner reçu dans la salle de concert du Ciel par des anges et des ménestrels).

26 septembre 1891. — Le Triomphe de l'Art. (A propos des représentations du *Lohengrin* à Paris.) [Voir la vignette, page 267.]

RUSSIE

ISCRA (Saint-Pétersbourg)

3 novembre 1868. N° 42. — *Musique jouée en trois actes pendant six heures*, suite de croquis sur le *Lohengrin*. A la dernière page, portrait-charge de Wagner. (Voir la reproduction de deux de ces vignettes, pages 85 et 232.)

BOUDILNIC (Moscou)

15 novembre 1868. — Le *Lohengrin*, opéra de Wagner. Suite de croquis.

CARICATURES D'ARTISTES

— Croquis au charbon exécuté par Carjat (1860).

— Caricature sur Wagner, dessin de Fritz-August Kaulbach (en possession d'un amateur à Munich).

— Diverses caricatures sur Wagner, par Franz Gaul, peintre d'histoire et inspecteur supérieur du théâtre de la Cour à Vienne.

— Caricature sur Wagner, par Paul Hœcker. (Album de la Société la *Allotria* à Munich.) [Voir la gravure, page 80.]

— Richard Wagner à une répétition générale à Bayreuth, sur la scène, devant une partition ouverte. Croquis d'Adolphe Menzel; a été reproduit photographiquement. (Voir la gravure, page 59.)

— Richard Wagner, chef d'orchestre (1863), caricature de Gustave Gaul, (peintre d'histoire, décédé en 1888, frère de Franz.)
Il est vu de dos, vêtu d'un immense habit qui lui ballotte dans les jambes. A été reproduit photographiquement.

— Autre caricature de Gustave Gaul. Richard Wagner, chef d'orchestre (1886), son bâton sous le bras gauche, tandis que la main droite prend une prise dans une tabatière. A été reproduit photographiquement. Voir le frontispice de ce volume.

— Tête de Wagner coiffé du béret. Croquis au charbon exécuté par un dessinateur de café-concert à l'Orpheum de Vienne.

— A une répétition des *Maîtres Chanteurs* (Wagner à l'orchestre et les principaux personnages de la pièce sur la scène). A été reproduit photographiquement. [Voir la gravure page 81.]

— *Richard Paris Helena und der moderne Menelaus* (caricature légère sur Wagner et M. et Mme de Bülow). [Voir la gravure page 277.]

PLAQUETTES HUMORISTIQUES ILLUSTRÉES

— *Humoristische Albumbältter. Lohengrin, Humoreske in 3 Gesängen* (nach Richard Wagner's Oper), par Julius Stettenheim. Berlin, 1859.

Parodie en vers, illustrée de 15 compositions humoristiques de W. Scholz. L'auteur, qui rédige aujourd'hui les *Deutsche Wespen*, est un des humoristes les plus connus de l'Allemagne.

— *1879 Champagnerschaum.* (Mousse du champagne de 1879.) Rognures de papier (*sic*) d'humoristes allemands et autrichiens, publié par Siegmey. Avec 140 illustrations, Leipzig. (Contient sur Wagner : « Le drame de l'avenir », chant de maître.)

— *Lustiger Volks-Kalender* pour 1858, par Adolphe Brennglass (pseudonyme de Glasbrenner), illustré par Carl Reinhardt. (Richard Wagner écrit en musique de l'avenir, avec cinquante trompettes, la chanson à dormir debout : *Was ist des Deutschen Vaterland?* — allusion à une brochure publiée par lui).

— *Das Mammuth.* Drame satirique en chœurs et en 1 acte, par Karl Weiser. (Satire sur la poésie des opéras wagnériens.) 1868, Kœnigsberg.

— *Richard Trommelfell.* (Richard peau de tambour.) Bouts-rimés bayreuthiens en vers de l'avenir, par Rudolf Wellnau. Avec illustrations de G. Gutknecht. Berlin, 1876.

— *Niebelungen Fest-Spielerei.* Jeu de fête niebelungien, « humoreske en ton macaque », par Carl Wittkowsky, avec illustrations. Leipzig, 1881.

— *Wiener Humoristiches Jarbuch und Kalendarium* 1864. (Annuaire et Calendrier humoristique viennois). Illustré par Franz Gaul, Ernst Juch et H. Moser. *Nein Gold.* Parodie de *l'Or du Rhin*, avec un portrait-charge de Wagner. (Voir la vignette, page 73.)

— *Komischer Volkskalender* pour 1866, par Adolphe Brennglass (pseudonyme de Glassbrenner), illustrations de Gustave Heil. Publié à Vienne. (Petites actualités au sujet des œuvres de Richard Wagner.)

— *Flohkalender.* 1870. Illustrations de Carl Klic.

— *Schultze und Müller in Ring des Nibelungen.* (Schultze et Müller dans « l'Anneau des Niebelungen ».) Plaquette humoristique de Alexander Moszkowski, avec illustrations de Scholz, publiée à Berlin en 1881. (Voir les vignettes, pages 115, 190 à 194.)

— *Parzival, der Ritter ohne Furcht und Adel.* (Parsifal, le chevalier sans peur et sans noblesse.) Eine Festgabe von Siegmey, avec 12 dessins d'Henry Albrecht. Charge en vers de *Parsifal*, publiée à Leipzig en 1882. (L'auteur, Siegmey, est un humoriste fort apprécié.)

— *Partikularist Bliemchen aus Dresden in Bayreuth.* (Impressions du rentier Bliemchen, de Dresde, sur Bayreuth.) Illustrations de A. Reinheimer. Plaquette publiée à Leipzig, avec un portrait-charge de Wagner montrant son propre buste, tandis que, dans le fond, on voit le théâtre de Bayreuth.

Bliemchen de Dresde, joue, dans la caricature, le rôle de Schulze et Müller à Berlin.

— *Almanach des Musiciens de l'Avenir.*

ALMANACH
DES
MUSICIENS
DE L'AVENIR
AVEC LES DEUX GRENADIERS DE RICHARD WAGNER
ET LES REGRETS DE BEETHOVEN
PRIX : 50 CENTIMES.

PARIS
LIBRAIRIE DU PETIT JOURNAL
21, BOULEVARD MONTMARTRE, 21
— Propriété réservée. —

Titre de cette plaquette rarissime publiée en 1867.

* « Les Deux Grenadiers » de Richard Wagner qui figurent en entier dans cet almanach parurent en 1840 chez Schlesinger et ont été réimprimés depuis par Brandus sur les cuivres originaux. C'est une œuvre intéressante dont les paroles sont de Henri Heine. Quoique peu connus de la génération actuelle ils ont été chantés quelquefois dans des concerts et notamment à un concert donné en 1885 par la Société Gallin-Paris-Chevé.

BUSTES ET MÉDAILLES

— Buste de Wagner exécuté par le professeur Zur Strassen.

BUSTE COLOSSAL DE WAGNER, EN MARBRE

exécuté par le professeur Zur Strassen pour le foyer du théâtre de Leipzig et solennellement inauguré le 17 avril 1881.

Ce buste donnant les traits de Wagner à l'âge de 67 ans, est, en quelque sorte, le buste officiel du compositeur. Reproduit en bronze, en plâtre et en ivoire, il figure dans toutes les sociétés wagnériennes.

Sur le socle se lit, en lettres d'or, cette inscription versifiée :

Denker und Dichter
Gewaltigen Willens
Durch

Worte und Werke
Wecker und Meister
Musischer Kunst.

« Au penseur, au poète à la volonté puissante, par la parole et par les œuvres, rénovateur et maître de l'art musical. »

— Médaillon modelé par Hermann Wittig, en 1881 (élève de Radnitzky, mort à Rome à peine âgé de 20 ans. C'est lui qui avait exécuté également le premier médaillon connu du pape Léon XIII).

— Buste miniature en porcelaine (hauteur : 12 centimètres) provenant très certainement d'une manufacture de Dresde.

— Statuette, projet pour un monument Richard Wagner, modelée par Pauli à Vienne (hauteur : 20 cent.). Reproductions en plâtre par Pietro Coscia à Vienne.

— Buste sculpté par Kaspar Zumbusch (hauteur : 62 cent.). L'original, en marbre, a été exécuté en 1865 pour le roi de Bavière.

— Buste modelé en 1873 à Bayreuth, par Gustave Kietz de Dresde (hauteur : 63 centimères).

— Buste modelé par le professeur Stöger (hauteur : 24 centimètres).

— Statuette modelée par B. Pilz à Vienne, en 1879 (hauteur : 57 cent.).

— Statuette modelée par le professeur Schwabe, à Nuremberg, en 1882 (hauteur : 48 centimètres).

— Buste avec béret, modelé et peint par le professeur Ernst Juch, à Vienne (hauteur : 25 centimètres).

Il existe nombre d'autres statuettes avec le béret, couramment vendues à Munich et dont les auteurs ne sont pas connus.

En outre de ces bustes, dont il a été fait des reproductions pour le commerce, il faut encore mentionner le buste jadis sculpté par le célèbre Schwanthaler à Munich.

— Médaille commémorative des fêtes de Bayreuth, gravée par C. Wiener, de Bruxelles (1876). A l'avers, buste de Wagner : Revers, d'après l'original du professeur Adolf Schmitz, les types des principales créations du maître. Existe en bronze, en argent, en métal anglais (circonférence : 70 millimètres).

— Médailles (module de la pièce de 5 francs) avec le portrait de Wagner à l'avers et le théâtre ou la villa Wahnfried au revers. Colportées et vendues aux abords du théâtre, à Bayreuth.

— Médaille Wagner-Liszt (avec le buste des deux compositeurs, l'un à l'avers, l'autre au revers) par Radnitzky, à Vienne.

— Autres médailles par A. Scharff à Vienne, par B. Mayer à Stuttgart, par Drentwett.

OBJETS DIVERS

Im Zauberspiegel vom heilgen Gral
Sah Klingsor nahn den Parsifal,
Doch heute sah er mit Vergnügen
Das Nahn von vielen Extrazügen.
Eig. u. Verl. Heinr Heuschmann. jun. Bayreuth,
gesetzl. geschützt.

Train de plaisir pour Bayreuth.

Reproduction d'une carte postale illustrée (revers).

— Serviette en papier, à l'usage du café du théâtre, à Bayreuth.
1° Avec portrait de Wagner;
2° Avec reproduction du théâtre de Bayreuth. (Voir la vignette, page 296.)

— Étiquette de bouteille de bière, avec dessin représentant Parsifal et les Fées.

— Annonces et étiquettes de la brasserie de Bayreuth pour les bières *Rheingold* et *Parsifal*.

— Magasin de confections pour hommes, de Wilhem Beck et fils, à Vienne. Catalogue avec 18 figurines de mode, dont l'une donne le dessin du « pardessus Parsifal ».

— Papier-couverture pour le « chocolat Wagner », avec un portrait d'après la photographie de Hanfstängel, à Munich.

— Papier à lettres et enveloppes avec tête de Wagner et notes de musique (motifs de « Parsifal »). Il existe également du papier avec petits sujets et légendes de « Lohengrin ».

— Agenda en cuir bleu; sur les plats, portrait de Wagner dans un ovale : photographie à mi-jambes, et sous verre.

— Albums de souvenirs de Bayreuth. Sur les plats, en imitation d'argent bronzé, vue de Bayreuth et buste de Wagner, coiffé de son béret.

— Cartes postales publiées par Heinrich Heuschmann à Bayreuth (avec personnages des opéras de Wagner ou sujets allégoriques se rapportant à Bayreuth). [Voir la vignette de la page 321.)

La Walkyrie de Richard Wagner.

Trouver Richard Wagner ?

Question vendue, puis distribuée en Allemagne comme réclame de magasin.

(Obligeamment communiquée par M. Emmerich Kastner.)

— Encrier Richard Wagner, la tête formant couvercle.

— Plumes Richard Wagner, avec le portrait du compositeur sur la plume.

— Cachet avec la tête de Wagner.

— Vignette-question. Image représentant le dragon de Siegfried, dans la tête duquel se trouve le portrait d'un personnage devant figurer Wagner.

—Vignette-question. Image représentant la tête d'une walkyrie, dans le casque de laquelle se trouve le profil de Richard Wagner. (Voir la vignette.)

— Annonce-réclame du professeur Migargee. (Eau pour faire pousser les cheveux et la barbe.)

Je ne crois pas que jamais produit ait employé autant de sujets d'illustrations. C'est, pour l'image, le pendant du savon du Congo pour la poésie. Toutes les semaines, pour ainsi dire, cette annonce passe dans les recueils d'outre-Rhin avec une gravure différente ; tantôt d'amusantes petites vignettes, véritables histoires sur les avantages de la barbe, tantôt des portraits. Naturellement Wagner devait y prendre place et il est, ici, aux côtés de Schopenhauer et de l'Empereur Frédéric.

Quant aux vers ils sont — on ne s'y attendrait guère — rédigés dans un esprit essentiellement chauvin. Chaque quatrain commence, en effet, par cette déclaration de principes :

Les Allemands sont le peuple des penseurs !
Les Allemands sont le peuple des héros !
Les Allemands sont le peuple de la fidélité !
Les Allemands sont le peuple de la barbe !

Un peuple barbu qui s'avance ! Mais alors que dire de Wagner !

— Caisson de cigares en bois de cèdre. Sur le couvercle, comme marque de fabrique, « Parsifal brûlé ». A l'intérieur, image coloriée représentant une scène de *Parsifal*.

— Couvercle de chope en porcelaine, avec vue en couleur du théâtre.

— Couvercle de chope avec la tête de Wagner (le type au béret).

— Pipe avec tête de Wagner pour le fourneau.

— Moule en bois pour gâteaux, avec le buste de Wagner entouré de lauriers.

— Boutons de manchettes, noirs, avec la vue du théâtre de Bayreuth.

— Coquetier en porcelaine, avec reproduction en couleur du théâtre (1876).

— Boîte de bonbons en carton, avec le théâtre Wagner sur le couvercle. (Gravure sur bois.)

— Porte-monnaie-calendrier pour 1883, avec le buste de Wagner d'après la photographie Luckhardt et un fac-similé de son écriture.

— Cravate-Wagner avec photographie (tête de Wagner).

— Broche ronde et noire, avec une vue du théâtre. (Il existe de nombreuses broches avec des vues différentes.)

« La charité musicale, s'il vous plaît, mon bon monsieur! »

(Croquis inédit de J. Blass.)

COMPOSITIONS

EXÉCUTÉES SPÉCIALEMENT POUR CE VOLUME

CARICATURES DE BLASS

AUTRES CARICATURES

PORTRAITS DE WAGNER

REPRODUITS DANS CE VOLUME

Voir les différents portraits reproduits dans le volume de M. Adolphe Jullien sur Wagner, et pour la liste complète des lithographies, gravures, photographies, le catalogue de M. Nicolaus Œsterlein.

AUTOGRAPHES

VUES DU THÉATRE WAGNER

Voir les gravures, pages 291, 293 et 295.

Voir, pour la liste complète, le catalogue de M. Nicolaus Œsterlein.

XIII

PARODIES DES OPÉRAS

DE WAGNER

SUR BAYREUTH ET SUR WAGNER EN GÉNÉRAL

— *Carnaval des Revues*. Pièce en deux actes et neuf tableaux, par Eugène Grangé et Ph. Gille, musique d'Offenbach, jouée aux Bouffes-Parisiens le 10 février 1860. Au sixième tableau, on voyait l'entrée du compositeur de l'avenir aux Champs-Élysées, où il tombait, en s'annonçant à grand fracas, dans un groupe de musiciens du passé, Glück et Grétry, Mozart et Weber.

— *Moderne Mode-Damen*. Pièce de Carl Bayer, jouée en 1876 au Furst-Theater de Vienne. Le quatrième tableau représente *Ein Wagner-Abend*, une « Soirée-Wagner ».

— *Der Trompeter von Bayreuth oder der Musikalische Massenmord* (Le Trompette de Bayreuth (1) ou l'Assassinat musical en masse). Parodie représentée sur un petit théâtre de Munich en octobre 1876.

— *In Bayreuth*. Farce en un acte, par Hermann Hirschel, d'après un thème français, jouée en octobre 1876 au Théâtre de la Résidence à Dresde, et au théâtre de Francfort.

— La représentation de Bayreuth a été également introduite dans un des cortèges du Carnaval de Cologne, sous le titre de *Carnaval-Nibelung*. Cologne était censée figurer Bayreuth : le premier jour de fête représentait l'*Or du Rhin*, le second jour la *Walkyrie* et le mercredi des Cendres la *Götterdämlichkeit*.

L'ANNEAU DES NIEBELUNGEN

— *Rheingold-Keingold* (Or du Rhin, point d'or). Parodie jouée sur le Théâtre des marionnettes de Munich (théâtre de la « Société des Artistes »), le 15 septembre 1869.

— *Der Tiefe Trunk zu Schweigelsheim oder die Walküren* (Le Plongeon profond à Schweigelsheim ou les Walkyries). Grand opéra en un acte, joué sur la scène du « Künstlerhause », à Vienne, en février et décembre 1876. (C'est le théâtre particulier de la « Société des Artistes ».)

(1) Allusion au *Trompette de Seckingen*, une des productions les plus populaires de la poésie allemande.

— *100,000 florins und meine Tochter* (100,000 florins et ma fille). Farce de carnaval, avec chant et danse, en 4 tableaux, par Ed. Dorn, musique de Gothov-Grüneke. Représentée au Josefstadt-Theater, à Vienne, en janvier 1879. Le quatrième tableau représentait « l'Anneau des Niebelungen ou le judaïsme dans la musique ».

— *Der Ring der nie gelungen* (L'Anneau de ceux qui n'ont jamais réussi), par P. Gisbert. Vienne, février 1879.

Fut interdit à Munich par arrêté de police.

— *Die Niebelungen oder der gehörnte Siegfried.* (Les Niebelungen ou Siegfried le cornard). Grand divertissement représenté, pour la première fois, le 23 août 1880, au Circus Salamonsky, à Riga.

— *Der Ring der Nibelungen.* Représenté en mai 1881 au Quarger's Vaudeville Theater, à Berlin.

— *Der Nibelungenring*, parodie des Niebelungen en 4 actes, par Léon Treptow (auteur de la pièce *Mensch ärgere dich nicht*, très populaire en Allemagne), représentée en mai 1881 au Central-Theater, à Berlin.

LOHENGRIN

— *Der falsche Lohengrin* (Le faux Lohengrin), parodie de Böhm.

— *Ritter Lohengelb oder die Jungfrau von Dragant* (Le Chevalier de l'Écorce jaune ou la Pucelle de Dragant [pour Elsa de Brabant]). *Lohen* signifie écorce, ou, comme verbe, tanner : *Grin* est pris pour *grün*, vert, en patois viennois. Du chevalier «tanne-en-vert » on a fait « tanne-en-jaune ». Parodie de Grandjean, musique de Suppé, représentée au Carl-Theater, à Vienne, le 30 novembre 1870.

— Parodie de *Lohengrin*, avec musique de Ullyssi Barbieri, représentée en 1873 au théâtre Frossati, à Milan.

— *Die reiche Erbin* (La Riche Héritière), comédie moderne en deux actes de Édouard von Bauernfeld, représentée d'abord à Vienne, au Wiener-Stadt-Theater le 8 janvier 1876, puis à Berlin le 1er mai, au Stadt-Theater, où elle tomba ; réduite plus tard en un acte par l'auteur, et redonnée sous cette nouvelle forme, au Carl-Theater, le 14 juin 1879, avec adjonction de parties sur le *Tannhäuser* et sur les « farces de l'avenir ».

Dans cette parodie, Wagner se trouve ridiculisé sous le nom de Richard Faust.

— *Der Herr von Lohengrin* (Monsieur de Lohengrin), plaisanterie dramatique en un acte, de A. Günther, représentée à Francfort, au théâtre de la ville, le 30 octobre 1876.

— *Lohengrin à l'Alcazar.* Parodie en trois tableaux, de MM. Lebourg et Boucherat, musique de M. Patusset. Orchestre de trente-cinq musiciens, dirigé par M. G. Michiels. Représentée le 25 février 1886.

— *L'Oie en crin.* Représentée en 1890 sur la scène des Folies-Bergère, à Rouen.

— *Lohengrin... à l'Eldorado,* pastiche musical de M. A. Patusset avec poésie et prose, pour les besoins de la cause, par MM. Boucherat et J. Sermet. Représenté pour la première fois, à l'Eldorado, le 13 novembre 1890.

LES MAITRES CHANTEURS

— *Lehmann in die Meistersinger* [Lehmann (1) dans les « Maîtres Chanteurs »]. Monologue avec chant. Représenté à Berlin en 1870.

— *Die Meistersinger oder das judenthum in der Musik.* Hep! hep! oder die Meistersingern von Nürnberg. Grosse Confessionnelle Socialdemokratische Zukunftsoper (Les « Maîtres Chanteurs » et le judaïsme dans la musique. Grand opéra de l'avenir, religioso-socialistico-démocratique). Farce en 1 acte par Franz Bittong. Musique arrangée par Gustav Michaëlis. (W. Erbe, à Spremberg.)

— *Die Meistersinger*, opérette comique en un acte, par C.-F. Stix, musique de Karl Kleiber. Représentée au Volkstheater, à Vienne.

— Une parodie des *Maîtres Chanteurs*, scène de coups de bâton, par Richard Génée, a été introduite dans le *Petit Faust* d'Hervé, au théâtre *An der Wien*, à Vienne.

RIENZI

— *Rien.* Parodie jouée en mai 1869 au théâtre Déjazet, à Paris.

TANNHÄUSER

— *Richmondis von der Aducht und der Sängerkrieg auf dem Neumarkt, schauderhafte Oper der Zukunft in 4 acten.* Richmondi d'Aducht et la Guerre des chanteurs sur le Marché-Neuf, horrible opéra de l'avenir, en 4 actes, texte par un compositeur et musique par un poète. Opéra-comique représenté sur le théâtre Stollwerk, à Cologne, le 25 août 1854.

— *Tannhäuser oder die Keilerei auf der Wartburg* (Tannhäuser ou la Dispute à la Wartbourg). Grand opéra moral et germanique, avec chant et musique; texte, composition, décoration, éclairage par le même (par le Dr Hermann Woltheim). Représenté par la *Silesia hoyerswerda* (Société d'étudiants) au théâtre de Breslau. Vers 1855.

— *Tannhäuser oder der Sängerkrieg auf der Wartburg* (Tannhäuser ou la Guerre des Chanteurs à la Wartbourg). Parodie de Nestroy, musique de Bender, jouée au Karl-Theater, à Vienne, le 31 octobre 1857 et reprise le 14 juin 1879. Cette pièce fit une recette considérable.

(1) C'est le nom d'un des plus célèbres chanteurs du répertoire wagnérien.

TANNHÄUSER OU LA GUERRE DES CHANTEURS A LA WARTBURG

Intermède comique par Kalisch. — Musique arrangée par A. Conradi.

Reproduction réduite de la 1re page de cette parodie musicale.

— Autre parodie jouée à Vienne, mentionnée sans titre par Emmerich Kastner dans son *Wagner Catalog*.

— *Tannhäuser oder der Sängerkrieg auf der Wartburg*. Intermède comique par Kalisch, avec musique de Conradi. (Voir ci-contre la première page de la partition.) Représenté vers 1857.

— *Ya-mein-Herr*. Cacophonie de l'Avenir, en trois actes sans entr'actes, mêlée de chant, de harpes et de chiens savants, par MM. Clairville, Delacour et Lambert-Thiboust (1860).

— *Panne-aux-Airs*. Parodie musicale en deux actes et six tableaux. Poème de M. Clairville, musique de M. Barbier. Représentée pour la première fois, au théâtre Déjazet, le 30 mars 1861.

— Parodie du *Tannhäuser*, par J. Besque von Püttlingen. Représentée en 1864, à Vienne.

— *Tannhäuser oder die Keilerei der Sänger auf der Silberburg* (Tannhäuser ou la dispute des chanteurs au château de l'Argent). Opérette de J.-E. Brenner, directeur de musique de la Société « Tischler-Sängerchor », à Philadelphie. Représentée le 14 avril 1874.

TRISTAN ET ISEULT

— *Von Jemand gemachtes Impromptu auf die Zukunftsmusik* (Impromptu fait par quelqu'un sur la musique de l'avenir). Parodie jouée en 1865 au Schweiger-Theater, à Munich.

TABLE DES MATIÈRES

IV

PORTRAITS DESSINÉS ET PHOTOGRAPHIÉS DE WAGNER

V

LES PORTRAITS-CHARGE DE WAGNER

VI

LES CARICATURES SUR LA MUSIQUE DE WAGNER

VII

CARICATURES SE RAPPORTANT A LA VIE DE WAGNER

XII

DOCUMENTS POUR L'ICONOGRAPHIE DE WAGNER

XIII

PARODIES DES OPÉRAS DE WAGNER

Paris. — Imp. Larousse, rue Montparnasse, 17.

Paris. — Imp. Larousse, 17, rue Montparnasse.

Lightning Source UK Ltd.
Milton Keynes UK
UKHW011619280421
4297UKFR00006B/326

9 782019 60136